松浦寿輝
半島
文藝春秋

半島

松浦寿輝

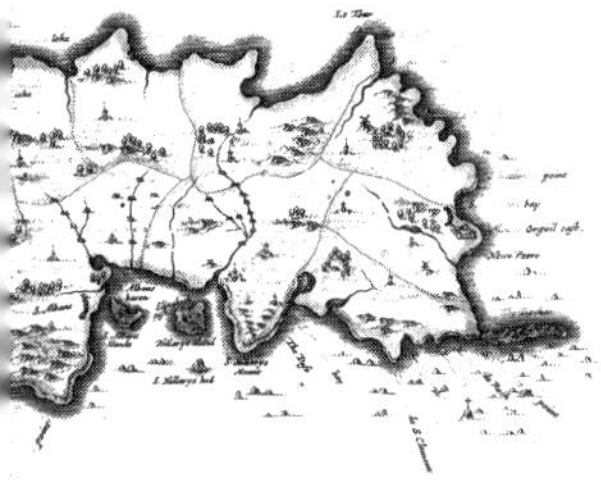

目次

植物園 6
五極の王 54
易と鳥 103

稲妻の鏡 155
西瓜と魂 205
月の客 250
あとがき 302

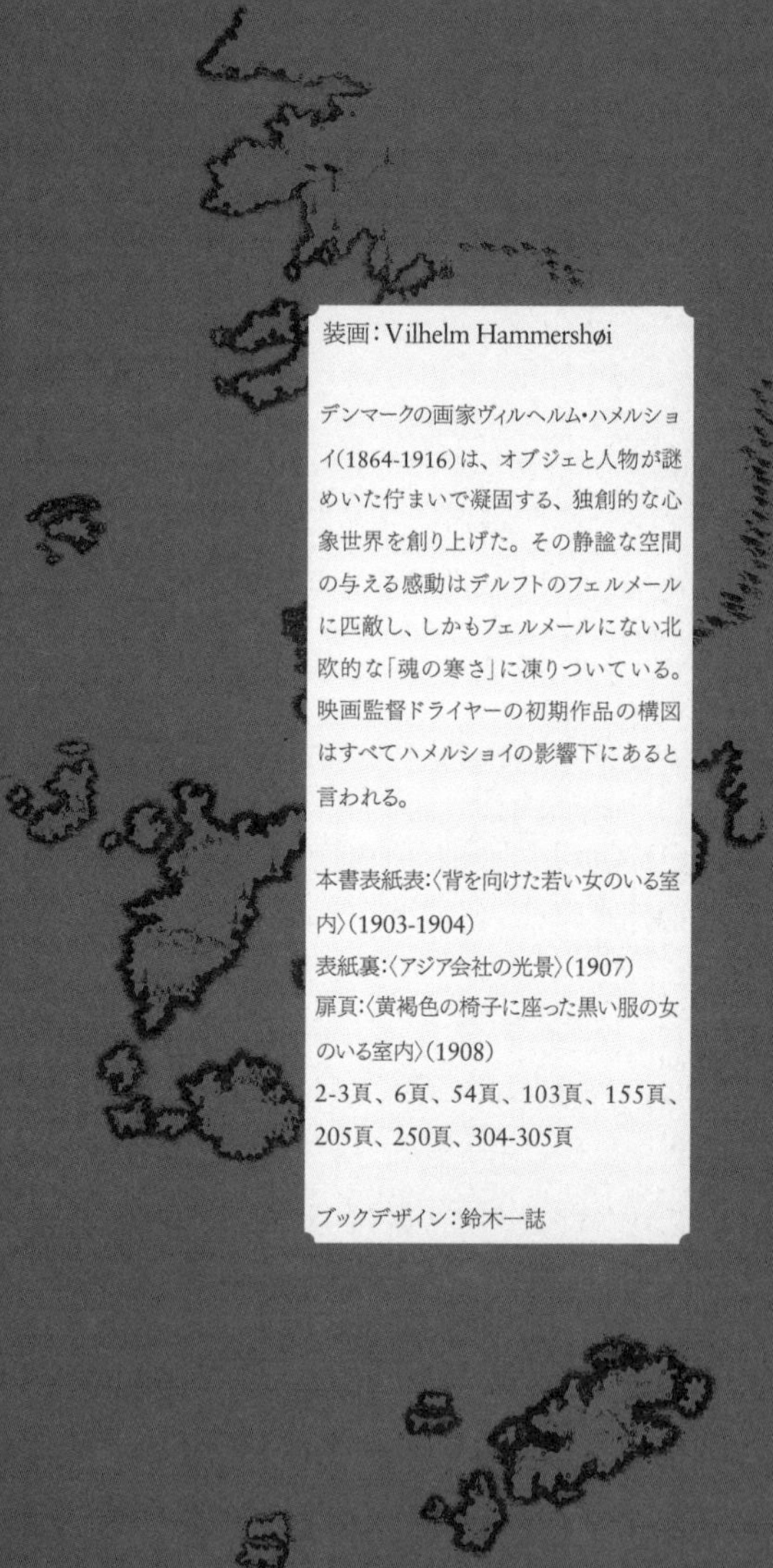

装画：Vilhelm Hammershøi

デンマークの画家ヴィルヘルム・ハメルショイ(1864-1916)は、オブジェと人物が謎めいた佇まいで凝固する、独創的な心象世界を創り上げた。その静謐な空間の与える感動はデルフトのフェルメールに匹敵し、しかもフェルメールにない北欧的な「魂の寒さ」に凍りついている。映画監督ドライヤーの初期作品の構図はすべてハメルショイの影響下にあると言われる。

本書表紙表:〈背を向けた若い女のいる室内〉(1903-1904)
表紙裏:〈アジア会社の光景〉(1907)
扉頁:〈黄褐色の椅子に座った黒い服の女のいる室内〉(1908)
2-3頁、6頁、54頁、103頁、155頁、205頁、250頁、304-305頁

ブックデザイン：鈴木一誌

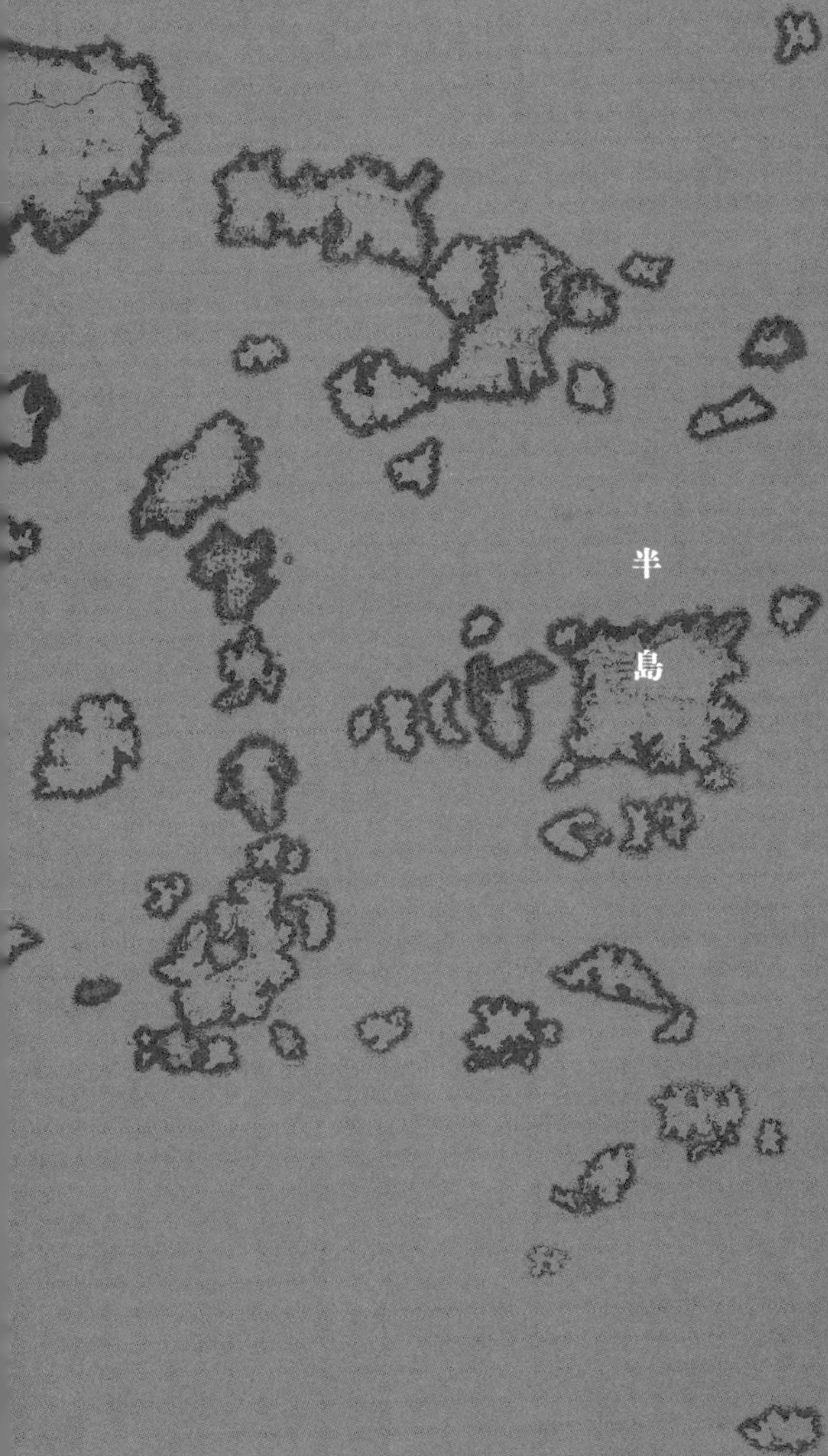
半島

植物園

しかし幸いなことに長く続いた夏の陽射しもようやく翳りを見せてうにやひとでややどかりや小魚たちがめいめいひっそり生きている静かな潮溜まりも薄明薄暗の中に沈みこんでゆくようだった。いつの間にかいきものたちが一つまた一つと動きを止めてこれからどれほど続くとも知れぬ夜の中に入ってゆく準備を整えなければならない時刻になっているようだった。いずれその夜が明けまた灼熱の光が戻ってくることがあるのかどうか、そんなことはその小さないきものたちにとっては知るすべもないことだった。たとえば人々の生きているこの現世の全体がもしそんな海辺の片隅の潮溜まりの一つでしかないとしたら、やどかりや小魚にとっての人間のような邪悪な存在のふとした気紛れである日何の前触れもなしにいきなり岩が落ち水が濁ってこの世界そのものが呆気なく消滅してしまうことも十分ありうるだろう。潮流の温度が変わるなり地震で崖が崩れ土砂で押し潰れるなりすれば辛うじて保たれていたこの生態系の均衡はひとたまりもなく壊れてしまうだろう。ひょっとしたらもうこの現世はそんなふうにとっくのとうに崩壊し誰も棲めない環境と化していて、この無数の人間どもが泣いたり笑ったりしながら営んでいる日々の暮らしもやどかりが殻の中で見るささやかな夢まぼろしでしかないのかもしれない。しかし幸いなことにもう夏の陽射しはゆるやかに尽きかけていてあとはただ終りの彼方の時間をけだるく生きる幸福な権利が残っているだけだった。

迫村《さこむら》という人間がそんなやどかりの一つだとしたら迫村の希《のぞ》みはやどかりはやどかりなりにそのささやかな生の限界の中で得られる可能なかぎりの自由とともに生きたいということだった。もちろん人もやどかりも自由にはなれない。ただし人がこの現世を生きるかぎりどうしても自由になれずたとえば妻子もなく親も死に親類縁者との付き合いも途絶えて長い年月が経つというようなことでもそれでもまだ何ものかに縛られて生きていかざるをえないのならば、せいぜい考えられるのは縛られることそれ自体がいちばん自由に似ているとでもいった、そんな縛られかたでこの仮初《かりそめ》の生を組み立てようと努めるほかはない。かつては壮麗のきわみだったに違いない赤茶けた寺院が訪れる人もなく十数世紀も経過し、ほとんど廃墟と化したその磨耗した巨大な石の塊が落日の陽を浴びて長い影を曳いているといった夕暮れの時間を、いつまでも引き延ばしながら生きるのがそうした仮初の自由にもっとも似通った生のすがたであるように思われた。終りの後に広がる砂埃の舞う赤土の野に崩れかけた尖塔群が長い影を曳く、そうした生のすがたをもっと具体的に思い描くためにたとえば迫村を職を辞した大学教師というふうに考えてみてもよい。そして自分にいちばんふさわしい棲み処を探して迫村が赴いたS市もまた黄昏の光に浸されはじめたそんな潮溜まりの一つであったのかもしれない。

S市は瀬戸内海に向かって南に突き出した小さな半島の先端にある。もっと正確に言えば半島の先には島があり半島の先端とその島とをひっくるめたものがS市だった。ただし島といってもほんの五十メートルほどの橋ですぐ渡れてしまう程度のものでその橋には普通の道路並みに人や車がひっきりなしに行き交っていたから、ただ半島の先端部分が海に浸食され細い水路で仮初に分断され、独立した島のようなものになっているだけのことと考えた方が話が早いかもしれない。とはいえ同じS市でも半島側と島側では土地柄がずいぶん違うのは事実だった。市役所だの公民館だの大手チェーンのスーパーだのは半島側の鉄道駅のあたりに固まっていて、一方島側にも港のあたりには賑やかな一角がないわけではないけれどだいたいのところは古びた街並みがひっそりと広がっているだけだった。真新しいマンションがにょきにょきと増殖してゆくのも決まって鉄道駅のさらに向こう側の新開地で、どうやらS市は島の旧市街は置き去りにしてもっぱら半島部分を北へ北へと発展してゆきつつあるようだった。

駅を始点とする島行きのバスもあるが、大通りを南に下って橋を渡り島に入ると橋のすぐたもとの小さな広場がもう終点で、乗客はみなそこで降ろされ、旧市街のどこかに行きたい人はあとは歩くほかない。島の中をバスが走っていないのは街並みがあまりに古く道が狭すぎるからだった。島の中の小道は田の畦道がやがて町道になりそれが舗装されてといった具合に出来たわけではなく、だからそれは碁盤の目のように街並みを区切る直線道路とはほど遠いものだった。石畳の細い路地がうねうねと曲がりくねり登り降りして、ところどころで大小の階段がそれらの間を繋いでいる。住民は小型車を曲芸のように走らせて何とかかんとか不便なく用を足していたし外から来る観光客というものもそう多くはないので、市バスの終点から乗り継ぎのできるマイクロバスを走らせようという町議会で数年おきに思い出したように出る話も、結局そのつど立ち消えになる。大学という場所にも教師という職にも見切りをつけた迫村がふと思い出したのは、ずいぶん昔に一度だけ訪れたことのあるその島のひっそりした街並みだった。

仕事を辞めるのが自由を得ることだなどという錯覚はもとより迫村にはなかった。いい気な気紛れのようなことで同僚に迷惑を掛けるのを後ろめたく思いながらも迫村がぽんと辞表を出してしまったのは、学生の自治会がストライキをうって授業のできない状態が何か月も続き、それで給料を貰いつづけているのも何だか馬鹿馬鹿しいことに思われたからだった。それで自由になれるはずはないにせよ、馬鹿馬鹿しいことは一つずつ減らしていくのが曲がりなりにも自由へ近づく道であるように思われた。そう言えば学生たちがストライキの口実に掲げた大義の一つはクラス活動の自由を守れとか何とかいうもので、もう軀と同程度には頭の中身も大人になっていて然るべき若者がそんなくだらない自由を求めて駄々をこね、授業を中止させて紛い物でない自由に少しでも接近する途を自分たちの手で絶って悦に入っている図ほど、この言葉ばかり芸もなく繰り返すほかないが馬鹿馬鹿しく、かつ醜悪なものもなかった。世の行く末がこんなに暗くなってきた今本当は若者こそが夏の光の熱と明るさを求めて立ち上がり真っ向から戦わなければならないはずなのに、クラス活動だかサークル活動だかでちゃらちゃら遊んでいるような場合かよというのが迫村の感想だった。たとえ少なからず頓珍漢だったにせよ往時の学生運動はいやしくも「日帝」やら「産学協同」やらと戦おうとするだけの頭と気概を持っていたではないか。

迫村がS市を知ったのは昔どういう気紛れかここの市役所の文化事業課とやらが迫村を講師に招んで講演会を開いてくれたからで、そのときの演題はアジア経済の将来だったか金融システムの改革だったか、いずれにせよ迫村自身も本当のところは大して興味を持てなくなっているその手の話題がS市民の関心を惹くはずもなく、観客がまばらに散らばっている市民ホールはうそ寒い風が吹き抜けてゆくようだったが、しかしそれはそれとしてその晩何かの接待を考えていたらしい役所の担当者の誘いは丁重に断って、自分で勝手にとった宿でのんびり一泊して帰ったのは迫村の中に滅多にない思い出として残った。

大学を辞めた迫村がまず考えたのはS市のあの宿でしばらく暮らしてみようということだった。電話に出た女将はその一度きりの縁だった迫村のことをなぜか覚えていて、前と同じ部屋をおとりしておきますと言って迫村を嬉しがらせた。そういうわけでまだまだ残暑のきびしいある晩夏の日の午後遅く、島の入り口の橋のたもとの広場でバスを降り、くねくねした路地を奥へ奥へと入ってゆくどことといって特徴のない四十恰好の男がいたわけだった。男は小さなボストンバッグ一つを提げ、まるでよく見知った土地であるかのように誰にも訊かずに二つ三つ角を曲がり長い石段を登って寺の山門の前に出た。迷路のようになっている島の地理の中でその大きな山門はいちばんわかりやすい目印の一つで、そこへの行きかただけは前回の滞在の折りに何とか習得していた迫村は、まだそれを忘れていなかった自分に仄かな満足感を味わった。この山門の前に出さえすれば宿に行き着くのは簡単なことだった。

宿は山門の脇から折れてゆく墓地沿いの細い路地の突き当たりにある。迫村はその路地へ続く角を曲がりながら、前の折り、教えられた通りの道順を辿って初めてその路地を奥へ奥へと入っていったときの心細さを思い出した。あのときはせせこましいどんづまりに入りこんでゆくようで困ったなと心が暗くなったものだった。日当たりの悪い窮屈な部屋に押し籠められて息苦しい一夜を過ごす羽目に陥ったらどうしよう。ところが、＊＊荘と小さな表札が出ている以外は見たところ何の変哲もない町家の一つに招じ入れられ、先に立つ女中の後についていくつもの廊下を曲がりくねりして階段を下り、さらに短い渡り廊下の向こうの別棟に案内されるに及んで、門構えこそふつうの町家と変わらないが、実は奥へ行くほどに広がっているずいぶん大きな屋敷らしいことがだんだんわかってきたのだった。その別棟の奥の間に足を踏み入れたとたん、開け放たれた濡縁の向こうには広大な海景が広がっていて、まるで部屋そのものが空に浮かんでいるような具合だった。表通りの方から路地を折れていったので方位の感覚が混乱してわからなかったがどうやらこの旅館は意外に海に近いところにあって、崖に張り出すような形で建っているのだった。表からは平屋に入ってゆくように思われたけれど実のところそれはただいちばん上の階に玄関があるだけのことで、全体は海岸に向かって下ってゆく何階建てかの建物なのだった。

その天空に張り出しているような部屋に今回もまた迫村は通されて、どんづまりどころかこれほどすべてに向かって開かれている場所が他にあるだろうかと改めて考えた。とりあえずひと月ほどこの海を眺めながら暮らしてみようというのが迫村の心積もりだった。東京をあまり離れずに生きてきた迫村が知っている海は主に太平洋で、それは平らかで静かな時があり荒天の下で激しくしぶいている時があってもいずれにせよ見渡すかぎり水平線が広がってそこにぽつんと一つ船の影が浮かび上がればそれがゆっくり動いてゆくさまをいつまでも目で追いつづけることができるし、船に乗ってその水平線の彼方へどこまでも航行しつづければ世界中のどこにでも行けるのだ、この茫漠とした水の広がりはそのまま別の大陸の無数の色あざやかな町々の波止場へ通じているのだという冒険の夢を育ませてくれる海だった。ところがこの部屋から見えるS市の海はそれとは違って、いくつもの青い島影が遠く近く重なりその間を縫うように大小様々な船が絶えず行き交って、はるかな沖へ乗り出そうという野心へと人を駆り立てるかわりにむしろそこにいつまでもとどまって何か大きくて豊かなものに抱かれあやされていたいという気持に人を誘う海だった。どんなに荒れることがあろうと本質的には温かな海、親密で優しい海だった。

それは様々な人間臭いもので満たされた海だった。迫村はアメリカのアリゾナ州の広漠とした砂漠の真っ只中にある気象観測所に勤める友達を訪ねたことがあった。東の地平線から昇った太陽が中天を横断して西の地平線に沈んでゆく。暇と言えば暇な職務で一日の時間のかなりの部分をその独身の友達は昆虫の生態の観察とミステリーの執筆に捧げていて、友達は幸福そうだったが迫村は自分にはこういうところにはとうてい住めないと思ったものだった。今目の前に広がるこの海には十数世紀にわたって降り積もった分厚い歴史的記憶が沈んでおり、またその海上にも海中にもこの現世のものと現世の外のものとを問わず様々なものが行き交っていてその賑やかな光景は迫村を孤独にしなかった。それが仮初の棲み処であろうとやはり自分の棲まっている空間は空っぽではなく色とりどりの様々なもので満たされている方が安心する。

そんなS市の海を眺めているうちに、迫村の期待通り日々はするすると流れていった。何もしなくてもけっこう人間は生きていけるものだった。それにしてもこんな静かな日々のおりふしに生々流転などという言葉がしきりと頭に浮かぶのはなぜなのだろう。そして、ひたひたと胸に染みてゆくようなこの仄《ほの》かな哀しみはいったい何なのだろう。

もっとも、何もしないのに飽きたときに迫村を待っている労働がないわけではなかった。自由になるならないとは別の話として迫村がどうしても途中で投げ出せなかった仕事の一つに十八世紀の英国のある政治家の大部の伝記の翻訳があって、せっかく道のりの半ばあたりまでは来たのだし、一応は全部仕上げて何とか出版したいというのが迫村の希みだった。むろん彼に与えられた長さから言えば本当はやどかりと大して変わらない束の間の生の時間が尽きて、自分の存在すべてが解体し本当の無の中に散逸して溶融してしまうときになってみればそんな仕事もまったく無意味なものと化してしまうだろう。しかしやってもやらなくても同じように無意味であるなら何とかやり遂げておいた方がやり遂げないよりは良いだろう。それは自分の人生の無意味さに捧げるせめてもの敬意であり礼儀正しいいたわりではないだろうか。それに、もしその解体と散逸の後になってもなおこの世界それ自体は相変わらず続いてゆくのであるならば、いつか奇特な人が現われて迫村が人生のある歳月を捧げたこの仕事を図書館の書棚の片隅から引き抜いて埃を払い、ページを繰ってみようという気を起こさないともかぎらない。だから辞書が一冊あれば何とか続けられるその仕事も一応はバッグに放りこんでS市の宿に持ってきていたが改めてそれに取りかかる気にはどうにもなれず、結局ただぶらぶらと無為に日々を過ごすことになった。

島には植物園というものがあって一度行ってみようと思いながらつい億劫な気分が先に立って機会がないままだった。ある雨もよいの夕方、湿った緑の匂いに包まれてみたいという気持が急に起こり、低い鉄柵に囲まれたその植物園の入り口まで迫村は初めて散歩の足を延ばしてみた。ブースというのか大きめの電話ボックスのような小屋が申し訳のようにあってその窓口に入園料百円子ども五十円などとあるけれど中には誰もおらず汚れたガラス窓も閉め切りで、ブース自体も風雨にさらされて傷みようが激しくうち棄てられてもうずいぶんの歳月が経っているようだった。

迫村は曲がりくねった砂利道を歩いていった。入り口付近でテリアの紐を引いている中年の女性とすれ違ったほかは誰とも行き会わない。見るからに放っぽらかしで木も花も枯れ果てている荒れた一角があり、これは要するに廃園かと思いながらふと角を曲がると、小さな白い花がきれいに咲き揃っている見事な花壇が現われ、かと思うとまた雑草が茂りほうだいに茂った空地に行き当たるという具合で、ここがいったいどういう施設なのかよくわからない。ただ、小高い丘へと道は続き、それを登りきったところで黄昏の光が漲る広々した海景が不意に開けたのには目も心も洗われるようだった。そこから少し下ったところに小さな四阿《あずまや》のようなものがあり、さらにその先に丹念に刈りこまれたイヌツゲの丸い生け垣が続いているのが目に入った。あれが茶店か料理屋みたいなものならちょっと休んでいこうと思いつつ近づいてゆき、生け垣の途切れたところから中を覗いてみると、瀟洒《しょうしゃ》な数奇屋造りではあってもどうやらそれはただの民家のようで、もうこの植物園とやらのこれは外に出たのかと思い、ここから海岸べりの道路まで直接下りていけるなら宿に帰る近道になるだろうと周りを見回していると、屋敷の横の枝折戸《しおりど》がぎいと開きその陰から二十代の半ばほどかと見える和服姿の女が漂い出てきて、「あ、お茶ですか、お酒ですか」とにこやかに言った。

まだすっかり暗くなりきってはいないので、その女の細面の美しい顔立ちははっきり見分けられたが、しっとりした藍色の着物姿がふわりと現われたところは実際、漂い出るという言いかたがぴったりで、迫村もそれに釣られて地から足が離れその枝折戸の奥にふうっと誘いこまれていってもいいような気持になった。「じゃあ、お茶を」とものはずみのように言うと、女は片手で迫村を促しながら先に立って歩いてゆく。小体な庭を横切ったところに離れがあり、その八畳ばかりの座敷に招じ入れられる。

その座敷も床の間に掛かっている山水画も黄水仙の生けてある細長い青磁の花器も、さして金のかかった贅沢なものとは見えない。目を驚かしたり眩《くら》ませたりするものが何もなくすべてが普通で、だから迫村はすぐ居心地良くくつろいだ。煎茶が出た。胡座《あぐら》をかいてそれを啜りながら、座敷の窓からの見晴らしを楽しんでいるうちに夕暮れはゆっくりと夜へと滑りこんでいった。宿とはちょうど島の反対側に当たるので暮れてゆく海に衰えてゆく光の風情がふだん見慣れているものとはずいぶんと趣きを異にしているのが目にいかにも新鮮だった。視線を返して縁側の外を見やれば手入れのよく行き届いた庭の小さな池と築山の眺めが心を落ち着かせてくれる。そうこうしているうちにその庭の方からポロシャツ姿の老人が現われて縁側に腰を下ろし、やあ、植物園はどうでしたかと気さくに声を掛けてきた。

「無責任に放ってある感じがなかなか良いですね」

「無責任すぎると言えば言えるかな」

「人を集めようっていう気がないみたいですね」

「まったくない。でもね、けっこう稀少な種を集めたりはしているらしいですよ」

「そういうのは僕には何の知識もないからなあ。説明書きの立て札でも立てておいてくれればね」

「昔はあったんですけどね。当局が半ば投げてしまって、しばらく前からはもうなるようになれっていうような按配で」

「いや、ああいう廃園の風情もそれはそれで悪くはないですよ」

「そうね」老人はちょっと間を置いてから、「どうですか、軽くビールでも。今日は暑かったから」と言った。迫村にもちろん異存はなかった。一度庭の奥に消えた老人は、よく冷えたビール瓶の首を右手に摑み、コップ二つを左手の指の間に無造作に挟んで戻ってきて、つっかけのサンダルを脱いで座敷に上がり、迫村の前に座った。

二人とも黙ったままコップ一杯のビールをすぐ飲み干し、それから老人が「こちらへはお仕事で」と言って迫村の顔を見た。

「いや、まあ休暇、ですかねえ。というか、要するに自由になりたくてね」迫村が思わず口走ると老人は面白がっている顔つきになり、それから笑みを消し真面目な顔に戻って、

「自由なんてどこにもありゃあしない」とたしなめるように言った。

「そりゃあそうだ。ただね、ということはつまり、たとえば監禁されて死なない程度の粗食で何とか生き延びている悲惨な囚人と、こうしてのどかに旨いビールを飲んでいる僕とを比べて、どっちがより自由とも言えないってことになりますね。それに、そもそも休暇なんてものを取っても無駄だってことにもなる」

「そうですよ。その通り」

「やっぱりそうですか」

「気の持ちよう一つでしょう」

「だとしても、やっぱりずいぶん違うもんですよ、辞表を出すのと出さないのとではね」

「出したんですか」

「出しました」

「おやおや」

「紙きれ一枚だけど、それでまあ、生活がそういう形になりますね。そうすると人生の中身もその形に寄り添った内容になってくる。存在がまずあって、それがその中身にふさわしい形をとるようになるんじゃない。形式が存在を決定するってことですね。その逆じゃなくて」

「難しい話になりましたな。どうです、ちょっとお酒にしますかね」と老人が言い、迫村の返事を待たずにおおいと庭の向こうに声を掛けると、すぐ先ほどの着物の女が現われ、老人がかすかに顎をしゃくるようにすると頷いて、また向こうへ消えた。迫村はためらわないでもなかったが、これもまあ彼の獲得した自由の一つかと心を決めて、コップのビールの残りを干してから改めて老人の顔を見直した。骨太の立派な顔立ちで、そこに浮かんでいるかすかな好奇心とかすかな倦怠の入り混じった表情、あるいはむしろ無表情は、自由という言葉が適切かどうかはわからないが、何にも囚われず何によっても縛られなくなるのが老いなのだという思いへ迫村を誘った。ともかくそこには我執というものがかけらも見えなかった。むろんそれと正反対の老いかたをする人間の方がはるかに多いのは言うまでもない。酒が来た。

外側の表面にうっすら汗をかいたガラスのフラスコから迫村のこれもやはりガラス製の猪口に冷酒を注ぎながら、老人は、「このあたりもちょっとした米どころでしてね。これをちょっと試してください」といくらか得意そうに言った。

「これは旨い」尖ったところのない芳醇な丸い味の、しかも後口の爽やかな酒だった。「こういうのは宿でも出てきたことがありませんね」

「別に名代の酒とか何とかではないんだけれど、ちょっと手に入れにくいもので」その声に自慢の響きが滲んでも、老人の表情に漂う自由の印象は損なわれることがなかった。今この瞬間この酒の味以上に大事なことはないと言いたげではありながら、しかしそれと矛盾せずに酒の旨い不味いなど所詮つまらぬ些事と思いなしてもいるような、捕らえどころのない放心だけがそこにはあった。

「静かな町ですね」と迫村は言ってみた。

「そうですね。ま、外からいらした方の目にはそう見えるかもしれない」

「そう見えるだけなのかな」迫村がやや鼻白むような口調になったのは、自分が余所《よそ》者扱いされて傷ついたといったことではなく、内だの外だのといった隠微な区別をするような気質がこの土地には比較的薄いとてっきり思いこんでいたからだった。

「いや、やっぱりね、だんだんおわかりになることもあるはずですよ」

「でもともかくこういう土地じゃないですか」と、窓の外に広がる、もうほとんど闇の中に浸りこんでただ暗い茜色だけが水平線に棚引いている海景の方へ手を振ってみせた。

「たしかにのどかな土地柄で、橋向こうの駅のあたりとは違って、こっち側はもう何十年も時間が止まっているようなところもある。ただね、そういうのがいいことなのかどうか。たとえば、ごらんになった植物園の荒れようなんかを考えてみた場合にね」

「僕みたいな余所者には、この島の時間の流れかたは、何と言うか、心と軀をゆったり揉みほぐしてくれるような感じでね。大いに有難い」

「それはけっこうなことです。ただ、気持の良い按摩にかかって、その後とろとろ眠りこんでしまうといったようなことにもなりかねませんよ」

「それも有難い。心地の良い眠りね。僕が求めているのはまさにそれなんです。実際、ここでは実によく眠れる。東京のあのがさがさした生活はいったい何だったのかと今になっては不思議になるほどで」

「そうですか。まあわたしなんかはもうこの年齢《とし》だし、まどろんで、眠りこんで、もうそれきり覚めなくなってもいいようなもんだが、あなたは一日の時間で言えばまだ陽が傾きはじめてもいないじゃないですか」

「いやいや、そんなことはない。それに僕はもともと、ぎらぎらした陽の光よりは月光の方が好きな性《たち》でね」

「冴え冴えとした、蒼ざめた月光ね。それはたしかに、本当にいいもんだ」老人の視線を追って迫村が見上げると、もうすでに中天高く満月に近い月が昇っていた。だが、すぐに続けて、「ただし、月が太陽よりも和やかで優しいとはかぎらない」と老人は付け加えた。

「そんなもんですかね」

「そうですとも。月光というのはああ見えて、けっこう苛烈で無慈悲なものでね。人を酔わせて、酔ってるだけならいいが、うっかり油断してると、何と言うか、その酩酊感に中毒してしまうようなところがありますからね」

「中毒したいもんです」

老人はにっこり笑ってそれにには何も答えなかった。膳の上にはいつの間にか凝った造りの肴《さかな》が幾皿も並んでいて、それに箸をつけながらぽつりぽつりとそんなとりとめのない話を交わしているうちに迫村はかなりの量を飲んでしまったようだった。

「もう少し飲みますか。それともそろそろ食事にしますかね」と老人が言ったのを潮に、

「いや、気持良く酔いました。今日はもう、ぼちぼち……」と迫村が居住まいを正すと、

「そうですか」と老人はあっさり受けて強いて引き留めようとはしなかった。

「ええと……お代の方は」客という言葉の意味にも二種類ある。商売人にとっての「クライアント」も日本語では客だし、あるじが招待しもてなして一緒にいる時間を楽しもうとする「ゲスト」

もまた客だろう。迫村は自分がどちらの意味の客として遇されているのかよくわからなかった。そもそもここが金を取って茶菓なり酒食なりを供する場所なのかどうかも定かではないし、たとえそうした店だったとしてもそれではこの老人がその主人なのか、あるいは老人もまたどちらかの種類の客なのか、そうしたことも判然としない。老人にはその場を取り仕切って人を遇するとか人に何かを供するといった態度がなく、迫村と一緒になって半ば放心しつつただ無責任に酔いの深まりを楽しんでいる風情しかなかった。

ははっと老人は笑って、「まあ最初のお茶のお代だけはいただいてもいいんだが、こうして良い気持になったところで金のやり取りをするのも不粋でしょう。今日はみなわたしのご招待ということにさせてください」

「恐れ入ります」

「ところでね」老人は煙草の火を揉み消しながら、「静かな町、と先ほどおっしゃった。そりゃあそうなんです。この島には犯罪なんてものもここ数十年ほとんど起きていない。けれども、この静穏、この平和はね、やはり何かによって贖《あがな》われているんじゃないのかとわたしはときどき思うんです。何かにね。それはとびきり血生臭いものであるかもしれない」突拍子もない言葉が突然出てきたので迫村はややぎょっとして、

「それは何なんでしょう」と思わず訊き返した。

「さあ……」と呟いたきりで老人はそれきり口を噤んでしまった。

老人と和服の女が生け垣のところまで見送ってくれた。車を呼びましょうかというのを、いやま

あ、ぶらぶら歩いて帰ります、それこそ月も明るいしと断って、海に向かってつづら折りに下ってゆく細い砂利道を歩き出した。実際明るい月夜だった。迫村が月を背に歩いてゆくと自分の濃い影が前に落ちて、それがゆらゆらと妙に左右に揺れているのがおかしくて、おや俺はこんなに酔ったのか、久しぶりだなと思った。つづら折りの道がぐるりと回って方向が逆になると今度は月が正面にきて、あの爺さん、蒼ざめた月光と言ったが、この光はほんとに蒼くて、そして冷たいなと改めて驚きとともに考えた。そのうちに背後で何かがまたゆらゆら揺れて、ある瞬間にそれがむっくり起き上がってくる気配があり、脇腹から首筋にかけてぞわりと鳥肌が立ったが、しかしそれは必ずしも恐怖からばかりではなく、さっきからそくそくと迫ってきていた人懐かしさへの渇きがこれでようやく癒されるというそこはかとない期待もまたそこに混じっていたことは否定できない。人を異界へごく自然に誘いこんでゆくようなこんな光の中では、気の合う連れがあるならたとえそれがどんな連れだろうとあるに越したことはない。

　立ち上がってきたものの気配をすぐ間近に感じながら歩きつづけ、道がまたぐるりと回り迫村は月を背にすることになって、しかもそれなのに今度は迫村の前に影はない。それはとっくのとうに立ち上がって背後から迫村にぴったりついてきているようだった。え、あんたはどう思うと迫村は言ってみた。それは声になって響き実際に空気を震わせたのだろうか。それとも心の中の呟きにすぎなかったのだろうか。こんな光に中毒して、病みつきになって、腑抜けみたいになって、挙げ句の果てにこの半島の町の静けさに軀を溶けこませ、とろとろと眠りこんでゆく。なあ、そういうことで良いんじゃないのか。

――けっ、勝手にしな、と冷たく突き放すような、しかしそれでもほんのり笑いを含んでもいる声で、迫村の影が答えた。

――いや、それで良いっていうよりむしろ、それが良い、それこそがいちばん良い、と、そう思わないかね。

――好きなようにすればいいさ。

――ひとときとろとろまどろんで、そして、目が覚めたらまた船に帆を上げて海に漂い出し、別の土地に向かったっていいじゃないか。

――それだけの覇気が、そのときまだ残っているかよ、という影の声に滲む笑いが、やや辛辣なものになっている。

――いるとも。おいおい、見くびるなよな、俺はまだまだ若いんだぜ。まだ陽が高い年齢だって、あの爺さんも……。

――しかしなあ、あんた、やどかりとか何とかってさ。やどかり気取りの男じゃあなあ。借りものの固い殻の中に自分を鎖《とざ》して、ぬるい水の中でのんびりして、ちょいちょいと触手を出して遊んでいたいなんて、そういう爺むさいこと言ってるようじゃあなあ。

――いやいや、そうじゃない。荒波がしぶく大洋に乗り出してゆくのも、こういう潮溜まりで月の光を浴びているのも、つまるところはおんなじことじゃないかって言ってるだけだ。だからもちろん、この潮溜まりを出ていって、世の中の最前線にもう一度復帰してもいいわけだ。やろうと思えばいつでもできるさ。俺はまだ若い。

――どうだかな。

――ただ、もうさんざんそれはやってきたことだしなあ。俺はただ、自由ってものを……。

――自由！　何とまあ、気恥ずかしい、という影の口調はもうあからさまな嘲弄になっている。

――囚われないってことさ。それをね、こののどかな土地で……。

――のどかかね。あんたが静かな町って言ったらさっきの爺さんは首をかしげていたようだぜ。

――うん……。だんだんおわかりになってきますよ、なんて余裕綽々《しゃくしゃく》だったな。

――いずれそのうち、やどかりの殻がぐしゃりと踏み潰されるようなことにならないといいがねえ。

――そうしたらあんただって一緒にぐしゃりと行くだろう。ま、だんだん何がおわかりになってくるのか、こないのか、それはともかく、もうしばらく俺はこんなふうにのんびり暮らさせてもらうよ。

　気がつくと迫村の影はまた元の通りに目の前に延びていて砂利道もほぼ下まで降りきったようだった。車の通る舗装道路がすぐ眼下に迫っていて、野草の茂み越しにヘッドライトが右方から近づいてきて左方へ去ってゆくのが見えた。

　流れてゆく日々のそれは一日で、どんな印象的な一夕の思い出も過ぎてしまえばだんだんと凝固して過去の一こまと化してゆく。一日からまた別の一日へと切れ目なしに移りながら潮溜まりの町での迫村の生活は続いていった。

　そんな中で折りに触れ頭に浮かぶのは、人間は結局、流浪と定住の中間あたりを曖昧に揺れているのが良いのだという考えだった。定まりなく漂いつづける気ままな生の姿は一見安気で心地良さげに見えて、ともすればだらしない頽廃と虚無感へ滑り落ちていきかねない。実際、最後には何ものも信じないうつろな眼で土地から土地へ、女から女へと流れていく孤独な獣のようなものになり下がるのが落ちではないか。が、他方、一つところに棲み処を定め、根を下ろし、子どもを育て、自分自身の遺灰もその土地にうずめる覚悟で生をまっとうするといった道の行きかたはと言えば、いかにも堅実で揺るぎない幸福が保証されているかのごとくだが、そこにもまた別の危険と別の頽廃が待ち受けているだろう。小さな安穏に充足し、外界への好奇心が萎え、知らず知らずのうちに貧しく痩せ細ってゆくことになるかもしれない。流浪でもなく定住でもなく、その間をどちらともつかずゆらゆらと揺れていたい。

奥まった内陸でもなくまた大洋に孤絶した島でもない半島という場所は、そうした曖昧な生のかたちを受け入れてくれるのにふさわしい器であるように思われた。それは人や物が漂着する場所だった。はるか南の島から海流に乗って北上し日本の岸辺に漂着する椰子《やし》の実のように、人もまた「寄り物」となって流れ着き、誰かの手で拾い上げられるという恩寵を待ち受ける、そんな密かな出会いの場所だった。迫村もまたそうした「寄り物」の一つとなって漂い流れ、S市の宿に流れ着き、そのままそこにふと仮初の棲み処を定め、そんなふうに流浪と定住の間を定まらずに揺れつづける曖昧な境遇を愉しんでいるわけだった。滞在を切り上げて東京に帰ってしまえばもちろんS市もまた束の間の流浪の一挿話でしかなくなってしまう。だが他方、迫村にはもう東京での足場もなくなっていて、もし本当にS市が気に入ればここに家でも借りて翻訳なり原稿書きなりのやくざな稼業を本式に開業すれば良いわけだった。そんなふうに定住へと漂う魅力もまたこの半島は決して欠いてはいなかった。

それに迫村が身を落ち着けたのは半島の先端とも言えるが、橋一つで内陸から切り離されまたそれと結びつけられてもいる島でもあった。それは大洋の真っ只中での孤立の悲愁といったものがいっさいまつわりついていない島だった。老人は橋向こうという言葉を使ったが、橋一つ渡ればその向こうはありきたりの現代の日本で、どこにでもあるような埃っぽい散文的な街並みが広がっている。そこに帰ってゆくのももちろん迫村の自由であり、気が向けばバスで駅まで行き駅から列車に乗ってまた東京に戻ってゆくだろう。それはあまりにも簡単なことではあるがただ、橋一つあるのとないのとではやはりずいぶん違うのも事実だった。橋とは切り離し、かつ結びつけるものだ。まれびとが到来するようにその橋を渡って迫村はやって来て、さしあたりは余所者として、クライアントともゲストともつかない客として、天空に浮かぶような部屋で土地に根を下ろさないふわふわした暮らしを愉しんでいる。その愉しみがいつまで続くかは迫村にもはっきりせず、どうやらそれを決めるのは迫村自身の自由にはならないことのような気もしなくはない。しかしとりあえずは流れゆく日々にただ身を委ねその流れのままに押し流されていればいいだろう。

〈ホア・マイ〉という名のヴェトナム料理店がこの島の目抜き、と言ったらよいのかとにかく車がすれ違って通れるやや賑やかな商店街のはずれを一本折れたところにあり、あれはいったい何だろうと散歩のたびにずっと気になっていた。S市の島に暮らしはじめて十日ほど経ったある夕方、迫村はちょうどその近所を通りかかったとき空腹を覚えたので少々早めの晩飯にするかと思い、宿に電話でそう断ってから〈ホア・マイ〉のスウィングドアを押して中に入っていった。そこにはがらんとした薄暗がりが広がっているばかりで、しばらくして目が馴れてくると少し奥に大きな棕櫚《しゅろ》の鉢植えがぽんと無造作に二つ並んでいる、その間に下りの細いエスカレーターがあってがたごとと動いているのが見分けられた。恐る恐るステップに足を下ろしてみるとずいぶん古びたそのエスカレーターはかすかに震動しながら迫村をゆっくり階下に運び、ようやく食堂らしいところに出た。迫村を運び下ろしたエスカレーターはそこからさらに下の階へと降りてゆくもう一つのエスカレーターに連絡していて、ただしそちらの方は動いていない。つと身をかがめてその止まったままのエスカレーターの奥に瞳を凝らすように見下ろしてみたが途中から下は暗闇に鎖されている。迫村は軀を起こしてあたりをぐるりと見回した。

高い天井にはファンがぬるい空気をゆっくりと掻き回していて、竹で編んだ衝立てをあちこちに配した室内はなるほどヴェトナムと言えばヴェトナムふうに見える。もっとも迫村はタイからマレー半島にかけては少々知っているもののインドシナ半島のヴェトナム側には行ったことがない。回転台の付いた中華料理屋ふうの丸テーブルが一つあるほかは四人掛けの四角いテーブルがいくつかゆったり置かれているだけの、時刻から言っても当然だが誰一人客のいない店のフロアを見回していると奥から目の覚めるように真っ青なアオ・ザイを着た若い娘が出てきてニン・ハオ、と言った。迫村もニン・ハオ、と応じてそれ以上の中国語は知らないので、「夕食はいいのかな。一人なんだけど」と英語で言ってみた。娘はちょっと意外そうな顔で迫村を四角いテーブルの一つに案内しながら、「中国人かと思いました」とやはり英語で言った。

「日本にいて日本人以外に間違われたことはないなあ」と迫村は言った。「バンコクやシンガポールで暮らしていた頃、韓国人ですかとよく訊かれましたけどね。そう言えば中国人だろうというのも一、二度あったかな」

娘は迫村にメニューを渡しながら、「タイやマレーの人の顔立ちとは違って、あなたの顎の線はもっと北の方の感じね」と言った。日本語は二人称の使いかたが難しくてたとえおまえや君でなくても、あなたは、と話しかけると何か急に狎《な》れなれしい不作法な感じになってしまうものだが、英語だと初対面の客とウェイトレスの間でもあなたはと言い合うことができるのは便利な仕掛けだと、そんなことをちらりと思いながら迫村は、「それよりあなたはそんなアオ・ザイを着ているくせに、ヴェトナム人じゃなくて中国人なんですか。それともひょっとして日本人?」と言ってみた。「サア、ドウデショウ」メニューを迫村の手に残して奥に引き揚げていきながらの娘の返事は日本語で、かすかに異国訛りが響いたような気がしたが、しかしふざけてそうしてみただけかもしれない。

迫村のテーブルは大きな窓に面していて、そこからはまだ暗くなりきっていない夕暮れの海が見えた。メニューを開いてみると、ゴイ・クオン、クア・ラン・ムーイ、バイン・チャン・クオン・トム、ゴイ・センなどと始まってずらずら沢山並んでいて、それぞれ生春巻、揚げ蟹、海老団子のライスペーパー巻き、豚と海老とハスの茎のサラダ、等々といった説明が一応は添えてあるが、まあ何が何だかわからない。わからないがこれはなかなか馬鹿にはできないぞと襟を正すような気分になった。迫村はビールの他にはそのゴイ・センというサラダ、さらにスップ・マン・クアとチャオ・

ヴィットというのを注文した。前者は蟹とホワイト・アスパラガスと溶き卵のスープ、後者は鴨肉入りのお粥であるらしい。

運ばれてきた料理は仕込みも味付けもいちいち手が込んだもので、迫村はどの皿にも堪能しつつ、バンコクで一、二度行ったことのある本式の高級ヴェトナム料理店に劣らない味だと思った。コーチシナからタイ、マレーにかけての料理はどの文化圏でも長い歳月のうちにそれぞれ独自の洗練を極めていて、あの香菜《パクチー》の味が我慢できないという日本人が多いが、スパイスが味蕾《みらい》にもたらす官能の饗宴に関するかぎり日本人の舌は良く言えば禁欲的、悪く言えば貧弱で鈍感にすぎるのではないかというのが年来の迫村の疑問だった。日本人が子どもの頃から親しんでいるのは要するに醬油出汁《だし》の味であり、素材の自然の風味を引き立てると称するこの出汁味の無限のニュアンスの開発がこの国の食文化の伝統の中身なのだが、それにしても何とも狭い音域での微妙な差異に拘泥してきたものではないか。そこにはほそみだの、わび、さび、しをりだのといった貧困の美学の洗練にも通じるものがあり、それはそれでなかなか大したものとはいえ、様々な香草や香辛料の喚起する豪奢な色彩感が衝突し合い、互いを増幅し合い、強調し合い、かと思うと互いを宥《なだ》めすかし、和らげる、そんな味覚の交響楽を何とはなしに下品と蔑むような高踏趣味が、この国のほそみの美学の限界なのではないか。そりゃあ枯山水も水墨画も大したものだ。大したものだが、だからと言って派手な原色のぶつかり合いが感覚を官能の眩暈に巻きこんでゆく、そんな熱っぽい体験に対して自分を鎖してしまうのはつまらぬ夜郎自大ではないか。

アオ・ザイの娘が運んできてくれた食後のジャスミン茶を啜りながらそんなことをぼんやり考え

ていると娘が急須を手に現われ、

「お茶をもう少しいかが」と言った。

「貰いましょう」と煙草に火をつけながら迫村は言った。「しかし本当に美味しかった。こんなところでこんな本格的なヴェトナム料理が食べられるとはね。何と言うんでしたかね」と記憶を探って、「トイ・ラット・ヴィ、カム・オン（楽しかった、ありがとう）」

ふふっと娘は笑って、迫村の怪しげなヴェトナム語に「コン・ザム（どういたしまして）」と答え、それから英語に戻って、「ちょっとお相伴しようかな」と言い、答えを待たずに迫村の前に座った。

「そう、美味しかったでしょう」

「そう言っちゃ悪いけど、ちょっと驚いた」

まあ、と眉をひそめ大袈裟に傷ついた表情を作って唇を突き出したが、その口元もすぐに笑みに溶けた。きれいな卵形の顔、広い額、ひっつめにして後ろで無造作に束ねた長い豊かな髪。両肱をテーブルにつき、手を組み合わせ、その上に顎をのせて、かすかな吊り目に妙に色っぽい笑みを浮かべ、迫村の目をじっと見つめてくる。ただしそれは少女が見よう見真似で大人の女の媚態を演じているようでむしろ子どもっぽい印象がつのって、二十歳をいくつか過ぎたくらいかと最初は思っていたが急に娘の年頃がわからなくなった。煙草の箱を差し出してみると一瞬ためらってから手を伸ばして一本抜き、迫村がライターで火をつけてやるとひと息吸いこんでからふうっと細く長く吐き出したが、何だかその手つきも覚束なくて子どもが背伸びをしているようだった。

「でもあんまり流行っていないようだ」実際、もうとっくに夕食の時間にかかっているのに客は相変わらず迫村一人だった。

「そうなの」It's true, unfortunately.と娘は言い、それを聞いてこれはやはり広東語のアクセントかと迫村は思った。

「じゃあ、俺が唯一の客としてもう少々散財しなけりゃいかんかなあ。ビールをもう少し貰おうか。君も飲まないか」

娘は煙草を指に挟んだまま奥に行って青島《チンタオ》ビールを二本と自分のグラスを持ってきてめいめいに注ぎ、「じゃ、乾杯」と言った。

一口飲んでから娘は「もう今夜は早仕舞い」と呟いたが、まるでその言葉が合図だったようにふと室内で何かの響きが変わり、がたごと軋みながら動いていたエスカレーターが止まったのだというこことが一瞬遅れてわかった。天井のファンのひゅいんひゅいんという音だけが残って、それが引き金となったか迫村の軀に十数年前のバンコクやクアラルンプールの様々な食堂にむっと籠もった熱気やそこに漂う魚醤やパクチーやレモングラスやその他のスパイスの渾然一体となった馥《かお》りの記憶がふと蘇ってきた。

「君は華僑なの」華僑というのが英語で何と言うのかわからずカキョウと日本語の発音で言ってみると、娘は首をかしげ、

「あなたこそどこか華僑《フア・キアオ》みたいで」と先ほどの話を蒸し返してはぐらかす。

「俺は日本人だけど、華僑の人たちの生きかたには憧れがあるんだな。東南アジアのちょっとした

都市へ行くと必ず中国人が固まって住んで広東語が通りを飛び交っている一角があるでしょう。あれは閉鎖的なゲットーみたいなのとも違って、来る者は拒まずといったふうの、外に向かって開かれた活力があるんだよね。生活の便のためにその一角に中国系の銀行やホテルや食料品屋が集まってくるけれど、その一方で、その外にまた平気で出かけていって町の他の場所で商売を始める中国人も沢山いる。そうするとまたそこに小さなチャイナタウンの芽が育ってゆくといった具合でね。そのエネルギーが白人に黄禍論などという妄念を思いつかせたわけだけど、あの楽天性はやはり大したものだ」

「昔々……」と娘がゆっくりした声で夢見るように言い出した。「その楽天的な活力に衝き動かされて、小舟を櫂で漕いで、海流に乗ってどんどん、どんどん北上してきた中国人がいたのかもしれない。それで、ヤポネシア列島の小さな内海に迷いこみ、こんな小さな半島の先端に流れ着いたのかもしれない。そして、どこから思いついたのか、彼の頭に、その小さな町でヴェトナム料理屋を開いたらどうかなんて奇妙なアイデアが浮かんで、その商魂たくましい華僑は、何とそれを本当に実現してしまった……なんて、そんな話はどうでしょう」

「うーん、波瀾万丈の一代記だなあ。それが君のお祖父ちゃんとか？　お父さんとか？」

「サア、ドウデショウ」というのはまた日本語だった。娘の吊り目に浮かんでいる笑みにはいたずらっぽさと同時にどこか意地悪そうな気配もないわけではない。しかし迫村は、

「いいねえ。俺はそういう生きかたが好きだなあ」と素直に言った。

「じゃあ、あなたもそんなふうにしてこの土地に流れ着いたってわけ？」

「そう、そうだ、ある意味で。小舟を漕いで港に着いたわけじゃあないけれど」

「で、どんな商売を始めるつもり？」と、当然のことのようにすぐに続けて娘は尋ねたが、商売、ビジネスという言葉に虚を衝かれ、迫村は少々たじろいだ。

「うーん、そうね、料理屋はどうも難しいみたいだなあ、この島では」

「そんなことはないでしょう。やりかた次第だと思うわ」

「何か、教えるとか」

「先生ね」

「しかしそれを辞めたばかりのところだもんなあ、俺は」自由という言葉は英語にすると何だか気恥ずかしくて口にできなかった。

「あら。何を教えてたんですか」

「アジアの経済史と金融理論」

「まあ」たじろぐのは今度は娘の方だった。

「しかし、もう辞めた、そういうのは」

「それで、満足してますか、今は」Are you happy now?　と訊かれて、オフ・コースと答えながらも迫村の心にその「幸福」という一語が妙に重く沈殿した。

「しかし、また始めてみてもいいか。大学生はもううんざりだから、小学生でも相手にして、英語とか、国語とか」

「いいかもしれない」娘はたちまちビールを空けてしまい、奥に行ってまた二本持って戻ってきた。

「あたしも雇ってもらおうかな、助手に。子どもに英語を教えるくらいならできるかもしれない。経理をやってあげてもいいわ」

「塾でも経営するか」

「塾、兼、レストラン」

「それは面白いけど、無理かも」迫村は笑い出した。

「あら、食事時と食事時の間に授業があるのよ。時間が来ると先生は服を着替えてウェイターになるの」

「そんなこと、やれるかね」

「やれますよ。塾の生徒はランチの割引券が貰えたり」

「生徒にはむしろ、ついでに無料奉仕で賄《まかな》いを手伝わせるか」

「賄いにそんな人手が必要なほどレストランにお客が来ればいいけれど」

「しかし、とにかく商売ってのはいいね。半島に漂着した人間は何か商売をやるべきだな。華僑的生きかただね」

「華僑にかぎらないわ。ビジネスっていうのは人生の本質でしょう。生きることの意味でしょう」

「そうか」

「そうですとも」

「要するに売って、買って、ということか」

「そう。人生ってそれよ。恋愛だってそうでしょう」

「売り買いかね」

「心を買うとか軀を買うとか、そういう意味での売り買いじゃないわよ。何て言ったらいいのかな、心や軀を、じゃなくて、心や軀で、それを通貨のようにやり取りして、他人との間に関係を結ぶことでしょう。経済的関係ではなくて、もっと深い、大事な関係を」

「損得勘定で言えば、ぴったり帳尻が合うってことが決してない関係をね」

「それを言えば、ほんとのビジネスだってそうなんだけど。帳尻なんか合やしない」

「逆に言えば、売ったり買ったりだって、ひょっとしたら一種の恋愛みたいなものかね」

「そうよ。自分の心と軀を何かに捧げて手に入れたお金でしょう。それを差し出して、相手がやはり心と軀を捧げた何かを受け取るわけでしょう。こんなに深い付き合いはないと思う」

「あぶく銭ってのは、やっぱり良くないんだな。それで何かを買っても、本当の恋愛は成立しないってことか」あぶく銭というのを英語で何と言ったらいいのかわからず、アブクゼニと言ってみると娘はにっこりして頷いた。結局迫村はからかわれているだけなのかもしれなかったが、ぽつりぽつりと単語を選んで英語の文を組み立てるのは久しぶりの体験でなかなか愉しくもあった。

ビールの栓を次々に抜きながらそんな冗談とも真面目ともつかない話をしばらく続け、そのうちに天井のファンが止まっているのにふと気づいて腕時計を見るといつの間にか夜はずいぶん更けていた。だいたいビールというのはずっと飲みつづけることのできる酒でもない。迫村は娘のグラスが空になる頃合いを見計らって、

「さて、もう帰らないと」と言って立ち上がった。娘も立ってレジのところに行き、手早くキーを

叩いてそう高くもない金額を言った。

「君の飲んだビールももちろんつけてくれ」

「つけてありますよ。奢ってもらっちゃおう」

財布を出してそれを払いながら、今度はどこか別のところで飲もうと誘ってみようかと思ったが、何となく気恥ずかしくなって言いそびれ、ただ、「じゃ、また近々」とだけ言った。

「すみません、そこ、歩いて昇ってくださいね」と娘が言うのに従って、止まっているエスカレーターのステップを昇っていったが、途中でふとよろけて足を踏み外しそうになってしまう。後ろからついてくる娘が含み笑いを洩らすのが聞こえ、あんな数本のビールで足元がよろけるほど酔ってしまったかと情けなくなった。昇りきると娘が前に回って暗がりの中を先に立ってスウィングドアのところまで行って、錠を外して開けてくれた。外に出て、

「じゃ……」ともう一度言いかけたとき不意に娘の顔が近づいてきて匂いやかな柔らかい唇が迫村の唇に触れた。背中に腕を回そうとしたときにはもうその顔は離れていて、

「待ってますね」と囁くように言った娘の目に浮かんでいるのはやはりいくぶん意地悪そうな笑みだった。改めて娘の手を握ってみようかとほんの一瞬躊躇しているうちに娘はつと身を引いて迫村の顔の前でドアが閉まってかちゃりと音を立てる。小娘に先手を取られたか、参ったなと苦笑して、それでもどこか浮き立つような気分を愉しみながら迫村はひとけのない深夜の街を抜けて宿まで帰った。

そんなことがあってから、やっぱり俺は人恋しい性《たち》なのかと迫村は改めて思い、宿で一人きりで

とる食事が少々味気ないものに感じられてきた。数日経ったある夜、夕飯の膳が下げられた後になおウィスキーを飲みつづけたい気分になり、氷の追加を貰って海を見ながら杯を重ねたのも、自分の中に冷たく凝《こご》る一抹の淋しさへのやりきれなさが日ごとつのってきたからかもしれなかった。半分近くに欠けてはいたがその夜の月も輪郭のはっきりしたきれいな月で、海のおもての全体が青白い輝きを発してまるで無数の蛍が飛び交う広大な草原のようだった。

迫村は酔いが深まってゆくのを愉しみながら、その一方誰かが一緒にいてこの夜の海の眺めを分かち合ってくれたらもっと良いだろうと認めないわけにはいかなかった。だが、こうして一人で飲んでいるのは淋しくないわけではないけれど自分自身がこの光に、この海に、この空に溶けてしまえば淋しさなどという感情が挟まる余地はもうないわけだとも思い、その思いがそこはかとない慰めになるのを感じた。やがてさらにもっと酔って、生々流転という言葉を口の中で転がしながら、島に着いたものはまた島から去ってゆくのだとぼんやり考えていたとき、不意にどこからかまた自分の影がむっくりと起き上がってきたのを迫村は感じた。その影が膳を挟んで迫村と向かい合い、

——しけた面してるなあ、と話しかけてきたときには親しい友人が前触れなしにただこちらの顔を見るためだけに寄ってくれたようで、やはり嬉しさに顔がほころんだ。

——いやいや、別に。こうして一人で飲むのもいいもんだ。

——強がりに聞こえるぜ。しばらくのんびり暮らすよなんて言ってたけれど、そののんびりにたちまち飽きちまったんだろう。

——飽きるもんか。だってこれは、ようやく本当の俺自身に戻ったってことだもんなあ。むしろ、

それまでのあのてんやわんやこそいったい何だったのかっていう気分だよ。

——そのてんやわんやを、けっこう愉しんでもいたじゃないの。

——そりゃあそうだ。でもね、それなりに愉しみながらも、あれは決して俺自身じゃなかった。

——ははあ、自由とか何とかっていうあの話になるのかね。

——要するに、俺が俺自身であることだろう、自由っていうのは。

——あんたはあんた一人であんた自身なんじゃあない。あんたとあんたの仕事との関係、あんたとあんたの同僚や学生たちとの関係、あんたとあの十八世紀のイギリスの政治家との関係、あんたとこの海の眺めとの関係、あんたと俺との関係、そういうすべてをひっくるめたものがあんただろう。

——そういういろんな関係が、こういう月の光を浴びているうちにだんだんとばらけてゆくんだよ。関係がほどけて無関係になってゆく。糸がぷつん、ぷつんとちぎれてね。

——それで幸せか。

——ああ、あのヴェトナム料理屋の娘にも訊かれたな。幸せか、不幸せか、さあ、どうなんだろう。それは考えないようにしようじゃないか。

——あんたは執着が足りない。もっとしんねりと執着してみたらどうなんだ。

——何に執着するのかね。

——まあ、飲むか。

迫村の影が正面からぬっと手のようなものを伸ばしてきて、その手のようなものにいつの間にか迫村が手にしているのとまったく同じウィスキー・タンブラーが握り締められているのを見ても迫村はあまり驚かず、こんな月の光の中ではどんなことでも起こるのだと思った。迫村はそのタンブラーの中に氷の塊をいくつか入れてやり、卓上の瓶を取りその蓋を開けてスコッチをどくどくと注いでやった。影はあくまで影だから何一つはっきりと見えはせず、人の姿とも何ともつかないが、どうやら影はタンブラーを口元に持っていったようだった。手もあり、口もあるのかね、あんたは。ぬっと差し出してきたその手のようなものの手首のあたりに自分の着ているのと同じシャツの袖口さえほんのちらりと見えてすぐに消えたのは、これは単にそんな気がしただけのことなのだろうか。

——あんたの人生ってのは、結局何だったのかね、と、シャツの袖口以外は見分けられなかったその黒々としたものが呟いた。酒を飲む口があるのだから、その口が動いて言葉を発するのは何の不思議もないわけか。それにしても、自分の影というのも何とも奇態なものだ。奇態な、厄介な、鬱陶しい、そしてひどく懐かしいものでもある。

迫村は影の呟いたその問いにぽつりとひとことで答えた。たしかに答えたが、それは輪郭のはっきりした言葉の体をなしていなかったかもしれず、ただ自分の人生が結局何だったのかはその瞬間の迫村には一点の曇りもなく明らかであるように思われた。影がさらに何か言い、それにまた迫村はぽつりぽつりと言葉を継いで答えた。影が迫村に酒を注ぎ、迫村も注ぎ返す。迫村の方から訊いてみたいこともあったがそれを口にしても影は何も答えてくれなかった。だが迫村はもう一人ぼっちではなかった。酒とも月の光ともつかないものにまたしても酔っ払って、その酔いが着実に深まってゆき、いつの間にか迫村はごろりと寝転んでそのまま満ち足りた眠りの中に浸りこんでいった。

眠りに落ちる直前、昔オーストラリア沿岸のある島を流れる河を船で下っていったとき河口近くで見た光景が不意に鮮やかに蘇ってきた。夜だった。月も星も出ていない闇夜。ただし光はあった。そのあたりは河に沿って八メートルから高いものでは十二メートルにも及ぶ巨大なマングローブがびっしりと並んで生え、その木立が二百メートルほどにわたって途切れることなく続いているのだが、そのマングローブ一本一本の、そのまた一枚一枚の葉のすべてに蛍がとまっていたのだった。蛍の大群はいっせいに、ゆるやかな点滅を繰り返している。光り、そして消える。光り、そして消える。その間隔は一秒に一回、いやむしろ二秒に三回ほどだったろうか。夜の海の波頭に月光がきらめくさまを蛍の群れのようだと感じた、先ほどのあの思いに誘われて蘇ってきた記憶なのかもしれない。

ただ、あのマングローブ林の蛍の光の点滅には驚くべきことがあった。数かぎりない蛍の群れなのに、そのすべての点滅のリズムが一瞬も狂わずぴたりと同調していたのである。河の両岸二百メートルにわたって広がった蛍の大群の間でいったいどのような信号のネットワークが共有されているのか、そこにいる個体のすべてが完全に同期して、同時に光り、次いでその光が同時に消えるのだ。二百メートルという距離の端から端まで、しかも河幅を越えた対岸にまで、いったいどんな合図が伝わっているのだろう。エンジンを切り緩い流れに乗ってゆっくりと河を下ってゆく迫村たちのクルーザーの甲板では、乗客たちはみな息を呑んで、文字通り言葉を失っていた。聞こえるのはただ、ときおり誰かがつめていた息を細く長く吐き出す音、あるいは恐る恐るのように、凄いね、ほんとにねと囁き交わすかすかな掠れ声、それからちゃぷり、ちゃぷりと舷側をうつさざなみの音だけだ。すべての蛍の光が同時に灯る瞬間もすばらしいが、本当に迫村を感動させたのはそれよりもむしろ、その光がいっせいに消えてすべてが完全な暗闇に包まれる瞬間だった。ああいう暗闇は、世界がああいう暗闇にくるみこまれるのは、見たことがないなと迫村は半ば眠りに浸りながらぼんやりと考えた。あれ以前に見たことがなかったし、あれ以後もない。あのときだけだと思い、それからまた別の夢の光景の中に滑りこんでいった。

それから何日か経った夜更けに、島の海べりの遊歩道で、月に一度立つという縁日の賑わいを見物しながら迫村がぶらぶら歩いていると、植物園のきわの料亭とも何ともつかない家の離れでいつだか酒と夕食をご馳走になったあの老人とそのとき給仕をしてくれた女が向こうから連れ立って歩いてくるのに行き会った。老人はそう嬉しそうな顔でもなくただ無表情にやあと片手を上げて、「どうですか。自由を愉しんでいらっしゃいますか」と言った。

「まあ、ぶらぶらしてます」

「今夜はみんなそうですよ。この町の人間がみんなこのあたりに出てきて、ぶらぶらしてる」

「縁日っていうのは良いもんだ」

「子どもに返ったような気持になるからね」

「そうですね。実際、これは昔からずうっと変わりませんからね。金魚掬い、綿アメ、シンコ細工、焼きソバ……」

「……夏だったらかき氷、冬なら甘酒」と今日は着物ではなくあっさりした白いワンピースにサンダル履きという気楽な姿で老人に寄り添っている女が言った。

「先達てはご紹介しませんでしたね。これはわたしの娘で、佳代といいます。あ、わたしの名前も言わなかったんだな。戸川です」と老人が言った。

迫村も自分の名前を言って頭を下げ、「ワンピースもお似合いになるんですね」という感じたまま の言葉が佳代に向かって思わず口から出てしまってから、紹介されてすぐにこれじゃあ図々しい中年男の軽薄なお世辞としか聞こえなかっただろうとたちまち後悔した。髪を後ろに丸めて留めて白いうなじを見せた美しい女はただにこりとして首をかしげただけだった。

「こないだはすっかりご馳走になってしまって」

「いやいや、楽しかった」

「帰り道も愉快でしたよ。月の光で酔っ払ったようになって」それには戸川は答えず、ただ、

「あちらの方、入江の端の方まで、もういらっしゃいましたか」と言って返事を待たずにくるりと振り返り、迫村の散歩に付き合うような具合に、自分が今しがたやってきた方向にまたぶらぶらと引っ返しはじめた。一歩遅れて、迫村と佳代が並んで歩き出す。六十五か、七十か、知らないけれど、ずいぶん若い娘がいるものだという迫村の思いはかすかな嫉妬に似ていた。縁日には島の外からもけっこう沢山の人が集まってきているようで、その賑わいを掻き分けながら三人連れ立って店々のきらきらした光の列に沿って歩いてゆくうちに、迫村はすでに酒が入っていたこともあって心が浮き立って、自分の中でシャンパンの泡がひっきりなしに浮かんできてはぱちぱち弾けているような気分になってきた。左に石段を下りればそこはすぐ砂浜で、この海浜公園の遊歩道を歩いて

いても寄せては返す波の音がうるさいほどに耳につく。

「迫村さんは、縁日はどの店がいちばん好きですか」と佳代が尋ねてきた。

「そう、やっぱり金魚掬いですかね。自分じゃあもう三十年このかたやっていないけど、あんなふうに浴衣姿の子どもたちがしゃがみこんで金魚を追ってるところを後ろで見ていると、いくら見ても見飽きない」

「うん、ああいうものに興奮した思い出というのは色褪せないもんだねえ」と戸川が肩越しに言う。

「子どもにとっては色鮮やかな夢のようなひとときでしょう。赤や白のきらきら輝くものを追いかけて、追いかけて、そして捕まえそこなって。豪奢と言えば何とも豪奢な遊びですよ。蝶々取りなんかと同じでね」

「男の子はみんな、それ以来ずっと、そういうきらきらしたものの後を追いながら大人になっていくんですかね」と戸川が言った。

「男の子にかぎらずでしょう」と迫村は言って佳代の顔を見たが、そこには柔らかな笑みしかない。

「いや、それはやはり少年の夢なんじゃないのかな。大人になってもそれを追いかけつづけてね。迫村さんもそうやって生きてこられたんじゃないかな」

「どうかなあ。安っぽい針金の輪っかを振り回してですか。そうかもしれないが、ただし、そこに張ってある紙がね、あっという間に、はかなく破けてしまう」

「そうなる前に、一匹か二匹は辛うじて自分の桶に捕まえられたりもするでしょう」

捕まえられたものがはたしてあったのかどうか、ちらりと想いを凝らしてみる。残ったものはただ、この島に携えて来た小さなボストンバッグ一つばかりではないか。ふと目を上げるともう満天降るような星空で、それからまた視線を地上に戻し、するめイカを焼いたり焼きソバを炒めたりする人間臭い匂いに取り巻かれている自分に仄かな安堵を覚える。

「でもねえ。そういったわずかばかりの獲物も、ひとしきり遊んだ後、ああ面白かったと言って自分の桶の水を水槽に空けて、放してやるわけじゃないですか。それをしないと、当の掬い手自身も自由になれないのかもしれない」

「それもつまらないことだねえ」と戸川が言ったが前を向いたままなのでどんな表情を浮かべているのか窺えない。

「いくらつまらなくても、結局そういうことになりますよ。第一、たとえ何を捕まえようと、お墓の中までは持っていけないんだし」迫村が妙に依怙地に言いつのったのは、その問題に関しては自分より先に立ってずっと多くを知っているはずの戸川に、うん、その通りと頷いてもらいたいと密かに、しかし強く願っていたからかもしれない。だがそういう依怙地は自由とはほど遠く、単に子どもっぽいこだわりにすぎないと思い直し、少々話題を変えて、

「しかしそれにしても、テレビの前でコントローラーを握り締めてピコピコやってるだけなのかと思ったら、今の子どももけっこう金魚を追っかけて大はしゃぎしてるんですねえ」と言ってみた。

「そりゃあそうでしょう。こういう暑い日に、ひんやりした水の中に差し入れた手で小さなしぶきを撥ね散らかすあの涼しさ楽しさってものはね。テレビ画面の上の遊びなんぞとは比べようのない

ものですよ」と戸川は言ってにこやかな顔で振り返った。

「そうですね。すばやく動き回る本物のいきものを、一生懸命追い回すスリルにしてもね。それから、水中で薄紙が撓《たわ》んで、今にも破けないかはらはらしながら、あの輪っかを動かしてゆくときの、手と指に伝わるあの水の圧力の感触」

「それがぐしゃりと破れたときの、軽くすっぽ抜けるようなあの感触もある。あの呆気ない失望感がいいんだ。ああいうのはみんな、テレビゲームの世界なんかにはないだろう」

「あら、テレビゲームだって面白いのよ」とそれまで黙っていた佳代が思いのほか華やかな声を上げて抗議した。

「そうですかね」

「そうですとも。ねえ、ちょっとやってきましょうよ」

佳代が指でさしたのは島にあるたぶん唯一のゲームセンターで、三人はちょうど島のささやかな歓楽街というのか、そのゲーセンやら、パチンコ屋やら、映画館やら、マクドナルドやらが遊歩道と向かい合って固まって並び、オートバイで集まってきた若者たちで賑わっている一角にさしかかっていた。ふふっと戸川が笑ってすぐそれに応じ、佳代に手を引っ張られるのに逆らわずそのゲームセンターの入り口に向かい、あまり気の進まなかった迫村も仕方なしに後を追った。

なるほどこれはこれで悪いものではなかった。空手の達人を操って戦わせたり宇宙船を飛ばして敵の編隊を撃ち落としたり、佳代にいちいちコーチしてもらいながら迫村と戸川は子どもや若者の間に混じってあれこれ一通りやってみた。迫村は指の関節が白くなるほどぎゅっとスティックを握り締め、もう一方の手でボタンをばしばし叩きながら、ううむ、これはけっこう夢中になるねと思わず呟いて佳代に笑われた。戸川はほどなく音を上げて、わたしはやはりこれかなと言ってコンピューター将棋から離れなくなってしまったので、その間迫村と佳代は二人であれやこれや遊んで、最後には、鉤の手のついたクレーンを操縦してぬいぐるみの動物を取ってくるゲームに取りついて、百円玉を馬鹿馬鹿しいほどの枚数注ぎこみ結局は何一つ取れずに終って、それでも子どもっぽくはしゃいで華やいだ笑い声を立てる佳代とそんな馬鹿馬鹿しいことで時間を潰すのが迫村は楽しかった。

「さて、そろそろ行くか」という声が後ろでして、振り向くと戸川が立っていた。佳代がその戸川につと軀を寄せてゆくのが迫村には少々淋しかった。

「何十年も時間が止まってといつだかおっしゃいましたが、この島にはこういうところだってあるじゃないですか」茶髪の少年少女が集まって大騒ぎしているあたりを指し示しながら迫村はそう言ってみた。

「まあ、そうですね。わたしが時代に遅れているだけだったか」と戸川は笑いながら素直に受けて、

「佳代にいろいろ教えてもらわなくちゃいけない」

「佳代さんはさすがに上手いもんだ」

「まあ、お二人と比べれば……」

「そういうことですね。カラオケなんかもなさるんですか」

「もちろん。今流行ってる歌なら一通りはこなしますよ」

「それにしてもキティちゃんのぬいぐるみ、取りそこねて口惜しかったですね」と言うと佳代はまた華やかに笑った。

では、という思い入れで戸川が尋ねるような視線を向けてきたので、そこらで一杯どうですかと誘ってみようかという気持が動かないでもなかったが、店も知らないし、これ以上一緒にいるのも図々しいかと思い、

「じゃ、ここで。僕はちょっとトイレに寄っていきますから」と迫村は言った。

それでは、と二人が目顔で挨拶し、自動ドアを開けて出てゆくのを迫村は少々心細い思いで見送ったが、そのドアが閉まりきらないうちに佳代が外から振り返って、「あ、トイレはその奥の、ちょっとわかりにくいところですから」と早口の言葉を投げてきた。ドアが閉まってしまったので、あ、どうも、という迫村の声は届かなかったに違いない。女の顔の前でドアがぴしゃりと閉まる、そんなことが最近よくあるなという思いがふと頭をよぎる。

トイレはまあ口実みたいなものだったが、せっかく教えられたのだからと思い、迫村は何となくゲーム機の間を縫って奥に行き、トイレのドアを探してみた。いかにも人気のなさそうな古い機械がぱらぱらと置いてある暗がりから横に通路が延びていて、それを抜けると今まで気がつかなかった別の狭いスペースがあり、そこには手前にあったのよりさらにもう一時代昔のものらしいゲーム機が並んでいる。こちらではないのか。たった一人だけそこで遊んでいる客は迫村と大して歳恰好の変わらなそうな男で、くわえ煙草にコートを着込んだままつまらなそうな顔で「パックマン」をやっていた。それがちょうどゲーム・オーバーになったのを見てとって、「手洗いはこっちですか

ね」と訊いてみた。男は迫村と目を合わせないまま、口から煙草を取り、しかし言葉は発さずにもう一方の手の人差し指をただぶっきらぼうに床に向かって曲げてみせた。見回してみると、最初は気づかなかったが小さな鉄製の螺旋階段があって下に延びているのに気づいた。

窮屈な階段を覚束ない足取りで降りるとそこは真っ暗で、ぼんやり明かりが灯っている方向に手探りで歩を運びながらトイレの表示を探してみるがどうも見当たらない。薄暗い通路が右に曲がり、小さな階段を数段上に昇り、さらに続いているのを、乗りかけた船のような気分になって辿ってゆくうちに、迫村の意識からだんだん現実感が薄れてきた。「ちょっとわかりにくいところ」と言われたがそれにしてもこれはあまりに妙で、ひょっとして気づかぬうちに俺はもうゲームセンターの建物を裏口から出てしまったのだろうかと迫村は訝《いぶか》った。弱い光を放つ裸電球が間遠な間隔でぽつりぽつりと灯っているだけなのでよく見えないが、目を凝らすと通路の両側にはただ薄い板を何層にも渡しただけのような危なっかしい棚が連なり、そこには低い天井までぎっしりと埃まみれの新聞紙の束が積み重なっているようだった。日付け順に整然と並んでラベルを付けて分類されているところもあったが、しばらく行くと大雑把に紐で括られた塊がただ無造作に積まれているだけになり、またさらに行くと紐で束ねられもせずごちゃまぜに重なって通路の方にはみ出し、歩いてゆく迫村の軀のどこかが軽く触れてしまうとすぐばさばさと床に落ちる。

ここには夢の中で何度も来たことがあると迫村は思った。それともこれもまた夢なのだろうか。俺はいつの間にか宿に戻って床に就いているのだろうか。しかしむしろだんだん酔いが醒めてゆくような妙にしんと冴え返った意識になって迫村はその黴臭い通路を進んでいった。ある場所では新聞紙の束が両側から迫《せ》り出して通路を塞ぎ、軀を横にしてやっとすり抜けると背後でその山が崩れる音がして、かすかな後ろめたさを覚えるがしかし振り返ることなくただひたひたと歩いていった。棚の横板が腐って落ち通路を塞いでいるところもあり、いちめん溢れ出している新聞の山を乗り越えなければ先に行けない。いつの間にか天井は迫村が真っ直ぐに立つと頭がつっかえてしまいそうな低さになっていて、たぶん十メートルおきくらいに足元には敷居、天井には框《かまち》が張り出している箇所があり、そこは頭をかがめて跨ぎ越えてゆく。そうした箇所をいくつ通過したかでこの通路の大雑把な長さがわかると思い、一、二、三……と数えてゆくのだが十いくつかで不意に根気が途切れて何が何だかわからなくなってしまう。何か禁忌を犯すような思いで恐る恐る後ろを振り返ってみると、間遠に続く明かりの列がだんだん小さくなりながらはるか彼方までずっと続いている予想通りの光景で、しかししばらく見ているうちに何か垂直に真上を見上げているような錯覚が生まれ、俺は気づかぬうちに下へ下へと降《くだ》っているのだろうか、いったい宿へちゃんと帰り着けるのだろうかと心細くなった。

ある明かりのそばに来たところでふと好奇心を起こして立ち止まり、伸ばした手に触れた新聞紙を行き当たりばったりに一枚取り、薄暗い光に翳して読んでみようとするのだが、それは小さな虫が様々な姿態で跳ねたりのたくったりしているような迫村の知らない言語で書かれていて、じっと見つめているうちにその理解できない文字の連なりが本物の生きた羽虫みたいに起き上がり蠢き出すようだった。気味が悪くなってそれを床に放り捨て、向かいの棚からもう一枚を取ってみる。そこには漢字が並んでいて、日本語ではないようだからこれは中国の新聞だろうか、しかしそれでも見出しの漢字を辿ればだいたいの意味くらいは見当がつくはずだと思って目を凝らしてみても、何が何やらまったくわからず、しかもその間にも最初は漢字と見えたものの一つ一つの画数がじわりじわりと増えて、気がつくとその一文字一文字は極度に入り組んだ迷路のような異形の記号で、まるでそれは迫村が歩きつづけているこの直線の通路の縮図であるかのようだ。せめて日付けだけでも確かめようとして紙面のへりのあたりをためつすがめつしているうちに、すっかり黄ばんだその新聞紙はまさにそのへりのあたりからほろほろと崩れてパルプ屑と化し床に散ってゆく。

迫村はさらに歩いていった。どうやら通路は直線ではなくところどころわずかに彎曲したり、敷居と框の節目ごとに斜めに方向を変えたりしているようだった。もう一度背後を振り返ってみると今度は十数メートルかそこらまでしか見通せずその先は漆黒の闇に沈んでいる。やがてT字の形に突き当たる場所に出て、右も左も同じような光景なので迫村はいい加減に左に道をとり、しばらく行くとまたT字路に突き当たったので今度は右に折れた。それから同じようなT字路がいくつもあって、迫村はもう半ば投げ遣りになって右に左にとでたらめに折れていった。棚にあるのはもう新聞の束ではなく何ともつかぬガラクタが堆《うずたか》く積み上げられているだけで、やがてその壊れかけた棚板の列もいつの間になくなって、ただただごみ溜めの間を掻き分けながら歩きつづけているような具合になった。

と、右側の壁にぽかりと間隙があり、そこから狭い下り階段が延びているのに気づいた。それは明かりと明かりの中間の仄暗い場所で、うっかりしていたらそのまま気づかずに通り過ぎてしまったかもしれない。少々ためらったが迫村は両手を壁について躯を支えるようにしながらその階段に足を踏み出した。傾斜のきついその階段は途中で踊り場もなしに左に直角に折れていて、その先はさらに勾配が急になって階段というより梯子に近いものになり、その踏み段も相当傷み腐りかけてもいるようで迫村が体重をのせるとぎしぎし軋みつつ撓んで今にも踏み抜いてしまいそうだった。

やっと下まで降りるとそこは地下倉庫のようなやや広い空間で、これまでと同じような薄暗い電球がぽつりと一つだけ天井の真ん中から垂れていた。菱形とも五角形ともつかぬそのいびつな部屋の片隅に痩せこけた裸の子どもが一人、軀を丸めて横たわっていた。歳は八つか九つくらいか、目鼻立ちのくっきりした可愛らしい顔立ちは暗がりを透かして見てとれるが首までかかっているぼさぼさの髪からは男の子とも女の子とも見分けられない。迫村と目が合い、子どもの唇がわずかに動いたようだが声は聞きとれなかった。一瞬の後、迫村はいくつかのことに同時に気づいた。……その素裸の子の汚れた軀があちこち傷痕だらけで、一つか二つまだ塞がっていない新しい傷口からはなまなましい鮮血が滴っていること。垢と埃にまみれて薄黒く汚れたその子の顔の頬のあたりに、涙の跡が幾本かしらじらと筋を引いていること。さらにまた、軀に引きつけるように曲げた膝を抱えこんでいる両手には手錠がきつく嵌まっていて、手首のところが赤く擦り剝けそこからも血がじくじくと滲み出ていること。

子どもは迫村から目をそらせ、手錠をじゃらりと鳴らしながら足を伸ばして俯せになった。やはり傷だらけの、とうてい正視できないような背中には、細いあばら骨の列が痛々しく浮かび上がっている。立ち籠める饐《す》えた臭いの中から糞尿の悪臭が際立って鼻をつく。一瞬軀を竦《すく》ませた迫村が子どもに駆け寄ろうとしかけたとたん、もともと暗かった電球の明かりがさらにいっそう暗くなって闇に近くなり、次いで今度は急に明るくなって迫村の目が眩むほどになった。と、子どもの姿が布巾で拭い取られたように掻き消えて、そこにはただ明かりを背にした迫村の影が前に伸びているだけだった。その影がむっくり起き上がり、

――こういうことなんだよ、と言った。

――こういうことって、何だ。あの子はいったい、何でこんなところに……。

――だからこういうこと、だってことさ。あんたは逃げられない。そういうことさ。

――逃げる気なんかあるものか。第一、逃げようとしてこの島にやって来たわけじゃないよ、俺は。

――そうかね。

――もちろんだとも。

――自分自身からは逃れられない。

――もちろん。

――そう思い定めているならそれでいいさ。ほら、あそこから帰ればいい。

影はまた影に戻って地面にぺったりと寝そべり、迫村が手を動かせば手を、足を動かせば足を、その通りただ従順に真似るだけだった。指し示された方角に目をやるとそこには幅の狭い昇りのエスカレーターがあり、それがいつの間にかがたごと震動しながら動いているのだった。言われるままに動くのは少々癪でなくもなかったが、後戻りする以外には他に行き処もないのを見て取って、そこに近寄りステップに足を乗せると、迫村はゆっくりと上に運ばれ途中からは仄かなジャスミン

の馥《かお》りが漂い出して、鼻が曲がるようだった悪臭が嘘のように消えてゆく。静かな町ですねと誘うように言っても戸川がすぐには返事をしなかったことが改めて思い出された。エスカレーターを昇りきったところは仄暗い〈ホア・マイ〉の店内で、先達て迫村が食事をしたテーブルのあたりだけが脇のフロアスタンドで明るく照らし出されていた。そのテーブル席の同じ場所にあの娘が座っていて、今日はアオ・ザイではなく黒いTシャツに黒いズボンというあっさりした恰好だった。娘は半分飲みかけたビールのグラスを迫村に向かって乾杯の身振りで持ち上げながらにっこりして、「あ、今晩はもうとっくに閉店なんだけど」と英語で呟いた。戸川は今夜は町の人間はみんな縁日見物に出てきていますよと言ったけれどじゃあこの娘は行かなかったのか、という想念が何となく閃いた。

「何だかひどくお疲れみたいですね。またあなたの貸切りみたいになっちゃうけれど、特別サービスで何か夜食でもお作りしましょうか」そう言ってほっそりした黒ずくめの軀がゆらりと立ち上がるのを見つめながら迫村は脅えとも何ともつかぬ気持を咽喉元に押し戻そうと努めつつエスカレーターの上がり口にしばらく立ち竦んでいた。

五極の王

目覚めると樹芬《シューフェン》の軀はもうベッドにはなく家の中のどこかで中国語の会話が交わされているのが壁越しにくぐもった響きとなって伝わってきた。樹芬《シューフェン》のつけている香水は柑橘系のものだったがそこにどんなふうに彼女の体臭が混ざってそうなるのか何やらひとすじほんのりと白檀の匂いの糸が織りこまれているようで、昨夜の迫村《さこむら》は彼女の腋の下に顔を埋めてその芳香が鼻孔をくすぐるのにめまいしているうちにどこかの寺院のひとけのない回廊で夕暮れの空を見上げているような感覚に浸されたものだった。そんな樹芬《シューフェン》の軀の残り香に包まれながら迫村はしばらくじっとしていた。

艶っぽいことを上がってしまうには早すぎる年齢なのにこのところ迫村の生活には女の匂いは絶えてなく、そしてそのことにさしたる不都合も感じないできたがしかしそれにしてもこんなに深い熟睡の安息が久しぶりなのはたしかなことだった。人の軀というのは何と浅ましいものかという思念がちらりとよぎる。

迫村はどちらかと言えば嗅覚が鋭敏な方だったがそれはべつだん馥りに小うるさい好みがあって自分の周りの空気に少しでも神経を逆撫でする悪臭が混じると居たたまれない思いをするというようなことではなかった。どんな匂いでも、芳香でも悪臭でもその微細なニュアンスを嗅ぎ分けて、様々なものが混ざり合って鼻孔に届く匂いの筋を細かくより分けてみること自体に密かな陶酔を覚えるといった性《たち》とでも言ったらいいのか。もちろん鼻が曲がるようなものはご免こうむるとしても田舎道を歩いていてふと懐かしいこやしの匂いが漂ってくるような瞬間が迫村は決して嫌いではなかった。そう言えば迫村は寝小便の癖がなかなか抜けない困った子どもで明け方近く濡れたパジャマの下穿きがぐっしょりと肌に張りつく感触で目覚めるということを人に言うには恥ずかしいほどの年齢まで繰り返していたものだが、ああまたやっちゃった、またお母さんにこっぴどく叱られるぞと気を滅入らせながらも自分の小便の匂いに包まれて布団にくるまっているのは存外心地良いもので、下穿きを脱いで布団の外に丸めて出しシーツの染みから少し軀をずらせ、小さなペニスをシーツの乾いたところにこすりつけて後ろめたさの混じったそこはかとない甘美感に包まれたまままたうとうとと寝入りこんでしまうといったこともよくあったものだ。

樹芬《シューフェン》の軀が消えていることを確かめた後、昨夜その軀のあったところをまさぐってみたその腕をその場所にだらりと伸ばしたまま、かすかに白檀の混じった彼女の残り香に包まれながら迫村はうつらうつらとそんな子どもの頃の思い出を撫でさすっていた。それにしてもいったいなぜそんな記憶が蘇ってきたのかとふと訝り、そんな訝りそれ自体も股間が濡れた感触と小便の匂いの記憶の中にうっとり溶けこんでゆくようで、そんなふうに意識の底にゆらゆらと触手をうごめかせつつ迫村は眠りと覚醒の間をさらにしばらくの間漂いつづけ、それからようやく起き上がって身支度にかかった。

カーテンの隙間から洩れてくるどうやら今日は曇り日らしい朝の光で部屋は仄かに明るんでいる。すべては仮初のものだ、仮初のことなのだというS市に来てからだんだん慣れ親しむようになっていた思いがこのときも服を着ながらまた頭をよぎった。しかし身支度を終えベッドの端に腰を下ろし、どっしりした鏡台があるのを除けば若い女らしい華やぎのいっさいない寝室を見回しているうちに、それよりもう一歩考えが深まるようにしてふと浮かんできたのは、仮初なのだとそう思い、そう信じきれた瞬間に、そしてその瞬間にのみこの世は生きるに値するものとなるのではないかという苦くもあり甘くもある思いだった。

立ち上がって窓に近寄り、カーテンの隙間を少し広げて外を見下ろすとそこは四角い殺風景な裏庭で、向かいには隣りの建物が迫っている。昨夜はたしか二階に上がったように覚えていたが今見下ろしてみるとどうやらこの寝室は建物の三階にあるらしい。それとも傾斜地の多いこの島の建物の場合よくあるように家のこちら側は表玄関の側よりもさらに一階ぶん低くなっているということなのだろうか。身仕舞いを終えた迫村はベッドに腰を下ろしてどうしたものかとしばらく迷っていた。もし玄関まで人目につかずに行けるものならこのまま樹芬《シューフェン》には何の挨拶もせずに帰ってしまってもいいかもしれない、もし彼女がこの家に家族と一緒に暮らしているならその方が誰も困惑させずに済むかもしれないとも思ったが、とにかく立ち上がってドアを開け廊下に出てみることにする。そこは光の射さない廊下で、右に行ったものやら左に行ったものやらわからない。はて、昨夜はいったいどうやってこの部屋まで辿り着いたのだったか。

昨晩はまたしても深夜近くになってからようやく腰を上げ勘定を払い、樹芬《シューフェン》に送られて〈ホア・マイ〉の入り口のスウィングドアのところまで来たのはいつだかの晩と同じだった。しかし樹芬《シューフェン》はそのまま迫村と一緒に通りに出てしまいドアを外から施錠して、当然のことのように迫村の腕に自分の腕を絡ませてさあという目でこちらの瞳を見つめてきた。さてどうする、＊＊荘に連れこんでしまうかとためらっているうちに樹芬《シューフェン》は迫村の腕を引っ張るようにして自分からどんどん歩き出し、迫村が問いかけるように顔を覗きこむと、ややはにかむように目を逸らせながら、

「My place is just over there」と呟くように言った。二人は少しもつれるような足取りになって裏道へ折れ、そしてなるほどほんの数分ほどでどっしりした西洋ふうの煉瓦造りの建物の前に出て、迫村は手を引かれるまま玄関の中へ吸いこまれていったのだ。迫村は疲れきっていたうえにかなり酩酊もしていて、玄関で靴を脱ぎ手を引かれるまま黴臭い暗がりをときどき何かに躓《つまず》きながら手探りで進んで階段を昇り、やはり妙に暗い廊下を抜けてこの部屋のベッドまで辿り着いたという漠とした記憶しか残っていない。この廊下は朝になっても光が入らず暗いままで、こんなふうに二日酔いのかすかな頭痛と吐き気を抱えながら玄関まで行き着けるかどうかはあまり自信がない。やはり

樹芬《シューフェン》が戻ってくるのを待ってみることにするか。

　右手の方から子ども同士が中国語で言い合っている甲高い声が聞こえたような気がしたので、とりあえずそちらへ進んでみると廊下の端には下り階段があり階下から洩れた光の照り映えがここまで這い上がっている。だがその階段を降りはじめるや否や、昨夜樹芬《シューフェン》に手を引かれて昇った階段は暗くてはっきり見えなかったにしてもたしかにこれよりもっと幅が広くて踊り場でぐるりと回っている立派な階段だったような気がしはじめた。これは狭くて傾斜の急な、ステップもぎしぎし軋む粗末な階段で、下のフロアまで一直線に続いているのだ。降りきったところでいきなり眩しいほどの光の中に出た。

　そこは広い台所で、真ん中には四角いテーブルがあり、タオル地のローブを羽織った樹芬《シューフェン》が何人かの子どもたちと一緒にそこで朝食を取っていた。洗ったばかりといった濡れた髪のままの樹芬《シューフェン》は隣りに座っているその子どもたちの中でもいちばん小さな五歳ほどの黒人の子どもの皿に炒り卵と炙《あぶ》ったベーコンを取り分けてやっているところだった。

「あら、もっと寝ていればいいのに。まだ早いのよ」と迫村の方をちらりと見て英語で言いながら、しかしすぐに手元に注意を戻す。

「いや、よく眠った。本当にぐっすり眠ったな」

「お腹、空いてる?」

　そう訊かれたとたんにベーコンの焼ける匂いとコーヒーの馥りが意識に届いて迫村は自分がひどく空腹なのに気づいた。樹芬《シューフェン》が手で示した空いた席に腰を下ろして子どもたちを見回した。四人いる。

「キャシー、フォン、アイリーン、カズユキ」と樹芬《シューフェン》は手早く名前を言い、迫村がハローと言いながらにっこりしてみせると子どもたちは一応「グッドモーニング」と口々に呟いたが朝食の席にいきなり闖入してきた中年男にはあまり注意を払おうとしない。樹芬《シューフェン》がベーコンを食べやすいように小さく切り分けてやっている黒人の女の子がキャシー、それ以外は東洋系で、しかし名前からするとカズユキ以外の二人は、たぶん日本人ではないのだろう。真っ直ぐ迫村の目を見て生真面目に頷いてみせたカズユキがいちばんの年長のようで、それでもまだ十歳そこそこか。さっき階上まで聞こえてきたのは一口食べるごとにふざけ合っているフォンとアイリーンの口喧嘩の声らしく、揃いのTシャツを着ているこの二人は顔立ちがよく似ていて、ひょっとしたら兄妹、ないし姉弟なのかもしれない。迫村は樹芬《シューフェン》が取り分けてくれた卵とベーコンを食べ、かりかりに焼いた薄いトーストに自家製とおぼしい風味豊かな杏ジャムを塗ったのを何枚か平らげ、香ばしいコーヒーをお代わりして三杯も飲んだ。その間迫村がほとんど口をきかなかったのは子どもたちと樹芬《シューフェン》の会話が中国語に戻ってしまったので口を挟む隙がなくなったということもある。やがて食べ終った順に子どもたちは一人ずつ姿を消し、いちばんの甘ったれらしく最後まで残って何やかや樹芬《シューフェン》にかまってもらっていたキャシーもとうとう尻をぽんと叩かれ、渋々ながら熊のぬいぐるみを小脇に抱えて台所から出ていって、ようやく二人きりになった。迫村は煙草に火をつけながら、

「あの子たちは、君の……」と食事中ずっと気になっていたことを訊いてみた。

「あたしの？　子ども？　まさか。厭あねえ。フォンとアイリーンのきょうだいはあたしの母方の

遠い親戚の子で、夏休みの間だけ香港から来ているの。キャシーとカズユキはあたしとは何の血の繋がりもなくて、ただ世話をしているだけ」

「賑やかな家なんだね」

「そう、始終人の出入りがあってざわざわしてるわね。ここは」

で、君の家族は、ご両親は、とつい質問を重ねてみたくもなったが、言いたければ樹芬《シューフエン》の方から言い出すはずの家庭の問題をしつこく訊き出して穿鑿《せんさく》好きの男とは思われたくなかった。とはいえ樹芬《シューフエン》は平然としているけれども、見ず知らずの男が家に泊まって翌朝娘と朝めしを食べているところにたとえば父親がいきなり出てきたらいったいどういう騒ぎが持ち上がるだろう。迫村は樹《シュー》芬《フェン》の父親が〈ホア・マイ〉の厨房で料理を作っているように何となく想像していたが、案外彼女はただの雇われウェイトレスなのかもしれない。

「今日も君は〈ホア・マイ〉かい」

「そう、これから支度して、ぼちぼち……」

「そうか」搔き合わせたバスローブの襟元からわずかに覗いている真っ白な胸と咽喉元、それに尖った鎖骨に思わずまなざしが吸い寄せられそうになり、辛うじて目を逸らす。樹芬《シューフエン》の目にはほんのり笑みが浮かんでいるようで、彼女の顔や軀に視線を投げ、またそれに向かって手を伸ばすたび時には後ろめたさ、時には浮かれ気分が脈絡なく入れ替わるこちらの気持の浅ましい揺れなどその目はことごとく見通しているのかもしれない。少年のような軀つきだというのに微妙だが何とも言えず淫蕩な腰の動かしかたをするのに憎らしいほど長《た》けた娘だった。

「ねえ、今度の日曜にちょっと面白いことがあるんだけど」

「面白いこと？」

「うん、舞踏の催し。パフォーマンスっていうのかな。〈五極の王〉っていうの。あたしもよく知らないんだけど、島の西のはずれの採石場の跡地に舞台を組んでやるんですって。ねえ、見に行かない？〈ホア・マイ〉も今度の日曜は夕方で閉めちゃって夜は休みにするらしいから」

「うん……。いいよ」舞踏にもパフォーマンスとやらにもあまり興味がなかったが、樹芬《シューフエン》にはまた会いたかった。

「どんなものなのかよくわからないんだけど、きっと面白いんじゃないかしら」

じゃあ当日の夕刻に〈ホア・マイ〉に迎えに行くよと約束して、さて、と自分に号令を掛けるような気分で立ち上がると樹芬《シューフエン》はもう引き留めようとはしなかった。樹芬《シューフエン》の後について細い廊下を進んで角を二回ほど曲がるとようやく玄関に出た。そこまで行く間に今度は階上からフォンとアイリーンの言い争いの声が伝わってくる。

俺は地下倉庫みたいなあの小汚い部屋で、埃の積もった床にごろりと横たわった子どもをいったい見たのか見なかったのか。まだ塞がっていない背中の傷口も手錠が手首に残した赤黒い擦り剝けの痕も迫村はたしかに見たしむうっと籠もった血や小便の匂いもたしかに嗅いだ。だが次の瞬間にはその子どもがいた場所が空っぽになっている光景だって、この目でしかと見たことには間違いないのだ。ではそのどちらの光景が正しい、どちらが誤りなどと言うことはできないわけで、つまりはあの子はいた、そしていなかった。いることといないこととが矛盾しないような仕方であの子はいたのだし、そしていなかったという、そういうことになるのか。こういうことなんだよ、と影が言った、その「こういう」とは要するに「そういう」ことの意味だったのか。こういうことなんだよ。何やらこの世の総体を無責任に肯定するようにそう無造作に影は言い、そして自分自身からは逃れられないんだとも嘲るように言った。そして、「こういう」ことだとこんなにあからさまに言われてしまえばそうか、「そういう」ことかと納得するほかありはしまい。ありとなしとを分かつ境界など、それもまた仮初のものだともし思いなすことができさえすれば、それこそ人の生涯にとっていちばんの幸せなのかもしれない。しかしそんなことがはたして可能なのか。

海岸通りのゲームセンターの地下からあのくねくねした通路を抜け最後にエスカレーターで運ばれて〈ホア・マイ〉のフロアに辿り着いたとき迫村は長い長い夢の中を歩き通したような気分になっていて、はしゃぎ立つように迎えてくれた樹芬《シューフェン》が次々に注いでくれるままビールから紹興酒に切り替えて、無口になって杯を干しているうちに酔いが回って、やがてねっとりと重い油にずっぽりとつかるような息苦しい脱力感の中に浸りこんでいった。監禁されている子どもがいるから保護するようにと、警察に通報するべきではないか。そんな考えも浮かばないわけではなかったけれど、思い返してみるにつけその情景があまりにも現実感を欠いているので、自分の中の隠された欲望がいきなりくっきりした映像と化して心の中に見えただけではないかという気もちらりとして、樹芬《シューフェン》に向かってまなじりを決して問いかけてみることさえできなかった。朝のこの陽光の中ではその映像の非現実感はいよいよ募って、自分でも驚くほどの食欲で朝食を平らげていた間もその後煙草を吸いながらも、結局樹芬《シューフェン》には何も言わないままで終ってしまった。

薄日の射す石畳の道をぶらぶら歩いて＊＊荘まで帰ると、迫村はしゃっきり背筋を伸ばしてねじり鉢巻をするような気分になり、二日酔いが多少おさまるのを待ってからずいぶん長いことほっぽらかしのままだった翻訳の続きに取りかかり、その日の午後いっぱいをそれに没頭して過ごした。二つの言語の間を行き来する作業が久しぶりだったのでたちまち疲れて頭が働かなくなり、半日かかって一ページ半ほどの下訳を作るのが精一杯だったけれどこうして精神を集中すればそれなりの充実感は残る。

次の日も朝早くからその続きをやって、そのうちにだんだん調子が出て筆の動きが速くなってくるのが楽しかった。午後の早いうちにその日はもう切り上げることにして、凝った肩をほぐすためにぶらりと散歩に出た。

寺の境内に入って細長い墓地を、奥に行くほど広くなってくるようなのに少々驚きながらあてもなくさ迷っているうちにどうやらいちばんはずれの方まで来て、墓地を囲んでいるブロック塀に小さな出口があるのが目に留まった。そこを抜けて路地を行くとほどなく見覚えのない店が坂に沿って並ぶひっそりした商店街に出た。このあたりをずいぶん歩き回ったはずだがまだ歩いたことのないこんな通りがあったんだなと思いながら、経師屋、畳屋、木工所、接骨院、漢方薬局といったどうやらあまり流行っていそうにない店々の前を過ぎていき、だが商店街はすぐ尽きたので遠回りしながら寺の山門のあたりに戻ろうと思って角をいくつか曲がり急坂を登っていった。とこうするうちに、やがて細い路地の角に「向井質店」という看板を見かけて迫村はふと足を止めた。こんな町にも質屋があるのかとやや意外の念に駆られたのだが、のれんのかかった質屋の入り口の脇は質流れの品を商うらしい古道具屋になっていて、「古着買ヒマス」とあまり上手いとは言えない筆づかいで書かれた紙が貼ってあるのになぜか心を惹かれて、ついがらりとガラス戸を開けて店の中に入ってしまった。

薄汚れた茶碗だのゴルフコンペのトロフィーだのインドネシアあたりのものらしい民芸品の仮面だの一時代前のワープロだのＬＰレコードだの、碌でもないものばかりがごたごた並んでいるのをざっと眺めて、さて出ようと軀の向きを変えかけているところへ、

「迫村先生、ですよね」という声が奥の方から届いてきた。振り返ってみると、椅子から立ち上がった小柄な髭面の青年がきょとんとした目でこちらを見つめていて、それが不意に破顔して人懐っこい笑みが溢れ出した。

「先生の金融理論、俺、単位貰いましたよ。Ｃだったけどな」

「僕の学生？　ええと……」顔をまじまじと見直してみたがどうも見覚えがない。「うーん、君はよっぽど欠席ばっかりだったんじゃないか。僕は学生の名前はすぐ忘れちゃうけど、顔はけっこう覚えてる方なんだけどな」

「俺、向井って言います。向井喬一」青年は頭を掻きながら、「そうですね、正直言えば講義にはあんまり出なかったんだなあ。試験は友達のノート借りて、一夜漬けで……。でも先生の金融理論の単位貰えて、それで辛うじて卒業できたようなもんで。感謝してます」

「いつ頃？」

「六年……、いや、もう七年になるか」

「君はこの土地の人なの」

「ええ。この家で生まれて育ったんです。高校まではずっとS市でした。で、大学で東京に出てみたらやっぱり都会は面白いから、俺、卒業してあっちの会社に就職したんですけどね。何だか会社勤めってやつに馴染めなくて、それでいい加減うんざりしてるところに、去年の暮れに親父が急に死んじゃいまして。それは別に悲しくも何ともなかったんだけど、まあ良い機会だから会社辞めちまうかってんで、それでこの春からこっちに戻ってきてるんです」

「脱サラか」

「うん、まあ……。先生は休暇ですか」

「もう、終りのない休暇でね。僕も大学、辞めちゃったんですよ」

「あ……」

「君と似たようなもんだ」

「うーん、先生も何だか……こんなこと言っちゃうと失礼ですけど、あの、何だか、楽しそうには見えませんでしたねえ、大学で講義なさってるところを、俺なんか見てて」

「そうですか。そうだろうなあ」

「大学ってものに、いや教えるってことにかな、やっぱりどうにも馴染めないでいる人っていう感じがした」

「お説の通り。しかしそれにしては我慢してずいぶん長く勤めたけどね。長すぎた」

「こんなところで先生に会うとはなあ。こっちには、じゃあ、旅行で」

「＊＊荘に泊まってます」

「あ、あそこの女将、俺の叔母なんすよ」

「へえ、そうなんだ。あそこはいい旅館だな。まだ当分いるつもりでね。向井君はじゃあ、親父さんの後を継いでこの店をやるわけ」

「いやあ、やめてくださいよ、こんな古ぼけた店。ここはもう整理しちゃうつもりです。おふくろももう疾《と》うに死んでるし、売っ払っちまってもいい。まあ、とりあえず店番しながら、だんだんとね。それより何か新しい商売を始めようと思ってまして……」

迫村の耳元に、どんなビジネスを始めるつもりなのと尋ねる樹芬《シューフエン》の言葉が蘇ってきた。この男も半島から外洋に出帆し、そしていろいろな経験を積んだ後また故郷の港に帰投して、持ち帰った知識を基に新しいビジネスを始めようとしているということか。

「どんな商売？」

「いや、いろいろ考えてるところです。先生に習った金融理論が役に立ちますよ」

「まさか」迫村は思わず笑い出した。「いや、まさかなんて自分で言っちゃあ、まずいか」

「いや、ほんとに。役に立ちますよ、絶対」向井のきょとんとした顔からはどこまで本気で言ってるのか、冗談が混ざっているのかよくわからなかったが、お世辞をつるつる言うような男には見えなかった。そう言えば質屋というのは、なるほど文字通りの金融業ではある。

「そうか。ところで、ここでは僕も暇にしてるからさ、まあ、そのうち呑もう、どこかで」

「いいですねえ。俺、＊＊荘に遊びに行くかな。叔母に何か旨い肴を作らせますよ」

「そりゃあいい」

じゃあ、と片手を上げて迫村は店を出た。迫村を送るつもりか向井が一緒に通りまで出てきたので、

「＊＊荘に帰るにはどう行ったらいいのかな」と尋ねてみると、

「そこを左に行くと海ぎわに出ますから、左手に海を見ながら少し行って、信号の一つ先の細い道を……」と丁寧に説明してくれた。

迫村は礼を言って向井と別れ、教えられた通りの道順を辿って歩いていった。路地を左に折れたとたん、海に向かって切り立った崖っぷちに本当にすぐ出たのにはいささか驚いた。たしかに急な坂から坂へといくつか登り継いだが、こんな高いところまで来ているとは思わなかった。もう日が暮れかけていて、水平線のあたりにはまだ明るみが残っているが沖からこちらにかけては疲労した鉛色が広がり出している。ガードレールから身を乗り出してみるとはるか下の岩場に大きな波が砕けて白い飛沫《しぶき》を上げている。そのガードレールのきわを伝ってゆるやかに下ってゆくと時たま自動車が彼を追い越していったが歩いている者の姿は一人も見かけない。つい一昨日だったか、遊歩道の縁日の賑わいを目にしたばかりで、たしかにああいう機会にはどこからともなく大勢の人々が集まってくるにしても、ふだんはやっぱり淋しい町なんだなあと改めて思う。とくに子どもが少ない、いや少ないというよりほとんど見かけない町だなという、到着以来漠然と感じていたことが、縁日の金魚掬いに群がっている子どもたちを目にしたときのそこはかとない安堵の思いが蘇ってくるのと交錯するようにして、はっきりした言葉の形をとって初めて迫村の意識に上ってきた。樹芬《シューフェン》の家

で子どもたちの間に身を置いて朝食を取りながら何かほっとしたような気分になったのもふだん町の通りや空地で子どもが遊んでいる姿をあまり見かけないからだろう。静穏の中に浸りこんでいるこの町で行き会う人々はひっそり歩みを運び囁くような小さな声で話す大人ばかりで何だかみな影が薄いような気がしてならない。向井青年がどんな商売に乗り出すつもりなのか知らないが、この土地の人々だけを相手にしているようではどうも未来がないんじゃないのか。

しかし日曜の夕方、〈ホア・マイ〉の入り口で樹芬《シューフェン》と落ち合い、彼女の運転する小さな車に乗ってパフォーマンスとやらの会場に出かけてみると、若者も子どもも混じった数百人の群集がまたしてもどこからともなく湧き出していた。場所は海岸沿いをぐるりと西に回ったところにある、事業自体は閉鎖されてもうずいぶんになる採石場の跡地で、車で行くほどのこともない距離と言えば言えた。実際、パーキングに停まっている車はほんの十数台かそこらで、大部分の人たちは歩いて集まってきたらしい。先日あの向井という男と出会った質屋から崖っぷちの道路に出たが、その道路をあのときとは逆方向の町はずれの方角にうねうねと下っていったところにぽっかり穿《うが》たれた窪地がその採石現場の跡地だった。採掘されてすり鉢状になった窪地の底の中央に、そこが舞台という思い入れだろう、五極星形、つまり「☆」の形状に白砂が敷きつめられて皓々と照明され、それをぐるりと取り囲むように鉄パイプが組まれ板を渡して桟敷席が設《しつら》えられている。席は八割がた埋まっていて、群集の期待感が祭りのような華やぎと混ざり合い夕暮れの空気の中に揺らめいていた。〈五極の王〉とだけ書かれたさして大きくもない立て札が一つそっけなく立っているだけで、チラシもなければパンフレットもない。小さなテントを張って机を出している係りの者から切符を買って、どこが正面ということもとくにないようなのでできるだけ前の方の空いた席を適当に選び、二人は腰を下ろした。

「これは、何だ、ブトーってやつかね。それともモダン・バレエみたいなものか」

「何かしら。あたしも全然知らないの」

樹芬《シューフエン》の傍らに座っているとわざわざそちらを振り向かなくても大勢の人々の興奮と快楽への期待が甘くたなびいている夜気の中にまたひとすじ白檀の香がゆらりと立って迫村の鼻孔をくすぐった。この女は、この女の軀と心は、俺にとっていったいどんな存在なのか、どんな存在になっていこうとしているのかとふと訝り、しかしその思念をさして深く追うこともなく迫村は手を伸ばして樹芬《シューフエン》の指に触れてみた。樹芬《シューフエン》はにこりとしながら自分の方から迫村の指先を握り返してきて、しかしすぐさまさりげなく手を引いて、あまり狎れなれしい仕草は許さないという気配をそれとなく伝えてくる。あたりを見回してみると斜め後ろの十数席離れたところに戸川老人の顔が見えた。少々どぎまぎしてそれとなく目を逸らそうかどうしようかと迷っているうちに戸川がこちらの視線を捉えて笑顔になったので、仕方なく目礼する。今日は娘は連れていないようだった。つい今しがた気づいたという顔をしていたが、あの喰えないジジイのことだ、ずっと前から俺たちを観察していたに違いない。樹芬《シューフエン》と指を絡ませているところも見られてしまったか。

「こういう催し、ここでよくやるのかい」

「夏の間はときどき……。でも夏ももう終りね」

七時開演という、その七時を五分ほど過ぎて観客がざわざわしはじめた頃合いを見計らうように、三弦の音色を主体にした現代音楽のようなものが鳴りはじめ、そのとたん観客はしんと静まりかえった。その手の音楽に偏見を持っている迫村はやれやれと思ったがやがて真っ白の寛衣をまとった坊主頭の若い男たちが五人現われ、星の五つの頂点それぞれに立ってそこからゆるゆると動き出し、踊りがだんだんと進んでゆくにつれて、迫村は我知らず引きこまれ注意力が研ぎ澄まされていった。徐々に昂ぶってしまいにはヒステリー患者のように激しく踊り狂う者あり、すり足でじりじりと進んでゆくだけの者あり、一人一人の動きはばらばらながら、五つの頂点同士を結ぶ線の上を移動してゆく速度と順序は何か厳密な規則に従っているように見える。舞踏にもバレエにもほとんど縁のない人生をおくってきた迫村だが、その五人の白装束の男たちの動きを見ていると、五つの身体それ自体がまるで五本の指のように滑らかに連動しつつきわめて厳密な思考を展開しているとでもいった印象がふと迫《せ》り上がってきて、この身体の群れはいったい一つになって何を考えているのかという不思議な問いが浮かんできた。

最初の長い演目に続いて二人ずつ、三人ずつで踊るパートがあり、音楽もバロック音楽からジョン・ケージふうのピアノ曲、さらにマーラーの断片に移っていったが、どうやら最初に出てきた五人以外の踊り手は登場しないようだった。五人はほとんど同じ背丈で顔も目元に濃い隈取りを入れているので迫村には最後まで誰が誰やら区別がつかなかったが五人ともかなりの美青年ではあるらしい。パートごとに踊りの振りも静かなの、やや滑稽なのといろいろあり、最後にすべての演者が退場して、音楽がぱったり止んだ。そのまましばらく時間が経ちこれで終りかと思いはじめた頃になっていきなり照明も消えた。開演の頃にはまだ陽が落ちきっていなかったが、その頃になるともうすっかり夜のとばりが下りてきていて、近くの道路に灯っている街灯の照り映えもあるから漆黒の暗闇というわけではないけれど、それでも迫村はいきなり無重力の時空に軀が絡め取られたような気がした。星形に敷きつめられた白砂が大地の底に置かれた受け皿のようにそこだけぼうっと鈍い輝きを放っている。と、突然、五極星形の中心に噴き上がるように大きな炎が出現し、気がつくとどこからともなくまたふたたび現われた五人の踊り手がその炎に向かって五方からゆっくりと歩み寄ってきていた。それまではずっと純白の寛衣のままだったのに今五人がまとっているのは赤、青、緑、黄、紫のそれぞれ鮮やかな色の衣裳に変わっている。

五人の舞いはすり足での穏やかな仕草で始まったが、やがて急速に激しいものとなり、しまいにはまるで性愛の戯れを思わせる濃密な姿態で五つの身体が絡んでゆく。かなたでは二つ、こなたでは三つという具合に淫靡に絡まり合ってはまたほどけ、一つ一つの孤独な肉の単位に戻って大地にひっそり蹲《うずくま》るかと思うと、また五つ全部が重なり合い溶け合い、おのれの尻尾を呑みこもうとする一匹の蛇のようになって身をくねらせるといった具合に、舞いは目まぐるしく移り変わっていった。炎に惹かれて集まってきた蛾の群れが、命を焼き尽くし自分を何ものかに捧げようとする儀礼を執り行っているとでもいった感じもなくはない。ダンスはさほど長くは続かず、パセティックな熱情のきわまりで五人が間近から焚き火を囲み、軀を大きく伸ばした瞬間、どういう仕掛けか炎がいきなり消え、同時にみな一挙に力を抜いて地面に倒れ伏した。炎の残像だけがまだ鮮やかに揺らめいている漆黒の闇。十秒ほどの間があって照明がぱっとついた。迫村自身がそうだったが、強烈な色彩が渦巻く短い夢から不意に覚め、強烈な投光器のしらじらとした明かりで無理やり現実に引き戻されたといった具合の観客たちが、途惑いながらもおずおずと拍手しはじめると、五人の踊り手たちはのろのろと起き上がり、それぞれいい加減な方角に向かって桟敷席に一礼した。彼らのまとっている衣裳の派手な原色は、先ほど熱さに悶える蛾の羽根のように苦しげに翻っているときは炎に照らされて目に突き刺さるような鮮やかさと映っていたのに、パフォーマンスの最中に砂埃で汚れてしまったのかこうして終ってみると何やらどんよりとくすんだ貧しい色としか映らない。彼らは見るからに疲れきっていて足を引きずるようにそのままそそくさと退場し、拍手が大きくなってももう戻ってこなかった。

徐々に高まっていった興奮が晴れやかなカタルシスに至り着いて解消する、その直前の、中途半端なところでいきなり冷や水をかけられてしまったとでもいったような、不得要領な気分で迫村は立ち上がった。ざわざわと席を立ちはじめた他の観客たちも、決して不満そうではないけれど何となく首をかしげながら言葉少なのまま帰り支度をしている。会場を後にした二人は、車を運転する樹芬《シューフェン》の提案で、和洋折衷の工夫を凝らした割烹を出すという海岸沿いの小料理屋に行ってみることにした。カウンター席に並んで樹芬《シューフェン》の生き生きとした目を見ながらとりとめのないお喋りに耽るのは楽しかったが、何か目に見えない協定でも結んでいるかのように、今見てきたばかりの〈五極の王〉に関しては「なかなか良かった」「でもスピーカーにノイズが多くて」「音楽の構成は面白かったけど」などといった通りいっぺんの感想を交わしただけで、なぜかそれ以上に細かな話に立ち入ることを二人ともども恐れているような具合だったのは、いったいなぜなのか。一通り食べ終ってお茶を飲みながら、さあ、どうしようかと呟いて樹芬《シューフェン》の顔を覗きこんでみたが、樹芬《シューフェン》は食事

が終りかけたあたりからやや蒼ざめた顔になっていて、

「ごめんなさい。あたし、何だか疲れちゃって。今日はもう帰ることにする」と言う。

それでも樹芬《シューフェン》は迫村を＊＊荘の駐車場まで送ってきてくれた。エンジンを切り、両手を膝の上に置いて、急に二人の間に広がった静寂の溝を視線で越えようとするように、迫村の目をじっと見つめ返してくる。

「大丈夫？」

「うん、ごめん。ダンス見てる間に風邪を引いたのかもしれない」

「帰って早く寝た方がいいな」

うん、と呟く樹芬《シューフェン》に顔を寄せてゆくと軽く唇を合わせてくれたが何がなし気疎《けうと》そうな感じが伝わってくるので、迫村はじゃあ、と自分も相手も励ますようにあえて朗らかな声を出して車のドアを開けて助手席から降り、それを閉める前に振り返ってもう一度樹芬《シューフェン》の顔をじっと見た。樹芬《シューフェン》は血の気のない蒼い顔でそれでもにっこりしてくれた。また〈ホア・マイ〉に寄るよ、と言うと樹《シュー》芬《フェン》は不意にひどく心細そうな顔になって訴えかけるような目でこくりと頷き、それからやはり気疎そうにキーを回してエンジンを掛けた。

車が行ってしまった後も、ほんの数台ほどしか停める余地のないそのパーキングの端に迫村はしばらく立ち尽くし、やがて煙草を出して火をつけた。少しずついろいろな縁ができてくるものだと思い、どの土地に流れていっても結局同じように生きてゆくことになるのだとも思った。防犯上の配慮なのか上方から駐車場を眩しく照明しているライトに背を向けてゆっくり煙を吐き出すと、しらじらと輝くアスファルトの上にそこだけくっきり切り取るように斜め前に伸びた濃い自分の影がまたゆらりと立ち上がってくるようだった。その影に向かって迫村は、

――逃げられない、というのはそういうことかい、と言ってみた。

――さあな。

――ずいぶんと思いきり良く生活を変えてしまったもんだと、正直に言えば自分でも呆れていたんだがな。

――それなのに、本当は何も変わらない、拍子抜けするほど変わらないんだと、そんな感じかい、と影はむしろ迫村をいたわるように優しく言った。なあ、自由はどうなった。

――自由か。三十代のはじめに東南アジアにも少々飽きて、商社をぽんとやめたときも、考えてみれば今度のこととおんなじような、ほとんど発作的な決断だったよな、と他人事のように迫村は呟いた。

――その決断が正しかったか、間違ってたか……。

――そういうことは考えたことがない。

その後、東京と台北とバンコクでふらふらしているうちに、ある奇特な人物が迫村の前に現われて、現場の体験を生かした国際経済の講義を東京の大学でやってみないかという話を持ちかけてきたのだった。それで俄か大学教師になり最初は非常勤、翌々年に請われて専任になってずるずると十数年過ごしたが、もちろん教師の仕事もそれはそれでやり甲斐がないわけではなかった。学生の中に一割か二割は必ず混ざっているまともな連中に何かを伝えようと一生懸命になれば、その労

力のぶんくらいは十分に報われる反応が確実に返ってくる。だが、向井に言ったように、やはり長すぎたと、今となってみればつくづく思う。

——それでまた大学もこんなふうに発作的に辞めちゃって、浮き世のしがらみを振り捨てて。しかし人間、生きていればまたいろんな新しい縁が出来てくる、女に慰められたくもなってくる、そういうことかい、と妙に優しい猫撫で声で影は言う。

——成り行きだな、と迫村は影にともなく自分にともなく呟いた。教師になったのも辞めたのも成り行きだ。要するに、成り行きに任せていれば決して後悔することはない。それが俺の唯一の、モラルと言えばモラルかな。

迫村は短くなった煙草を火がついたまま無造作に投げ捨てて、自分の影が伸びている斜め前方のその方角へ、影を追うようにしてというよりはむしろ影を踏み越えようとするようにゆっくりと歩き出し、＊＊荘の玄関に入っていった。

何日かして戸川から電話がかかってきた。お暇な折りにまた呑みに来ませんかという誘いで、迫村にしてみれば毎日が暇ばかりでその潰しように困っているくらいだから願ってもない話だった。暇潰しの一つとしてやっている翻訳はひとしきり調子に乗って進んだがまた少々飽きはじめていたところでもあった。じゃあ、明日にでも伺いましょうかと答えながら戸川の娘の着物姿がまた見られるという仄かな期待が心をよぎる。ちょっとご相談したいこともあってという戸川の言葉が気にならないでもなかったが、どうせ大したことでもなかろうと高を括ることにした。迫村は何かを相談したりされたりといった浮き世のもろもろが自分から遠ざかってもうずいぶんになるように感じていた。

またあの寂れた植物園を抜け築山のある庭へ勝手に入ってゆくと戸川と向井が縁側に並んで座ってビールを飲んでいるところだった。

「僕の学生とお知り合いだったんですね」

「もちろん。喬一君はこんな小さいときから知ってますとも」と戸川はほんの幼児ほどの背丈を手で示してみせて、

「親父の方の死んだ向井は呑み友達でね。釣りにもよく一緒に行ったな。ここにも呑みに来てくれたもんだ。それが去年の暮れに、心筋梗塞で急にね……」

「それはそれは……」と迫村はちょっと頭を下げた。

「まあ、上がってください。座敷でやりましょう」

品の良い年輩の女性がビールと肴を運んできた。

「いや、娘は今日は用事で出かけてましてね」と迫村の内心のかすかな失望を見透かすように戸川は言い、ちょっと面白がっている顔つきで迫村の目を覗きこんだ。

「そうですか、それは残念」と観念した迫村は素直に受けて、「佳代さんの和服姿がまた見たくてね」と図々しく言ってみた。先夜の催しに迫村が樹芬《シューフエン》と連れ立って来ていたのを見ていたはずなのに、戸川はその話題は出さずにただ、はっはっと笑っただけだった。

「俺、佳代さんにデートを申しこんで何度断られたことか」と向井が言った。

「そんな話は佳代から一度も聞いたことがないぞ」

「俺のことなんか眼中にないんだな」

「だって君は東京に行ったっきりでちっとも帰って来なかったじゃないか」

「まあいろいろ忙しかったですからね」

それで東京の話になり、会社を辞めるに当たってのごたごたを向井が面白おかしく喋り、迫村もいろいろうんざりすることがあって大学を辞めた経緯を披露しているうちにビールから酒に移っていった。やがて話がちょっと途切れたので、

「こないだは妙な場所で遊んじゃいましたね、金魚掬いの代わりに」と思い出して言ってみると、戸川は、

「うん、けっこう面白いもんだ、ああいうのも。喬一君は上手いんだろ」と向井に水を向けた。

「ゲームセンターですか。俺はやらないですねえ。もっぱらマージャンですかねえ」

「昔、シンガポールで商社マンやってたときは実によくマージャンをやってたもんだ。情報収集と商談を兼ねてだから半分は仕事みたいなものだったけどな」と言いながら迫村は向井の猪口に酒を注いだ。

「あ、どうも。俺も学生の頃ですけどね、マージャン徹夜で打ってたのは。就職してからはさっぱり……。休みの日は疲れて家でずっと寝てるっていう……」

「しかし、こっちに帰ってくりゃあ遊び仲間がいるんだろ」

「いますけどね。同級生や何かが。ただ、今のところは俺もいろいろ忙しくて」

「親父さんの店の整理かい」

「ええ、それはまあ、気が向いたら一気に片づけちゃうつもりだから、いいんですけどね。それより新しい仕事をね、いろいろ考えて」

「それね。具体的にはどういう……」

　すると向井が答えるより先に、戸川がちょっと居住まいを正すようにして、

「喬一君は何やら面白いことを考えていてね。迫村さんにご相談したかったのはそのことなんですよ」

「はあ」

「そう、先生も聞いてくださいよ……」

「いや、先生はもうやめろよな。迫村さんでいいよ」

「じゃあ、迫村さん。ええとね、この島をですね、もっと刺激的な場所にできないかっていう話なんですよ」

「何だかね、このあたり一帯を根こそぎ造成して、ディズニーランドだかディズニーシーだか、ああいったものを作ってしまおうという業者がいるんだそうだ。レジャーランドというのかテーマパークというのか、ああいう馬鹿馬鹿しい遊び場をね。喬一君はその手先になろうかどうかで、悩んでる」

「いや、そういう言いかたはないでしょう、戸川さん」

「要するにそういうことだろ」

「いや、ああいう、アトラクション満載の派手なのじゃなくってね。もっと穏やかな、地味なやつ

ですけどね。参ったな。うーん、つまりですね。ターゲットの主体は中年以上でね。何と言うか、エーゲ海の島の、小さな港みたいにしてしまおうっていうことなんです。町全体をね。むろんジェットコースターもなし、スペースマウンテンもなし。まあ観覧車くらいあってもいいけど。要は、単にのんびりと何日か過ごせるようなピトレスクな夢の町ね。そういうのを作ってみたらどうかっていう話なんですよ。たとえばね、高級避暑地のリヴィエラのイタリア側、東リヴィエラ、いらしたことありますか?」迫村は頷いた。「あそこにチンクエ・テッレっていうのがありますよね。宝石みたいに綺麗な村が五つ並んで、海沿いの遊歩道というかハイキングコースで繋がってる。ここがあんなふうな港町になったらどうですか。いいでしょう」

「ははあ……」思いがけない話に虚を衝かれた迫村は、とっさにどう反応したらいいのかためらった。

「まあ、こういうどんよりした土地柄でしょう。そこの植物園だってさ、もう少しちゃんと手入れしてショーアップすれば、けっこうそこそこの観光資源になって外から客を呼べるだろうにさ。あの体たらくじゃないすか」

「まあね。でもね、その放りっぱなしで荒れほうだいってのがなかなか良いって話をね、こないだしてたんだ」

「そりゃあ、先生が、いや迫村さんがちょっと変わってるからであってさ」

「そうかもしれないけど。しかしね、そんなに客を呼びたいのかい」

「そりゃあそうですよ。地元の住民の感情としてはね……」

「そうとも限らんだろう。わたしだって地元民だけどな。観光客がどっと押し寄せていっぱい金を落としてくれるなんていう事態はいっこう望んでいない。むしろ迷惑だと思っている」

「戸川さんはそりゃあお金持ちだからいいですよ。それに戸川さんだって相当変わってるからね」

「だから、この変人二人をね」と戸川はまた上を向いてはっはっと笑いながら、「今日は喬一君がちゃんと説得できるかどうかっていうことだよね。もしそれができたらこの話には脈がある」

「しかし、それはまた壮大な話ですね。僕が疑問に思うのはまず、そもそもそんなことが実現可能かどうかってこと」と迫村が言った。

「いや、不可能とはかぎらない」と答えたのは意外にも向井ではなく戸川だった。「最初は途方もない絵空事のように見えてもね。誰かの描いた絵が、人々の無意識の底に張られた琴線に触れてそれを震わせ、玄妙な音色を一つ二つ鳴らすとする。すると、いろんなことが案外ぱたぱたと片付いて、話がいろんなところから一挙に動き出して、びっくりするほど短時日のうちにその絵が現実の景色と化してゆくという、そういうことがあるものですよ」

「そうそう」と向井は勢いこんで、「いや、わたしが東京で勤めていたのは業界では中くらいの規模の旅行代理店でしてね」向井の「俺」があまり似合わない「わたし」に変わったのが迫村には面白かったが口元に浮かびかけた笑みは嚙み殺した。先生に対しては俺、迫村さんに対してはわたしというわけか。「今この国の人々が余暇の快楽として求めているのがどんなものか、わたしは一応わかっているつもりなんです。物が全然売れなくなった時代ですがね、これは絶対当たると思うんだ。この島全体を丸ごと買い上げて、必要なら適当に埋め立てなんかもして、イタリア村みたいなのを作る。面白いじゃないですか。広場にはカフェテラス。イタリア人のボーイが注文を取りにくるんです。島中にレールを敷いて可愛いミニ・トロリーみたいなのを走らせて、ぐるりと一周できるようにする」

「お猿の運転手でね」と戸川が茶々を入れると、

「いや、運転は若い女の子にさせます。どきっとするような水着を着せてね」と向井は向きになった。

「しかしね」と迫村は言った。「狭い坂道の両側にこんなにびっしり家が建ってるじゃないか。買い上げてって言うけど、買収にかかる金の総額はとんでもないことになるだろ」

「いえいえ、丸ごとってつい言っちゃったけど、実際上はそんなに沢山は買収しません。動きたくない人はここに住みつづけていてもいいんだ。だいたい、爺さん婆さんだけ取り残されてひっそり暮らしてる家なんかが多いんだし、うちの親父みたいに、生まれたときから住んでいる家で死にたいっていう老人なんかは、そのまま放っておけばいい。そういうお年寄連中の方だって、外から遊びにやって来る家族連れや若者で街路が賑やかになるのはむしろ大歓迎でしょう。いや、例外もいるでしょうが……」と戸川の方を見ながら慌てて付け加えてから、「それと、料理屋なんかだってそのまま営業を続ければいい。本当は、イタめし屋に転業してくれるといいんだけど」

「イタリアふうのバールみたいなのとか」

「そうです、そうです。煙草屋さんなんかにはこっちから費用を出して改装させてバールをやってもらう。でも、蕎麦屋だの割烹だのマクドナルドだの、そういうのがあったっていいじゃないですか。

第一、毎日毎日トマトソース味のパスタばかりじゃ、日本人は飽きちゃうでしょう。だから、あら、お蕎麦屋さんがあるわ、たまにはせいろを食べたいわっていうようなわけで、のれんを分けて入ってくる。そうするとね、今度は蕎麦屋の方が何だかエキゾティックな感じがしてくるんです。セイロソーバ、タヌキウドーン、お洒落で新鮮で面白いわっていうふうになるんです。そこですよ、狙いは」喬一君はどうやら真面目に言っているらしいので迫村も神妙な顔をしていた。

「ただ、パチンコ屋なんかはまずいだろ。海岸通りにあるぜ、マクドナルドの隣りに」

「うーん……そうですね。パチンコ屋はたしかに……。うまく話を持ってけば射的場かなんかに転業してもらえるんじゃないかと……」迫村が思わずくすりと笑うと向井は頭を掻きながら、「ええと、でもですね。一つ良かったのはね、なぜかこの島にはあのコンビニっていうやつが一軒もないこと。エーゲ海の島の港町にコンビニってのは興醒めじゃないすか」

「たしかにね」と迫村はおとなしく言った。

「とにかくですね。残りたい人たちは残ればいい。『地元の住人』っていう資格でね。仮想の町を本物らしく見せかけるにはそれだって必要なんだから」

話に何か妙な転倒があるような気がしたが迫村は黙っていた。

「まあたしかにね」と戸川が言った。「それなりの理屈はあるんだよ、この話には。この島に必死でしがみついている連中はそりゃあ多いだろうが、その一方、もういい加減、喬一君のいわゆる『このどんよりした土地』に見切りをつけて、引っ越していきたいという願望を密かに温めている人たちね。これはこれでけっこう沢山いるはずではあるんだ」

「そうでしょう。わたしもそう踏んでるんです。そうそう法外な金を積まなくてもあっさり買収に応じてくれると思いますよ。で、ホテルを二つ、三つ建ててね。一つは凄く格式のある、ヴェネツィアのダニエリとかグリッティ・パラスみたいな超高級なやつ。もう一つは海辺に立ち並ぶリゾートふうのコテージが主体のやつ。そこからすぐ下りてって海水浴のできる人工浜も造成します。それからもう少し安上がりの、庶民的なホテルも……」

向井はもっと喋りたそうだったが戸川が遮って、

「というわけで」と迫村に向かって言った。「喬一君はこんなふうに大いに乗り気になってるんだが、迫村さんはどう思われます」

「うーん、僕は余所者ですしね。僕の意見なんてものは……」

「いや、まさに他処からいらした方の目にこのS市がどう映るかということが問題なわけでね」

「僕の目にはS市のこの半島はこのままで十分魅力的に見えますがね」

「そういう感じかたをするのは変わり者だっていうことになるわけだ、喬一君に言わせれば」

「戸川さんはどうなんです」

「わたしはまあ、少なくとも、乗り気にはなれない。ただ、喬一君は死んだ向井の息子だし子どもの頃から知っている。少々おっちょこちょいだがこういう元気の良い好漢だ。この仕事、性根を据えて本気でやってみようっていうのなら応援してやりたいっていう気持はありますよ、そりゃあね。それに、なるようになれというのがわたしの根本思想でね。この世の物事はなるようになれと。だから、もしこの話に火がついて、この先とんとんとんと進んでゆくようなことになるとしたら、少なくともこの土地で厭な思いをする人ができるだけ出ないで済むように、わたしなりの努力をしたいとは思っています。で、いよいよそのエーゲ海の宝石とやらが実現してしまったあかつきには、さあどうするかね。ここに残って、観光客には何とか会わないように用心して暮らしながらこの座敷でこうやって友達と酒を酌み交わしていたっていい。あるいはわたし自身もおとなしく買収されてここを手放して、他処に移ってもいい。まあ、飽きたと言えばここも飽きた。あのね、実は台湾の東南部の海沿いにちょっと広めの土地を買ってあってね。そこに家を建ててみようかという気もないではない。しかしね……」戸川がそこで間を置いたので、迫村は、

「しかし、ってことになりますか、やっぱり」と先を促した。

「しかし、正直、馬鹿馬鹿しい話だとは思うねえ」何か言い出そうとする向井を手で制して、戸川は、「チンクエ・テッレに行きたいんなら、紛い物じゃない、本物のチンクエ・テッレに行きゃあいいじゃないか。そこには本物のイタリア人が住んでいて、自分たちがいちばん旨いと思うものを食いながら、リグリア海の潮風と陽光を浴びて暮らしているわけだろう。そこへ実際に行って、そこに実際に生きている人たちに歓待してもらって、風景と出会い、人と出会い、食い物と出会えばいいじゃないか。それが本物の人生ってものだろう」とひと息に言った。

「そりゃあ、正論ですがね。でもパスポート取って飛行機に乗るのは億劫だっていう人もいるし、イタリア語も英語も喋れないっていう人もいるし……」

「さっき君が言ってた、楽して、金も使わず、いじましい余暇の快楽とやらを手軽に満喫しようとしている連中かい。そんなやつらは犬に喰われろってなもんだ。だからね、正直なところ、テーマ

パークだかアミューズメントパークだか、そういう馬鹿馬鹿しい人工空間をここに作るなんていう計画は、話を聞くだけでもげんなりするってのが本音だねえ。そのげんなりの方にあくまで拘泥しようと、そう心に決めた場合にはどうするか。そのどこぞの下品な業者に、そしてまず第一にこの喬一君に、何とか思い留まらせるべく、話自体を潰すべく、手を尽くして、わたしなりにできることをやるということですね」

「参ったな」と向井は言って猪口の酒を呷った。「ねぇ、迫村さんはどう思われます」

「僕もだいたいのところ戸川さんに賛成だなあ、向井君には悪いけど」

「ちぇっ、頭が固いんだなあ、二人とも」と呟いて向井はしょげてしまった。

「しかし、向井君だって、まだ悩んでるところなんだろ、さっきの話だと。その業者の手先とやらになるとまだ決めたわけじゃないんだろ」

「ん……。もし親父が生きてて、こんな話を持ちこんだら、きっと怒鳴りつけられただろうと思うんですよ。俺たち、仲の良い親子じゃなかったけど、死なれてみるとやっぱりまあ、いろいろ考えることはありましてね」

「いや、そんなことを気にすることたあない」と戸川が言った。「死んじまった者は死んじまった者。大事なのは今現に生きている人間がどういう生きかたを選ぶかっていうことでね」

「そうなんですけどね。ちぇっ、駄目かあ。面白いと思うんだけどなあ」

「面白けりゃあいい、面白いことでさえあれば何でもありっていうのが基本的には僕の人生観だけどね」と迫村は励ますつもりで言ってみた。「マージャンだのゲームセンターだのって話が出てたけど、まあテーマパーク作るのだって、でかい遊びみたいなもんだろ」

「いや、ビジネスでしょう」

「だからそれはつまり、遊びってことじゃないの」

「そうそう」と戸川も言った。「男の子はそのつど一生懸命になってね。小さい頃は金魚掬い、学生時代はマージャン、やがて行き着く先は遊園地の設計か」

「問題はね、遊びとしてそれが本当に面白いかどうか、ちょっと疑問だってこと。余所者の勝手な言いぐさで口はばったいようだけど、僕に言わせれば、きっとS市はこのままの方が面白いと思うよ」

「いや、それならそれでも、まあいいですよ。俺もね、親父の店、畳まないで、あそこでぼちぼち質屋と古道具屋をやってくっていう生きかたを選ぶことだってできるんだから。それはそれでまた、ある意味で面白い人生かもしれないよ。ただし、この『半島リゾート』の計画ですけどね、俺が加わるかどうかと関係なしに具体化しはじめちゃうかもしれませんよ。あの業者は市議会とも有力な国会議員の誰ぞともパイプがあるみたいだし、何しろこれ、でかい利権ですからね。そうするとさっき戸川さんが言ったみたいに、意外にとんとんと運んで、絵に描いた餅が現実の餅になってしまうかもしれない」

「だからその場合、今度はどうやってそれを潰すかっていう戦略の話になる」と戸川が言った。

「どうやるんですか」

「さあ、どうしよう。これはこれでもう一つの男の子のゲームだね。みんなで知恵を絞って、戦略を練ろうじゃないか」

「面白くなってきましたね」と迫村が言うと、

「ちょっと待ってくださいよ。何だか、そっちの方のゲームに入れてほしくなってきちゃったよ、俺」と向井が悲鳴のような声を上げたが、目には案外平穏な笑みが浮かんでいるようだった。「しかしね、デベロッパーの中には最初は『恐竜ランド』なんてことを言ってるやつもいたんですよ。ハリウッド映画の二番煎じみたいなもんだけど、ここから見えるあの湾を遊覧船が走ってゆくと海の中からロボットのプレシオサウルスがいきなりざぶざぶっと出てきて、お客はきゃあきゃあ言って喜ぶとかね。ティラノサウルスに追いかけられる恐怖のジャングル体験ツアーとかね。恐竜科学館に恐竜レストランを作って、おみやげには恐竜饅頭に恐竜最中か。いや、嬉しそうに笑ってらっしゃいますけどね。そういう馬鹿な話よりはのどかでお洒落なイタリア村の方がまだましだと、俺はそう思ったんです」

「どうかね。五十歩百歩かもしれないよ。セイロソーバか恐竜饅頭か、どっちを取るって言われたってさ……」

「しかしそれじゃあね、そういう計画をいったいどうやって潰すんです」

「その話は喬一君の前ではできないな」戸川はにやりとした。「だってこのままで行けば君は向こう側の手先、いやスパイってことになるわけだろ」

「そうか。そうだよね」と向井は頭を掻いて、「まあ、今日はもうその話はやめて呑みましょう。お二人のお考えはだいたいわかりました。俺ももう少し考えてみますわ」

そういうことになり、後は他愛のない雑談で酒盛りが続いていった。レジャーランドの話はもう出なかったが、夜が更けて三人にだいぶ酔いが回った頃、戸川がふと独白のように、

「結局、この島を外から動かすってことはできないよ」とぽつりと言った。

「そんなことはない」と向井が言っても戸川はゆっくり首を振るばかりだった。迫村が、

「でもね、札束で頰を張るような具合に押しまくってきたらどうですか。実際、バブルの頃、東京の街はそれでずいぶん壊れちゃったんだから」と言うと、

「いやこの島を変えるのは無理だと思うね、わたしは。外からの力では動かない。別に、先祖代々の霊に護られてるとか、そういう怪しげな話じゃなくて……とにかくここは特別な土地だから。いやね、戦略が何とかっていう話がさっき出たけど、札束に抵抗するにはどうするか。ものものしい真似をするには及ばないんだよ。ただ、みんなで幽霊になってしまえばいい。死んだふりをするってことかな。生きていながら死んでしまう。幽霊たちの前には金も政治も効果がない。のれんに腕押し。そんなふうになってぼんやりとやり過ごしているうちに向こうの方で諦めることになる」

「そんなうまい具合に行きますかね」

「行きますとも」と戸川はきっぱり言いきって話題はまた別の方向に逸れていったが、迫村は先達て崖っぷちの道でこの島の人々は妙に生気の薄い感じなのはいったいなぜなんだろうと訝ったことを思い出した。

深夜になって迫村はかなり酩酊して＊＊荘に帰ってきた。一度は寝間着に着替えて床に就いたが、呑みすぎたせいか逆に神経が昂ぶってなかなか寝つかれない。そこでふと思い立って一日二十四時

間入れると聞かされている大浴場に行ってみることにした。迫村の部屋は渡り廊下で母屋と繋がれた別棟だったがその廊下のたもとから段々を下りてサンダル履きで小さな中庭を横切ったところに共同の大風呂がある。

脱衣所で裸になって風呂場に入ったとたんに少々驚いたのは以前何度か入ったときにはいつも閉めきりになっていた戸外に向いたガラス戸が、もう真夜中だというのに今夜は大きく開け放たれ、やや肌寒い夜気が吹きこんで湯舟から立ち昇る湯気にゆらりと渦を巻かせていることだった。無用心なことではないか。迫村はざっと軀を流してからその開いたガラス戸のすぐきわにある大きな湯舟に浸かって、外の暗がりに目を凝らしてみた。この外は、渡り廊下のある中庭とは逆の側にある、これもまた小さな裏庭のはずだった。この風呂には昼に入ったこともあって、そのときの記憶では隣りの棟の殺風景な裏壁がすぐ間近に迫っている裏庭とも呼べないような狭苦しい空地で、そこを眺めながら湯舟で軀を伸ばしても広やかな気持になれる景色とはお世辞にも言えないものだった。迫村自身の部屋にも内風呂があって、これはもちろんせせこましいものだけれどしかし窓から広大な海景を眺め渡しながら湯舟に浸かれるので入浴はついそちらで済ませるようになっていたのだった。酔いに霞んだ目を凝らしても、小さな蛾が一匹ひらひらとまとわりついている薄ぼんやりした常夜灯が見えるだけで、それが照らし出しているのはほんの数メートル四方のものでしかなく、その外側は闇に沈んでほとんど何も見分けられない。

迫村以外には入浴客は一人もいない。迫村はぬるい湯に首まで浸かってじっとしているうちにだんだん眠くなってきた。……常夜灯からついと離れた蛾がこちらの方に飛んできて濡れた髪のあたりにまとわりついてきたので、迫村はそれを手で追い払った。そうしながら何気なく首を回したとき、湯舟から溢れ出した湯がガラス戸の桟を越えて戸外にある一段低いもう一つの浴槽に流れこんでいるのにふと気づいた。迫村はタオルを手に立ち上がり、桟を跨いでその外の浴槽の湯にじゃぼりと片足を突っ込み、もう一方の足も引き入れて軀を沈めた。露天風呂というわけか、これはなかなか気持が良いではないか。周りを見回してみたが依然としてあたりの様子はよくわからない。リリリ、リリリとどこかから虫の鳴き声が聞こえてくる。その浴槽のへりに寄ってみるとそこから溢れ出した湯がさらにもう一段下の浴槽に流れこんでいるのに気がついた。そこに移ってまた身を沈めて目を瞑り、虫の声に耳を澄まし木や草の青臭い湿った匂いが鼻孔をくすぐるのを楽しんでいた。しかしここは荷物置き場にしか使えないような狭苦しい裏庭としか見えなかったのに、今こうして木の香、土の香を運んでくる爽やかな夜気に頭をなぶられているとまるで広い林のただなかに湧き出した自然の温泉に浸かっているような気持になってくる。

やがて目を開くと向こうの方にぼんやりした明るみが見え、軀を湯から出すと出した部分がたちまち寒くなるので首まで湯に浸かったまま軀をずらしていくように、半ば泳いでいくようにしながらそちらへ近づいてゆくと浴槽は左右の幅がだんだん狭くなっていき、何やらごつごつした岩場に徐々に変わっていって、軀を横にしないと通れないような場所に出た。少しでも触れるとたちまち擦り剝け傷のできそうなぎざぎざの岩角を用心深く避け、軀を屈めながらその隙間をそっとすり抜けると、そこにもまた湯気の立った水面が広がって、ただしそれはもう旅館の露天風呂というよりは自然のままに湧き出した温泉の湯溜まりそのものといった風情である。明るみが見えるのはさらに向こうのようで、その照り映えはかすかに届いているもののこのあたりは暗がりの中を湯気だけがただもわもわと迫村にまとわりついている。

ついもののはずみのようにして迫村は中腰のままぬるい湯を掻き分けてさらに進み、角を曲がるとまた狭まって湯が滝のようになって勢い良く溢れ出しているところに出た。湯から上がると自然石をごろごろと並べて固めただけのような狭く急な石段になっていて、湯が滝になって流れ落ちているその石段を、ともすれば足を滑らせそうになるのを辛うじて堪えながら一段一段足を踏みしめながら降りていった。急な湯の流れに始終さらされているためか丸石の表面はつるつるになっていて、素っ裸のままこんなところで滑って転ぶようなぶざまなことにはなりたくなかった。振り仰ぐと満月に近い月が出ていて、それでもとにかく足元を確かめながら石段を下っていけるのはこの月の光のおかげのようだった。いつの間にか野外の真っ只中に出てしまったようだが、ここはまだ＊＊荘の敷地なのだろうか。だんだん潮の香が濃くなってくるようで、それが気のせいではない証拠にどうやら潮騒の轟きも耳に届きはじめた。

その後は一足ごとに波の砕ける音が大きく繁くなってきて急な岩棚を降りきったところの湯溜まりはどうやら海岸沿いに湧き出した露天風呂といった様子だった。ただしその湯はあくまで上から滝になって落ちてきたもので、身を沈めてみるともともと＊＊荘の湯舟を満たしていたもの自体相当ぬる目の湯だったがここではもう体温よりほんの少し温かいという程度のものでしかなくなっていて、どうやら海水と混じり合っているらしく嘗めてみるとやはり塩辛く磯臭い。このごつごつした岩の後ろ側はもう波の打ち寄せる荒磯でその向こうには海の広がりがあるのだろうか。

そのうちに暗がりにだんだん目が慣れてきて、思いがけず近いところにいくつか人の軀の気配がありそれがかすかに身じろぐたびに湯面が揺らぎその波紋がひたひたと迫村の軀にまで伝わってくるのに気づき、こんな近くにある人の気配をそれまで感じ取れなかったことを不思議に思った。ぼうっと浮かび上がっている者たちの頭はみなつるつるに剃り上げた坊主頭で、それならこれはあの〈五極の王〉の踊り手たちなのに違いない。その坊主頭の者たちは言葉を発することもなくめいめい自分のうちに閉じ籠もりながらゆるゆると入浴を楽しんでいるようだったがやがて軀を軽く前後に揺する仕草、這うように泳ぐようにすり足で移動してゆく仕草、丸く縮こめた手で自分の顔や肩を撫で、かと思うとそれをまたぐっと伸ばしてゆく仕草、手拭いで互いの顔や上半身を拭き合う仕草といったものがあのとき採石場跡の野外舞台で見た群舞の振りに近づいてゆくようで、知らず知らずのうちに迫村の軀もその一部分をなし、ここまで落ちてくるうちにすっかり冷めまた岩の間から荒磯の海水も流れこんでもう水と言ってもいいような温度になってしまっている塩辛いぬるま湯の中を、迫村は彼らと平仄《ひょうそく》を合わせるようにゆるゆると動いているのだった。

そう言えば〈五極の王〉のダンサーは五人だったはずだが今この湯に浸かってゆるやかに軀を動かしているのはどうやら四人だけのようでそれならばやはり俺が五極のうちの一極を占めるのか、占めざるをえないことになったのかと迫村はぼんやりと考えた。距離感の見当のつかないところに人のかたちに切り取られたシルエットだけがいくつもぼうっと浮かび上がっているが、つと指先や唇を伸ばせば柔らかな肉がつい間近に触れてそれを押せばわずかに凹むけれどそれはまたすぐさましなやかな弾力でその迫村の指先や唇を押し返してくる。だが、同時にまた指先やら唇やらで迫村の顔に触れ、手に触れ、胸に触れ、ペニスに触れ、腿に触れ、絡みつき摑み取り撫でさすってくるのはむしろその坊主頭の男たちの方でもあり、戯れはいつの間にかもうダンスと呼ぶべきか性技と呼ぶべきかわからないものになっていた。

いや、本当に「男たち」だろうか。ふと気づいてみればこの四人の胸や腰のふっくらした肉づきや互いの皮膚に指を這わせるなよやかな姿態は、職業的な踊り手らしく肉を落とせるだけ落として細身の少年に似ているとはいえやはりこれは女の身体以外の何ものでもなく、あのときいったいなぜこれを男のダンサーなどと思いこんでしまったか、今となってみると不思議でならない。ひょっとしたら樹芬《シューフェン》をはじめ他の観客たちはごく自然にあれを女たちの群舞と受け取っていたのかもしれず、舞台がはねた後に行った割烹でもう少し話題にして喋っていれば迫村の誤解はすぐに解けたのかもしれなかった。あの宵に噴き上がる炎を囲んで演じられた激しい舞いが、今この深夜に潮の香の漂うぬるい温泉の中で再現され、ただしあのときと違うのは踊り手が原色の衣をまとっておらず、髪をすっかり剃り落とし地肌を剝き出しにした頭と同様に真っ白な女体の他の部分もすべて外気にじかにさらけ出しているということだけだった。迫村は自分の軀のどの部分が水に浸かっていてどの部分が空気に触れているのかもうよくわからなくなっていて、ただ自分の口の中に差し入れられ舌や歯をなぶるようにしてゆるゆると動いている誰やらのほっそりしたしなやかな指はこれはやはり女のもの以外ではありえまいと思うだけだった。人差し指か中指か薬指か小指か、それさえわからないけれどもともかく俺の口中の濡れた粘膜に包まれてゆらゆら蠢いているこの誰やらの指、それが実は俺自身なのだ、この世に在るこの俺の、在りようそのものなのだという直観がふとよぎって、迫村はその指を思いきり嚙んでその持ち主の誰やらに悲鳴を上げさせてみたいと思った。しかしそれもできないままただ口の端から涎《よだれ》を溢れさせながらその指に口蓋の内部の粘膜をなぶられるままに任せ、全身を開ききってしっとりした四つの白い肉の蠢きに絡みつき、また絡みつかれ、そのすべてが一体となっていつとも知れずどこことも知れない時間の終着点にいずれは至り着くのを願っているだけだった。そうしながらふと浮かんだ問いがあり、それはやがて頭の中で遠く近く音色を変えながら反響しはじめ、それはいつまでもきりなく続いた。――「王」とは誰か。「王」とはいったい誰なのか。その問いにどうしても答えを与えられないのが苛立たしくて堪らない。

……いつの間にか迫村は＊＊荘の元の風呂場の湯舟のへりに腰掛けて脹脛《ふくらはぎ》から下だけぬるい湯に浸してへたりこんでいた。軀がすっかり冷えきっている。相変わらず客は誰一人おらずガラス戸はぴったり閉まっていてその向こう側は常夜灯も消えて夜の闇がすぐ間近まで立ち塞がっている。迫村はのろのろと湯舟に軀を滑りこませ、何とか少しは温まって軀の震えを止めようとした。湯は浴槽の底から湧いて出てくるがどうにもこうにもぬるすぎて軀が温まらないので、仕方なく洗い場に出て洗面の蛇口をひねり熱湯のシャワーを出して、それを肩から背中から浴びると多少は人心地がついた。酔いは醒めかけているがとにかく軀が綿のように疲れきっていて、脱衣所に上がり寝間着をそそくさとまとって自分の部屋に戻る途中も、一歩一歩注意して足を踏み締めて歩いていかないとついふらりとよろめいて転びかねないほどだった。

それですっかり風邪を引きこんでしまい、熱はないものの軀の節々が痛くて、何日か部屋に閉じ籠もりひどいだるさを持て余しながら暮らす羽目に陥った。昼夜を分かたずうつらうつらと浅い眠りを切れ目なしに貪り、五極に立つのは女だったけれどそのうちの一極だけは俺が取って代わることができるぞなどというとりとめのない思いが、頭の中に広がる血の臭う闇のかなたに不規則に明滅するのに任せていた。少し気分が良くなった頃、念のためと思って大浴場に行ってみたがもちろん湯舟の脇のガラス戸の向こうは四方を囲いこまれたせせこましい荷物置き場でしかなく、ついそこまで迫ってきている隣りの棟の裏壁のきわに昼間は消えている常夜灯のポールがぽつんと立っているだけだった。

一週間ほど経ち風邪がようやく抜けて元気を取り戻した日の夕方、樹芬《シューフェン》と夕飯を食べる約束も取りつけて、迫村は浮き立つような気分で久しぶりに海岸の遊歩道を歩いていた。喫茶店での待ち合わせの時刻よりわざとずっと早めに出てきて、軀の軽さを愉しみながらのんびり足を運んでいると、前方の舗道ぎわに停まっている車の傍らに戸川とその娘がいるのに気づいた。佳代が濃紺色のフィアットの無蓋のスポーツカーの助手席のドアを開け、戸川を乗りこませようとしているところだった。

「やあやあ、先日は」と戸川が言った。

「どうも、いつもいつもご馳走になりっぱなしで。有難うございました」

「いやいや、妙な話に付き合わせてしまってかえってご迷惑だったでしょう」

「お猿の電車に、海中からざぶざぶっと出現するプレシオサウルスか。愉しい晩でしたよ。しかしこれ、凄い車ですね。佳代さんのですか」

「いいえ、父のなんです。二人で乗るときはあたしが運転させられるだけで」と朗らかに笑いながら佳代が言った。

「今日もあそこのゲームセンターとやらで」と、床の低い助手席から舗道に立つ迫村を見上げつつ戸川が言った。「ちょいと遊びましょうと誘いたいところだけど、もう行かなくちゃいけない。これからこの娘《こ》の稽古があるというんでね」

「稽古?」

「あら、こないだ、迫村さんもいらしてたっていうじゃありませんか」と佳代が言い、それに続いてふっと真面目な顔になってやってみせたことを見て迫村は仰天してしまった。佳代は右手を顎の下からぐるりと回して左耳の後ろに当て、よほど柔らかな軀なのだろう、左手も同じように右耳の後ろまで持ってきて、両腕を顔に絡みつかせたそんな奇態な恰好のまま小腰をかがめ、軀をゆらゆらっと少しばかりくねらせてみせたのだ。その姿態と仕草には見覚えがあった。マーラーの嬰ハ短調シンフォニーの有名なアダージェットに乗せて演じられたナンバーの一場面だったはずだ。

「あっ、じゃあ……」

「ふふっ、気がつきませんでしたか」と戸川が言った。

「じゃあ、〈五極の玉〉の一人だったんですか、佳代さんは」

「だって、わからなかったかなあ」と佳代は少々呆れたように、「もっともメイクがずいぶん濃かったってこともあるだろうけど」

「ううむ……。参ったなこれは」と複雑な思いを噛み締めながら迫村は呟き、今日は白い綿パンにモスグリーンのブラウスという活動的な装いをしている佳代の、肩まで豊かに流れている黒髪を見つめた。佳代は迫村の視線が髪に注がれているのを感じたのだろう、ちょっと照れたように頭に手をやり、悪戯っぽい表情で髪を軽く揺すってみせてから、じゃあ、ちょっと急いでますんでと言い、運転席に乗りこむとエンジンを掛けた。いきなり加速して鮮やかなターンをしたかと思うと茫然としている迫村を残して走り去った。

喫茶店で樹芬《シューフェン》と向かい合っても迫村の茫然自失はまだ続いていて、先達ての蒼ざめた顔とはうって変わってすっかり明るさの戻った樹芬《シューフェン》の陽気なお喋りを右から左へ聞き流し、やたらと煙草を吹かしつづけることになった。樹芬《シューフェン》はそんな迫村の放心のさまもいっこう気にならないようで、最近〈ホア・マイ〉のメニューに加えたヴェトナム流の点心の作りかたの秘訣を事細かに説明したりして一人ではしゃいでいる。しかしそのうちに樹芬《シューフェン》の広東語訛りの歯切れのいい英語のリズムに漲っている生命力がだんだん迫村に乗り移ってきて、迫村も東南アジアの食文化をめぐってあれやこれや軽口を叩いたりする気分になってきた。レジャーランド計画については向井から他言無用に願いますと言われているので話題にして樹芬《シューフェン》と笑い合えないのが残念だった。

二人で浜辺を少し散歩してから海岸通り沿いのフランス料理屋のテラス席に腰を下ろした。水平線の茜色がだんだんと鈍色《にびいろ》に変わってゆくのを眺めながら時間をかけてゆっくり夕食を取り、しだいに濃くなってくる闇に軀全体が包まれるのを愉しみながらワインを飲み、その間だけは樹芬《シューフェン》もうっとりと目を瞑るようにして言葉少なになっていたが、その後そこから少し坂を登ったところにある穴蔵のような地下のバーのカウンター席へ移るとまた元気になり、中国語と日本語と英語をどれも片言でちゃんぽんに喋るあの黒人娘のキャシーがとんでもない語呂合わせを発明してはみんなを笑わせているといった話を勢い良く始め、それを真似てみせるので迫村も久しぶりに心の底から笑い転げた。しかしそのお喋りがちょっと途切れたときに、

「あの晩、〈ホア・マイ〉で――」と迫村は、どんなふうに切り出したものやらわからなくてずっと触れずにきた話題を思いきって持ち出してみた。「ほらあの晩さ、僕らが初めて……。あの晩、僕が下からエスカレーターで昇ってきたとき、君はあんまり驚いていなかっただろ」

「あら、びっくりしたわ。お客はみんな上の通りから下りてくるから。下の階へ行くエスカレーターはふだんは動いていないの」

「なんであの晩だけは動いてたんだい」

「さあ、なんでかしら」

「しかし〈ホア・マイ〉の地下ってのは、いったい何なんだ」

「何なんだって……？」

「いやね、つまり……。君は僕がどこから入って来たと思ってるの」

「どこからって、裏口みたいなところでしょ」

「裏口なんてものかね、あれが」

「あら……」

「知らないのかい、あのエスカレーターの下がどこに続いているか」

「下の階って、行ったことないの」

そう言われてしまえばもう迫村には言葉の続けようがなく、樹芬《シューフェン》の話がたちまち〈ホア・マイ〉

のエスカレーターから離れ、話題から話題へと気紛れに飛び移ってゆくのにおとなしく付き合うほかはなかった。やがて深夜になって樹芬《シューフェン》の運転する車でまたあの煉瓦造りの家に行くことになった。

明け方近く咽喉の渇きのせいかふと目が覚めると樹芬《シューフェン》の顔が思いがけず間近なところにあっていささかぎょっとした。迫村と同じように樹芬《シューフェン》も俯せになって枕を使わずシーツにじかにぴったりつけた顔をこちらに向けていたのである。暗がりの中でも樹芬《シューフェン》が目を見開いて迫村の顔を覗きこむようにしているのは何となくわかった。甘い濃い息がかかって迫村の息に混じる。

「起きてたの」

「ええ」

「いつから」

「ついさっき」

迫村は手を伸ばして樹芬《シューフェン》の裸の尻の上に置き、やはり素肌をさらけ出した背中の方までその手をそのまま滑らせていきながら、

「僕の寝顔を観察してたのかい。恥ずかしいじゃないか」と言った。

「目が覚めかけたときにちょっと苦しそうな息をしてたわよ。心配しちゃった」

背筋からうなじまで滑らせた指先を髪の毛の中に差し入れ、樹芬《シューフェン》の顔を引き寄せながら自分の顔も伸ばして彼女の唇に唇で触れた。樹芬《シューフェン》の唇は乾いてかさついていて、その隙間を舌でこじ開けて中を探ってみるとやや酒臭い粘ついた唾が迫村のそれと混ざり合った。先達ての折りもそうだったが思い返してみると昨夜も眠りに落ちる前に樹芬《シューフェン》との間に交わしたのは何やら馥りの高い植物の

茎から滲み出た漿液に顔と言わず手足と言わず軀中激しくまみれるといった体験だったように感じられてならない。息を荒げ声を高めるとか腿の内側の柔らかなところに唇を押し当てて血の滲むほどに吸うとか、ずいぶん生臭い身振りもあったはずなのに、迫村の思い出せるかぎりの樹芬《シューフェン》との交わりの印象にはけだもの染みた匂いはなぜか不思議と皆無だった。植物のような交合、と迫村は考えた。もっとも、植物的な性が激しい情念の昂ぶりと無縁だなどとはいささかも決まったものではない。

いろんな新しい縁が出来てくる、女に慰められたくもなってくる、と影は言ったのだった。だがはたしてこれは慰めか。ここにあるのは慰めだけか。この女の植物のような性には、なぜだかわからないが少しばかり俺を脅えさせるものがあるようだ。

迫村は樹芬《シューフェン》の髪に差し入れた指に少しばかり力を籠めてみた。まさかとは思うがそのままずるりと鬘が脱げてつるつるに剃った坊主頭が現われでもしたらどうしようなどという妄念がちらりと動いたのかもしれない。幸いそんなことはなくてつややかな長い髪が迫村の指の間をただするすると滑っていった。まだ夜は明けきっていなくてカーテンの隙間から洩れてくる薄い光は力なくぼんやりと広がり出し、寝室の内部はまだ薄暗がりの靄《もや》のようなものの中に沈んでいた。

「ここは静かだなあ」

「ええ」聞こえるか聞こえないかというほどのかすかな呟き。

しかしこの島ではどこもかしこも静かと言えば静かなわけでどうして改めてそんな感想が浮かんだのかと考え、＊＊荘の部屋ではいつもかすかに潮騒が聞こえていて寝覚め際に真っ先に耳に入るのも波が岩に当たって砕ける絶え間ない轟きであることに思い当たった。ここは海からかなり遠いし煉瓦の壁で護られて人々の往来の音も侵入してこない、一種の避難所のような安息感の漲る家だった。もっともこんなに早い時間では街路を往来する人だってまだほとんどいはしまい。家の中の子どもたちの声ももちろんまだ聞こえてこない。

「ねえ」と樹芬《シューフェン》が言った。「それで、どんな商売を始めるか決めたの」

「さあ、どうするか。まだ考えているところ」

「ゆっくり考えてくださいな。じゃあ、どうかしら。＊＊荘も居心地が良いでしょうけど、ここに移ってきて、何か面白いことを思いつくまであたしと一緒に暮らしたらいかが。居候させてあげる」

こんなふうに一緒に夜を過ごすのはまだたったの二回目なのになぜそんな狎れなれしいことを言い出したのだろうと迫村は訝った。俺にすっかり惚れたんだろうと単純に思いこむほど迫村は馬鹿でもなくナルシシストでもなかった。ふとした気紛れか、冗談半分か、それとも他に何か特別の思惑でもあるのか。しかし気紛れでも冗談でもそれにすかさず乗っかってひとたびこちらの心を決めてしまえば気紛れは本気となり冗談は現実となる。

「まさか〈ホア・マイ〉の賄いを手伝えとか何とか言い出さないだろうな」

「あら、そうしたっていいのよ。どうせ暇なんでしょう」

「暇にしてるのが性に合ってるんだよ」

「じゃあ、そうしてなさいよ、この家で。暇を持て余してなさいよ」

「本気で言ってるの」

「もちろん」

　では、そうさせてもらおうか、と迫村は思った。いつでも心尽くしではあったけれど＊＊荘の旅館料理も少々鼻についてきたところだった。俯せになっていた軀を起こし片方の脇腹を下にした横向きの姿勢になり若い女の軀を改めて引き寄せようとしたが、樹芬《シューフェン》はその寸前でシーツの間からするりと滑り出て床に立ち、素裸のままで大きく一つ伸びをした。それから両手で髪を掻き上げながらドアを開け、振り返って、

「ね、引っ越してらっしゃい。今日にでも」と言ってから廊下へ消えていった。

易と鳥

吹き降ろしてくる強い風を背に受けて何やら地に足が着かないようなふわふわした足取りで坂道を下りながら、俺はこんなふうに生きてきたな、ずっとこんなふうだったなと迫村《さこむら》は思い、急に息苦しくなって目を上げると家々の屋根越しに沈んだ鼠色の帯のような海が見えた。海岸に向かって少しずつ下っていっているはずなのにその帯は逆にだんだん高くなっていき迫村の目線を越えるように見える。背中を押されるまま、それに逆らわず、しかし一歩ごとつんのめりそうになるのを辛うじて堪えつつ、やや爪先立ちになって、重力が稀薄になったような体感とともに一足一足沈んでゆく。胸がつかえるようではあるがその息苦しさには一種甘美な快さが籠もっていないわけではなく、このうっとりした徒労感はいったい何なのだろうと不思議になる。

坂は右に左にゆるやかに彎曲しながらどこまでも続いてときどき傾斜が急になるかと思えばまただらだら坂に戻り、海もときどき屋根屋根に隠れて見えなくなる。坂道という空間には何やら生の秘密に通じるものがありはしまいか。時間というものは平らな道を坦々と歩いてゆくようには決して流れないのだ。生はいつでも傾斜している。昇るか、下るか、どちらかだ。昇っているつもりで下っていることもありその逆もあり、しかし結局、人は吹き降ろしてくる風に背を押されながら少しずつ少しずつ沈んでゆく。そうでしかありえまい。その一方で、吹きつける風を正面から受けとめ、それに向かって真っ直ぐ歩いてゆくのもむろん迫村は大好きだった。あれもまた爽快なものだとふと思い、するとそれにつれてたちまちいろいろな記憶が蘇ってくる。俺の覇気と根性を試してくれるそんなふうな爽快な風があり、他方またこんなふうにどこまでもだらだらと続く下りの道行きを後押しし俺の沈降を助けてくれる風もある。有難いことではないか。

行き交う人もちらほらいたので、誰かがすたすたと近づいてきている気配を先ほどから背後に感じていてもとくに気に留めずにいたが、不意に軽く背中を押す手があったので振り返ってみると向井だった。戸川の家で一緒に飲んだのはもう半月ほども前のことになるだろうか。

「風が強いな」簡単な挨拶を交わした後のそんな迫村の呟きもびゅうと吹き降ろしてくる風にちぎり取られてゆくようだった。

「もう夏も終わってしまいましたから」と向井は言い、迫村と肩を並べた。「これから冬にかけては夕方になるとこういう山颪《やまおろし》が吹くんです」

「強いことも強いが、何か荒い、ざらついた風だよな。こんな風が吹く土地だとは思っていなかった」

「まあ、陽が落ちきったとたんにぴたりとやみますがね。さっきの急坂になっているところ、俺、昔、あそこを駆け下りようとしていて、いきなり突風に煽られて、派手にすっ転んだことがありますよ。ひどい捻挫をしてね。中学生の頃だったかな。……お散歩ですか」

「うん、まあ……」海辺の繁華街のポストまで足を延ばして郵便を投函しに行くという口実はあったもののお散歩と言えばただのお散歩に違いなかった。坂道を下りきって突き当たったところからT字の形に左右に細い路地が延びていてそこを右に折れると遊歩道のある海岸の賑やかな一画に出る。郵便を出したらどこかでビールでも飲んで帰ってくるつもりだった。口から出たとたんに言葉が吹きちぎられて相手に伝わりにくいような具合なので二人はしばらく黙って歩いたが、その突き当たりの近くまできて何となく歩調が弛むと、その頃合いを見計らったように向井が、

「俺、これからちょっと寄ってくところがあるんですがね。よろしかったらどうです、迫村さんも、お暇潰しに……」とためらいがちな口調で言い出した。

「暇は暇だけどな。どこ行くの」

「この島のいちばん汚い界隈かな。たぶんまだご存知ないんじゃないかと思いますよ」

汚いという言葉から迫村は先夜延々と歩いたあの荒れ果てた地下道と、その挙げ句に辿り着いたいびつな形の倉庫のような部屋のことをちらりと思い浮かべ、しかしそれは口に出さずにただ

「ふーん」とだけ言って立ち止まり、ポケットから煙草を取り出した。向井に一本渡して自分も口に銜《くわ》え、風を避け背を丸めて手を翳し、それでも何度も吹き消されて苦労しながらライターの火を何とかかんとか煙草につけた。向井にもライターを渡してやって、大きくひと息吸いこみ、「そうね……」と時間を稼ぐように曖昧に呟いて目を遠くへ投げてみたがそこからはもう海は見えなかった。

「同業者の店がありましてね。まあ、店っていうのか……。仕入れや卸しを互いに融通し合ってるような縁で、ときどき顔つなぎに寄るんです。今日もべつに用があるわけじゃないんだけど」

「ほう……」どっちでもいいような気分で煙草を吸っていると向井もそれ以上は固執せず、しかし一人でさっさと行ってしまおうともしないでやはり煙草を旨そうに吹かしながら、そのままのんびりした表情で坂の上の方を見上げている。

「＊＊荘からは越されたそうで」叔母だという女将から聞いたのだろうか。

「友達のところにちょっと転がりこんでね」向井と樹芬《シューフェン》が知り合いなのかどうかわからないので曖昧に言ってみると向井はただにこにこと頷いているだけだった。こんな狭い土地なのだから、迫村が樹芬《シューフェン》の家に居候しているのは案外もう周知の事柄なのかもしれない。すぐ話題を転じたのも如才なく気を利かせたのだろうか。

「その汚い界隈には、名物の面白い爺さんがいましてね。面白いですよ。トカゲと一緒に……」

「トカゲ？」

「ええ、緑色の、こーんなでかいやつ……」向井は顔の前に手を上げて一メートルほどの幅を示してみせる。いきなり出てきた大きな緑色の爬虫類のイメージに不意をうたれて迫村の顔にちらりと好奇心が覗いたのを目敏く見てとったのか、「こっちの方なんですがね……」と言いながらもう向井は半身《はんみ》になっていて、すると迫村も我知らず軀が引き寄せられる感じでついそちらの方へゆらりと一歩踏み出してしまった。向井はもう先に立って左手の路地の方へすたすたと歩き出している。

今までそちらへ曲がったことがなかったのはちょっと先ですぐ大きな家の塀に突き当たっているのが角のあたりからもう見えているからなのだが、実際にそこまで行ってみると実はその塀に沿ってさらに右に大人がすれ違うのが難しいほどの狭い路地が延びているのだった。向井の後について その横丁を抜け、どうやら誰かの家の敷地なのではないかと気がねしながら庭とも駐車場ともつかない小さな原っぱを斜めに横切り、家々の軒下を抜けてさらにくねくねと行くとやがてパワーシャベルがいくぶん傾いたままぽつんと放置されているだだっ広い空地のきわに出た。畑が潰されたのか建物が取り壊されたのか、とにかくブルドーザーで均《なら》されたばかりといった感じで土の色のなまなましいその空地をぐるりと囲んでいる錆びた鉄条網に沿って、迫村たちがさらにしばらく歩いてゆくうちに急に陽射しが翳って空気に夕闇の気配が漂いはじめた。ひょうきんでお喋り好きのはずの向井が今日は妙に口が重い。やがてアスファルトの舗装がなくなってでこぼこの砂利道になり、と同時に魚が腐ったような臭いが漂って、そこに惣菜の煮炊きの匂いが混ざる。

「あ、ここ、ここなんです」と向井が指さす右手の路地を曲がってみると、彼のさっきの「汚い」という言葉が文字通りのものだということがわかった。斜めにくねった路地の両側に、建って何十年経っているやら、半ば崩れかけたような木造の建物が平屋と二階建てとごちゃまぜになって立ち並び、しかし路上に人出はけっこうあって、どうやら道とも空地ともつかない空間にいくつか屋台が出ているらしい。迫村たちが進んでいくとちょうどその屋台にぽつんぽつんと裸電球の明かりが灯り出したところだった。屋台と言っても整然と並んだ祭りの縁日の屋台のようなものではなく、ベニヤ板を無造作に掛け渡した平台がごたごたと無秩序に散らばって、半端な文房具だの入浴剤だの使い古して垢染みた毛皮の帽子だの懐中電灯だの漫画本だの段ボール箱にダース入りになったカップ麺だの、雑然とした品物がとりとめなく並べられている。パッケージに何も書かれていないビデオテープを山のように積み上げて売っている台もあり、前を通りかかると、裏だよ、みんな裏、凄いよと男が囁きかけてくる。売っている側もうろうろ徘徊して冷やかしている側もあまり身なりがよくなくて、ありていに言ってしまえばひと昔前の労務者ふうだ。道端に置かれた床几にへたりこんでぼんやりしているやつも何人もいる。

向井は安手の古道具が漫然と並べられた平台の一つに寄っていって、そこの売り主らしい、ランニングシャツからぬっと突き出した太い腕を胸の前で組んだ大柄な男と話をしている。向井の恰好もチェック柄のネルのシャツの下にらくだ色の下着を覗かせ、穿き古しのジーンズをだらしなくずり下げているといったものでそのあたりの風景にたちまち異和感なく溶けこんだ。迫村がぶらぶら歩き回っているうちに夕闇がどんどん濃くなってゆく。細工を凝らした海泡石のパイプをあれこれ取り揃えて売っている台に引っかかって、本物かどうか見極めようとしているうちに向井の姿が消え、爪先立ちして見回すと向こうの方へ歩いてゆく後ろ姿がちらりと見えたので慌てて後を追った。向井は奥に行くに従ってだんだん暗さを増してゆく路地の、そこだけ明るい光が中から洩れている一軒の前に立ち止まり、軒先から中を覗いているところだった。

「あ、なんだあ、いたのか」と向井が言って嬉しそうな顔になるのがその光に照らされて迫村の目に入った。追いついて向井の肩越しに覗いてみると、狭い三和土《たたき》からすぐ上がったところの卓袱台の前で両手の指の間で筮竹《ぜいちく》をじゃらじゃらさせているひどく小柄な老人がいて、それと向かい合って若い女が横座りになっている。

「なんだ」迫村の口からも思わず同じ言葉が出てしまう。「佳代さんか」

「あら、お揃いで……」と佳代は言い、しかしすぐに老人に目を戻して、「じゃあ、やっぱりやめた方がいいんですかね」

「そうは言わん」という老人の声は掠れていて甲高い。「そうは言わんが、時期が悪いなあ。きわめて悪い。あんたは今はじっと頭を低くしていた方が良いなあ。じいっと、臥せっていた方が……。こいつみたいに」と言って目を落としたので、老人の膝の上に大きなトカゲがのたりと乗っかって微動もせずにいるのに迫村はようやく気づいた。仏像だの福助人形だの得体の知れない置物だのがとりとめなく畳の上に広がっているのに紛れて、緑と褐色の中間くらいの色合いのその不気味な動物が生きているものだということがすぐにはわからなかったのだ。

「あら、あたしをトカゲなんかに譬えないで」

「トカゲじゃない、イグアナ。可愛い子だよ、こいつは」と言って老人は膝の上のその爬虫類を片手でそっと撫でた。老人の皺だらけの指先が緑色の鱗を掠めてカサコソとかすかな乾いた音を立てるのが迫村の耳に届いた。イグアナか。なるほど頭頂から背にかけてまるで飾りのようにたてがみ状に逆立っている鱗の列があった。

「ふーん、イグアナかあ」と佳代は言って迫村たちの方を向き、「イグアナ的人生ってことなのかなあ、あたしに似合いなのは」

「うん、いいじゃない。ロクさんのイグアナ、何か色っぽいとこあるもんな」と向井が調子良く応じ、「ロクさん、こちら、俺の大学時代の恩師の迫村先生。あ、今はもう大学辞めて先生じゃないんだけど」

　迫村がこんにちはと言うとイグアナの老人は何も言わずにただ迫村の目をじっと見つめてにっこり笑い、イグアナに乗せていた手をまた筮竹に戻しそれを両手でじゃらじゃらと繰っている。ロクさんの顔はミカンやトマトのような漿果の汁気が蒸発して萎びきるところまで萎びてしまったようで、片目がまったく動かないのはどうやら義眼なのかもしれない。しかしもう一方の目は悪戯っぽい輝きを放っていて敏捷によく動く。

「ロクさんの占いは実に良く当たるんです。迫村さんも見てもらったらいかがです」

「そうね……」こんな漂流状態がいつまで続くのか、八卦の目に訊いてみるのも面白いかと迫村はふと思った。島に着いたものは遅かれ早かれいずれまた島から去ってゆく。だとすればそれがいつ頃のことになるのか、その出発がどんなかたちで訪れるのかを尋ねてみたいと思わないでもなかった。が、「うん、まあね、そのうち」ととりあえず曖昧に呟いておく。

「佳代さんもこんなところに出入りしてるのかあ」と向井が言った。

「あら、あたしはロクさんのお得意さんの一人なんだから。何かっていうとつい見てもらいに来ちゃう」

「さっき、やめた方がいいとか何とか、何の話？」

「秘密……」と佳代は言って迫村の方へ視線を移し、「向井君はいろいろと面白いところを知ってるから案内してもらうといいですよ」

「そうしてもらいます」と迫村が言うと佳代は軀をくるりと回し足を三和土に下ろして靴を履き、「あたしはもうこれでいいの」と言って立ち上がった。

「あ、俺たちはちょっと覗いただけだから」

「ううん、いいの。もう訊きたいことは訊いたから。ロクさん、どうも有難う。じっと臥せってるのね」佳代は三和土に立ったまま身を屈めてロクさんの膝の動物の方に手を伸ばし、問いかけるようにロクさんの目を見て、そこに促しの色を読み取ったのか指先をこわごわとイグアナの背に這わせた。

「うーん、可愛いって言えばまあ、ねえ」そのときイグアナが急に首を動かし、指先が吸盤状になって分かれている片方の前肢を思いがけないすばやさで卓袱台に乗せたので佳代はびくっとして手を引いた。向井がくっくっと笑っているのを睨むようにしながら佳代は二人の男の間を擦り抜けて外へ出た。イグアナはガサガサッというかなりの勢いで箆竹を蹴散らしながら卓袱台に上がりこみ、咽喉をぷっくり脹らませ、また萎ませた。それにつれて咽喉についている鮮紅色の飾りひだのようなものがゆるやかに蠢く。なるほど尻尾の先まで入れれば先ほど向井が手を広げて示したこのイグアナの体長には誇張がなかったようだ。

「怒ってるのかな。これ、神聖な動物なんだからね。佳代さんが怒らせちゃったみたいだぞ」

「ほんと？」と佳代がロクさんに心配そうに尋ねると、老人はぎゅっと結んだ皺だらけの唇に笑みを浮かべたまま首を振り、イグアナの腹に両手を差し入れて持ち上げ自分の膝の上に引き戻した。

「迫村さん、ちょっと飲んでいきませんか」と向井が言った。

「いいよ。どこ行こうか」

「そこでどうです」

向井が指差す方を見ると、薄暗いのでそれまで気づかなかったが路地を隔てた斜め向かいはどうやら呑み屋だか食堂だかのようで、開けっ放しになった入り口から仄暗い明かりにいくつかの人影が浮かび上がっている。

「看板が出ていないんだな」

「そうそう、暖簾も下がっていない。わざとそうしてる。あそこは自家製のドブロクを出すんです。なかなかおつなもんですよ。もちろん違法なんですがね。このあたりは何と言うか、ちょっと治外法権みたいなことになっててね。そこの店の闇のドブロクは何とも言えず旨い。この頃の甘ったるい清酒みたいな、工場で衛生管理してるような代物じゃないんだよ。ねえ、迫村さん、佳代さん連れて先に行っててくださいよ。俺、ちょっとロクさんと話があるから」

「佳代さんは時間、あるの」

佳代が小さく頷いたので、じゃあと言って先に立ち、向かいの家の敷居を跨いだ。ほんの三つほどのテーブルのうちの二つをうっそり囲んでいるのは中年から初老あたりとおぼしい男たちで、陽気な酔いの賑わいというもののいっさいないそのひっそりしたさまに迫村は少々臆したが、後ろから佳代が両手を背中に当てて軽く押してきたのに励まされるように、空いたテーブルのところに行って腰を下ろした。佳代が向かいの席に着く。前掛けをした中年女が奥から出てきて、いらっしゃいませでもなくいくぶん胡散臭そうな顔を向けてくるのに、佳代が屈託なく、

「小母さん、あれ、お願い」と言った。小母さんは疑い深そうな顔のまま返事もせずに奥に引っ込んでいったので、

「大丈夫かな」と迫村は呟いた。

「大丈夫。あたしの顔を知ってるはずだから」

「君はここの常連なのかい」

「常連ってほどじゃないけど。何度か……」迫村は改めて佳代の顔を見つめた。樹芬《シューフェン》よりもほんの少し背は高いが、全体に細い感じで、顔も細く頬にも無駄な肉がまったくないがそこだけやや不釣合いにふっくらした口元に始終浮かんでいる笑みのせいか性格がきつい感じはしない。

「お稽古の方はいかが」

「まあ、ぼちぼちですね。次の公演はまだまだ先だから」

「いつですか」

「年明けかな」

「……いやあ、こないだのはなかなか良かった。あれは振付けは誰が……」

「いや、みんなで、何となく」

「最後のあの炎のところ。パッションの高まりかたが凄かった……。ただスピーカーの性能がもう一つで、ああいう野外だったし音が割れて薄っぺらになっちゃってたのがちょっと残念だった……」

だが佳代は何か別のことを考えているようで、大ぶりの湯呑みに無造作に注がれた濁り酒が運ばれてきてもどこか上の空のままだった。湯呑みの縁を口に近づけると強烈な匂いが鼻をつき、少々ためらったが、少量を口に含んだとたん香ばしい麹の風味がいきなり口腔に広がって、何か眩暈するような気分になった。

「ううむ。これは凄い。野趣というかね」

「ねえ」

「旨い」酒が胃の腑に下りてゆくと今度はまた少々違う後味がふわりと戻ってきて、同時に温かいものが手足の先までじんわり広がってゆく。

「けっこう強いでしょう」

「うん。いいねえ、こいつは」

「……あのね。さっき、やめなさいってロクさんが言ってたこと……」

「うん」

「あれはね、実はね、ハンブルクの舞踊研究所に研究生になって勉強しに来ないかって話があって、どうしようかと思って」

「へえ」

「その研究所で実技を教えてる主任教授の先生が、あたしのことをとても気に入ってくれて。研究生っていっても授業料は全額免除にしてくれるし、それどころかドイツ政府のスカラーシップを取って、生活費も出るようにしてやるっていうの」

「すごいじゃないか」島から出航しようとしている人間がここにもいるのか。

「それに、そのうちあたしをメインにして小さな作品を作ってみたいとか、いいことばかり言ってくださって」

「信用できるの、そいつ」

「と思うんだけど……まあ、その作品とか何とかは本当はどうでもいいの。半年でも一年でもこの島から離れて暮らしてみたいっていう気持が……」

「ああ、わかるな、それは」

「でもね、そんなこと億劫だっていう気持も……」

「ああ」

「父を残してゆくのも心配だし」

「行けばいいじゃないか」

「うん、でもね……」これまで佳代と二人きりになって話した機会と言ったらいつだかの晩のゲームセンターで馬鹿馬鹿しい遊戯に興じた数刻だけなのに、いきなりこんな友達ことばになってしまったのは妙な具合だったが、どうやらそれは、この薄暗い安食堂で、ぼそぼそ低い声で話している得体の知れない男たちに取り囲まれ、やや心細い思いでこれまた得体の知れない酒を二人して啜っているというこの雰囲気のせいだったかもしれない。

「行くべきだと思うよ」酔いが急に回って無責任になっているかなという反省の念がちらりと頭を掠めたが、それでも迫村は何やら依怙地な気分になって断定的に繰り返した。

「うん。でも、ここは居心地が良いからなあ」

「そりゃあね、わかるけど」

「それにロクさんが……」

「何だ、あんな爺い……」と言いかけたとたん、

「やあやあ、どうです、そのドブロク、いけるでしょう」という向井の声がして、振り返ってみると向井のすぐ後ろにはまさにその子どものような背丈の爺さん本人がついてきている。

「いやあ、いけるなんてもんじゃない」後ろめたい気持を押し隠して迫村は二人に向かって湯吞みを上げ、にっこりしてみせた。

四人でテーブルを囲むと不意に賑やかな気分が湧いてきた。席についても灰色のハンチングを脱ごうとしないロクさんは、さっきのイグアナの表皮の色に似ていなくもない緑色の擦り切れかけたジャンパーを羽織っていて、ドブロクが来るとひと息に半分ほど呷ってはあ、と息をつく。

「佳代さん、若い女の子がこんな界隈をうろうろしてると危ないよ」と向井が言った。

「もう女の子って年齢《とし》じゃないわよ」

「それにしてもさ……」

「保護者みたいなこと言わないでほしいわ。ねえ、向井君にとってのあたしって、中学生か高校生のまんまで時間が停まってるでしょ」

「そんなことはない。大人の女性として認識してる。だからこそ、東京に来たら連絡してくださいってさあ。デートしてくださいって言ってるわけだろ。それが何度も何度も断られ……」

「それでもめげずに何度でも何度でも申し込んでくるところが向井君の根性あるところよね」

「根性っていうか……」

「それとも単に鈍感なだけかな」

「おまえなあ。そもそも俺を『君』付けで呼ぶなよな。こっちはずいぶん年上なんだからな」

「もうお互い大人なんだから、友達同士ってことでいいじゃない、向井君」

「おまえが泣きべそかいているところ何度も見たりしてるんだぞ」

「あら」

「ほら、おまえ、下校のとき誰かに靴を隠されて、下足箱が空っぽになってて……」

「やだあ」酒の酔いでない赤みが佳代の頰にうっすらと差した。「小学校のときのことを言わなくても……」

「俺がたまたま通りかかったから良かったよな。おまえ、校門の陰でソックス真っ黒にして泣きべそかいててさ。俺が家までおぶって帰ってやったんじゃん」

「感謝してますよお」と佳代は向井を睨むが、本当に怒っているわけではないのは傍目にもよくわかる。

「ほらあ。俺はそういうところをいろいろ見てきたから」

「やあねえ、いつまでもいつまでも恩着せがましくって。そういう男はもてないよ」

「え、変だな。俺、すごくもててるもんな」

「信じらんない」

「おまえに信じてもらおうとは思ってないよ」

「そのおまえっていうのはやめてよね。失礼じゃないの。向井君」

「君ら、ほんとに仲良いんだなあ」と迫村が茶々を入れると、やめてくださいよおと二人で声を揃えてはしゃいでいる。


迫村はドブロクをお代わりして、二人のやり取りを心地良い伴奏のように聞きながら飲んでいるうちに軀中がゆったりと揉みほぐされるような気分になってきた。ロクさんはほとんど喋らないがなぜか傍の者を気詰まりにさせない不思議な雰囲気の持ち主で、どうやらそれはぎらぎらした精気のようなものとはいっさい無縁で、そこにいてもあたりの空気にひっそり溶けこんで存在感を消してしまう異能によるものらしい。こういう老人はそこらへんにいくらもいそうで、しかしなかなかいないものだ。老いれば老いるほど無理やり生命力の熾火《おきび》をかき立てて、社会や仲間内で幅をきかせようとやっきになる連中を迫村は沢山見てきたものだった。ロクさんが旨そうにドブロクを飲んでいるところを見ていると何だかこっちの心も温まってくるようだった。店の小母さんは向井を贔屓にしているようで、向井がわがままな駄々っこのように「小母ちゃん、腹減ったなあ。何か食い物ないの」などと言うと、やれやれという顔をしながらもけっこういそいそとモツ煮こみやら胡麻豆腐やらお好み焼きやらを出してくる。佳代は向井の前ではドイツ留学の話はしようとせず、そのことが迫村には何となく嬉しかった。

「古道具屋っていうのもけっこう面白いんだよな」と向井が言う。

「じゃあ、やっぱり親父さんの後を継いでやってくかい、向井質店」

「うーん、あんなもの、商売にも何にもなりゃあしません。でもね、ここに流れてくるような品には妙なものも混ざってて、わけのわからない商売のルートがあっちこっちに伸びてたりして。面白いんだ。あそこに毎週立つ市に集まってくるような手合いも、ちょっと訊いてみるととんでもない人生をおくってきた連中でね。で、だんだん仲良くなると、商売のタネっていうのは思いがけないところに転がってるってことがわかってくるのよ。たとえば、ある人と別の人の間の橋渡しをしてやる。それだけで回り回ってかなりの金が転がりこんでくるとか」

「君、手が後ろに回るようなことに嚙んでるのかい」と、それはそれで面白かろうとただ興味をそそられて訊いてみると、「いやいや、滅相もない」と大袈裟に否定してみせるが、どこまで本気で言っているのか見当がつかない。

「俺なんか、東南アジアでふらふらしてた頃、けっこうやばい仕事で食ってたこともあったぜ」迫村もかなり酔ってきていた。

「ええっ、本当ですか」と向井が大袈裟に目を剝いてみせるのもどうやら真に受けることができないような気がした。

「うん。でもまあ、俺は一応、君の『恩師』だもんな。そのイメージは壊さずにおこう」

「やばいって、何ですか。ヤクですか」佳代が生真面目に「ヤク」と言ったのが何だかおかしくて佳代以外のみんなが思わず笑った。

「いやいや……」

「何だろうなあ。迫村さんて、いったいどういう人なんだか」

「ただ、俺はただ、流れ流れてね。だんだん坂を下ってきてね」

「坂ね。さっき、俺、あっちの坂で声を掛けたじゃないですか。俺、しばらく迫村さんの、まあ後をつけてたわけじゃないけど、坂を下りてく背中見ててさ、後ろ姿がなかなか良いなあと思いましたよ。いや、ほんと、お世辞じゃなく」

「背中ねえ。人間って背中から年齢《とし》取ってくって言うよな」

「どうですかね、ロクさん」と向井が水を向けてもロクさんはへっへっ、どうだかなと小さな声で呟くだけだった。

　話題はとりとめなく移り変わっていき、ふと話が途切れると規則的なリズムを刻むかすかなざわめきが聞こえて、海だなと誰かがぽつりと言った。もうだいぶ夜が更けているはずだった。そろそろ腰を上げるかという想念が重たるい酔いの底で蠢きはじめた頃、不意にロクさんがゆっくりした掠れ声で、

「迫村さんは……」と言い出した。「迫村さんは……。いや、迫村さんが……たとえばね、さっきやばい仕事でって言ってたでしょう」

「はいはい、言いましたな」

「そんなふうに、まあ面白おかしく生きてこられてね……」

「そんな……」

「いやいや。でね、今はとりあえずじっとしておられるわけでしょう。ここはそういうのに向いた土地だしね」

「そうですね。まあそういうことですかね」

「で、それは休暇みたいなものなんですかね。それとも、一種、余生みたいなことと捉えておられるのか」

「休暇か余生かってことになると、そうですね。そのどちらでもなくて、あえて言えば、雌伏かな。雌伏中……」

「雌伏十年なんていう、あの雌伏ですか。あれはね、将来に活躍の日を期して、とりあえずしばらくの間は他人の支配に服して、厭なことも不如意なこともじっと堪えてっていう、そういうことでしょう。しかし迫村さんの場合、ここには別に気に食わない上司も何もいないわけだし」

「まあ、そうか。それならむしろ今までの人生の方が雌伏何十年だったかもしれない。それでようやくそういうのから脱け出してね」

「雌伏の反対語は雄飛だな」とロクさんは淡々と言い、迫村はさっきついあんな爺いと言ってしまったことを改めて恥ずかしく思った。

「ははあ。雄と雌か。雌伏というのは女性になって、受け身になって耐えるという、そういう言葉でしたか。フェミニズムの論客なんかが腹を立てそうな言葉だね。佳代さん、いかがです」

「いえいえ、あたしだってそのうち勝手に雄飛しますもん」と佳代は言って迫村の顔を見た。

「男か女かはともかく」と迫村は言った。「そうか、雄飛のための準備期間ということなのか、雌伏っていうのは。じゃあ、今の俺は、実はまさに雄飛してる最中なのかね。まさか」

「雄飛はやはり、これからのことですかね」とロクさんがゆるゆる言いながら探るように迫村の目を覗きこみ、そのとたん迫村の記憶の底からあの影がいつだか口にした、いざそのときになって、それだけの覇気がまだ残っているかよ、という嘲るような言葉がむっくりと身を起こしてきた。しかしまた別のときにその同じ影は、なあ、自由は、あの自由ってやつは、いったいどうなったんだい、といたわるように言ってくれもしたのだった。

「さあどうでしょう。俺の場合、雌伏というのは撤回して、むしろ単なる『潜伏』ですかねえ」

「では、身を潜めて……」

「とはいえ、こんなふうに堂々と歩き回ってもいますがね」

するとロクさんは、それまでほんの少し震える手で握り締め、ゆっくりした規則的なリズムで上下させていたドブロクの杯をテーブルに置いて手を離した。それから両のてのひらを臍の下あたりで重ね、背を丸めやや俯き加減になって、迫村と目を合わせるのをわざと避けるようにしながら、溜息混じりの小声で、この宵初めてというような長々とした言葉を独白のように吐き出した。

「それが雄飛かどうかは知らんが、あんたはきっと、いずれそのうちそのやばい渡世とやらに戻ってゆくだろうな。遅かれ早かれそうなるだろうな。しかしその前に、そのときが来る前にね、あんたはね、やばいとか何とかいう面白おかしいこととはまったく違う種類の、何か本当の悪行をはたらくような気がするな。何かを犯すような気がするな。本当の意味でのやばいことをね、何か背筋が寒くなるような犯罪をね。犯罪と言ってもそれはたぶん、法律に触れるか触れないといった話じゃあない。そういうんじゃなくて、警察なんかはなからお呼びじゃないような、真っ向からの、剝き出しの、〈悪〉それ自体をね……」迫村はやや呆気に取られて聞いていたがそこでロクさんの甲高い掠れ声が途切れたので、しばらく待ってから、

「〈悪〉ですかね」と訊き返した。

「そう、〈悪〉……」さらに間を置いて、「それが、あんたが生涯に犯すであろう、最後から二番目の罪かな」と、何だか外国語の翻訳のような言い回しで重苦しくゆるゆると言ってまた口を噤んだ。

冗談に紛らしていいのかどうかがわからず、また実際、冗談事のような気分になれなかったので、迫村はとりあえずドブロクの残りを飲み干し、空っぽになった湯呑みの底を見つめていた。そうしているうちにさらに執念《しゅうね》く続くロクさんの呟きがまた耳に入る。

「……しかしね、〈悪〉というのはね、何やらとても華やかなことなのかもしれんよ。夜空に上がる花火みたいな……」そこでまた言葉が途切れる。

「その花火で何が起きるんでしょう」と迫村の代わりに身を乗り出して尋ねた佳代の声は、迫村が思わずたじろぐほど真剣だった。

「……花火は花火だろ。ぱあっと輝いて、暗くなって、それでおしまい」

「それだけのことですか」

「それだけ」

「その後は」

「後があるかね。別になくてもいいだろ。ただその輝きで、ほんの一瞬でも何かが照らし出されれ

ば」

「何が照らし出されるんでしょう」その問いにはもうロクさんは答えなかった。しばらくじっとしていて、それからまた湯呑みを手に取り、しかし頭を落とし唇の方をその縁に近づけるようにして一口含み、迫村と佳代を順々に見た顔には先ほどからの温かな笑みが戻っていた。

座が白けたというわけではないがそれで酒の酔いが疲労となってどっとのしかかってきたような気分になり、それは残りの三人も同じだったようで、だんだん会話が途切れがちになって、向井が、さて、そろそろ行きますかと言ったときにはほっとして立ち上がった。申し訳なくなるほどの安い勘定を向井と折半して払い、表に出ると夕方の風はもうすっかり凪《な》いでいたが空気は冷たく澄んで身に染みた。並んで立つと頭の天辺が迫村の胸のあたりまでしかないロクさんはすぐに、じゃあまたとだけ呟き、奢ってもらったくせに礼も言わずにさっさと斜め向かいの家に帰っていった。ロクさんが鍵を開け滑りの悪い戸をがたぴしと引き開けて中に入り明かりをつけたのを見届けてから、向井は迫村に大袈裟にウィンクしてみせて、

「やられましたね」と言った。

「参った」

「あれは一種のサービスなんですよ、ロクさんの」

「サービス過剰だよ」

「酒代のつもりなんでしょうな。しかし、迫村さん、すっかり深刻になっちゃってましたね」

「別に。ただ面白い爺さんだと思ってさ」

「いやいや、案外ね。神妙な顔になってましたよ。『汝が生涯に犯すであろう、最後から二番目の罪であるぞよ』。いやあ、なかなかやるじゃないの、ロクさんは。それにしても迫村さんはいったいどんな罪を犯すんでしょうねえ。最後から二番目のやつと、最後のやつと、とにかくあと二個あるわけね」

「やめてくれよ」と迫村が苦笑して佳代に目を向けると、佳代の顔は案外真面目で、

「でもねえ、ロクさんの占いが物凄く当たるのは事実なんだから」

「そうか。参ったな」

「だからね、迫村さんは雄飛しなけりゃいいんです。雄飛を延期して、雌伏しつづけてればいい。あ、潜伏か。身を潜めて、行いを慎んで、悪行に耽りたくなっても我慢してね」

「まあね。それでいいよ、俺は。ふつう、人の一生なんて雌伏だけで終るわけだろ。それでいいわけだろ」

「そうかしら」と佳代が不服そうな顔になった。

「そうだよ、ひっそりと忍んでね」

「あっ、それじゃあねえ」と向井が意気込んだ声になった。「ひっそりと潜伏するには迫村さんが知ってた方がいいことがあるな。ねえ、佳代さん、あそこに案内するか」

「あそこって」

「ほら、あそこ」と向井は顎で路地の奥の暗がりの方を指し示した。

「あ、もう通れないわよ、あそこは」

「いやいや、そんなことない」

「嘘。中に入れないよ。入れても、もう下まで降りてけないでしょ、そもそもの話」

「大丈夫だと思う。な、行こうよ」

「え、あたし？　あたしは厭。汚れちゃうもん」

「なあ、酔い冷ましだよ。一緒に来いよ」

「転んで怪我するよ」

「んなわけあるかよ」

「何の話」と迫村が訊くと、向井は悪戯っぽい目で、佳代は見るからに困惑して、こちらをまじまじと見返してくる。それからさらに押し問答があり、しまいに向井が、な、いいだろ、と強引に言い捨てて、こちらを向きながら後じさりしはじめた。佳代は溜息を一つつき、仕方ないわねえと呟いて迫村の腕を取った。

「行きます？」

「行きますって、どこへよ」

「うん、まあ、迫村さん、面白がるかもしれない」

「へえ」

「でも、動かないと思うんだけどな。まあ動いてくれれば、ともかくあたしはあっちにフィアット置きっ放しだし、ちょうど良いって言えばまあ……」何を言っているのかわからないが、佳代も酔っているようだし迫村もあの強いドブロクを何杯か空け頭がふらふらしていて、どうにでもなれというような楽天的な心持ちになっていた。

　街灯を一つ過ぎるとその先はもう真っ暗で、プレハブの小屋が二つほどあるがそれも真っ暗でひと気がない。佳代に腕を取られて歩いてゆくうちに、若い女の軀のうっとりするような爽やかな馥りが不意に迫村を包んだ。いつの間にか黒々とした小山の連なりがぬっと眼前に迫ってきていて、その上に視線を上げても今日は曇天の暗夜で月も星も見えない。向井はまるでトーチカのような、見るからに堅牢そうな匣《はこ》型の小さな建造物の前に立ち、鉄製の扉をギイギイと軋ませながら力任せにこじ開けようとしているところで、迫村たちがそばに来たときようやく十センチほど間隙が出来て、

「おう、開いた開いた」と息を切らせながら言った。

　広げられた隙間から向井に続いて身を滑りこませるとそこは目の潰れるような漆黒の闇で、重たるく淀んでいる黴臭い空気がかすかに吐き気をそそる。どこかでガチッという硬い音がして薄い明かりが灯り、三人入るといっぱいになって身動きがとれなくなるような気さえする狭い空間が浮かび上がった。向井が頭の上に手を伸ばして配電盤の電源レバーを押し上げたところだった。あたりは殺風景で何もなく、ただ床の真ん中に下方に下ってゆく窮屈な螺旋階段があるばかりだ。竪穴のようになっているその階段に向井はもう半分身を沈めかけていて、

「足元、気をつけてくださいね」という声を背後に投げてくる。

「えっ、ここ下りてくの」迫村はたじろいだが、

「そう、そうなんです。かなり下りますよ」という向井の声もそれに混じるカンカンカンという足

音も、すでにくぐもった奇妙な反響を伴って下から立ち昇ってくる。仕方なく佳代を先に行かせ、迫村もその後に続いて階段とも梯子ともつかないその螺旋をぐるぐると下っていった。

「何なんだ、これ」

「まあ、お楽しみ……。正規の入り口はもう閉鎖されちゃったんですがね、ここからも入れるようになってるんです」

佳代は口を噤んだままだが先に立って下りていく足取りはいかにも慣れた感じで、最初は渋っていたが今は何やら浮き立ったような気分になっているようで、それが伝わってくるので迫村も素直に従うことにした。間遠に照明されている一直線の狭い竪穴を二、三十メートルほども下ったか、「着いた、着いた」という向井の声がようやく聞こえ、迫村の足も裸の土が剝き出しになっている地面に下り立った。そこから向井がまた押し開けた金属製の扉を今度は横に抜けて外に出る。

その頃には薄暗がりに目が慣れていたので、三人が出たのが天井の高い多少広めの埃っぽい空間で、そこから水平のトンネルが奥へ延びているのがわかった。

「坑道かな」

「ええ、銅鉱山の跡なんですがね。閉山になってもう何十年経つのかなあ」

「それなのに電気が来てるのかい」

「治外法権って言ったでしょう。この界隈に住んでいる手八丁の連中はこの辺の施設を好き勝手に仕切っていましてね。さて、これに乗ります」

向井が示したのは、さあこれはトロッコと言ったらいいのか、もっとちゃんとした運搬用の乗り物と言うべきか、二人掛けの座席が縦に二つ並んでいる小さな車輛で、それを乗せたレールがトンネルの中へずっと延びほんの十メートルほど先でもう闇の中に溶けこんでいる。

「動きゃあしないわよ、こんなもの」と佳代はせせら笑うように言ったがどこかはしゃいでいるようでもある。

「いやいや、動く。大丈夫」向井が前の座席にごそごそと乗り込んで操作すると、カッ、カッ、カッ、カッとスターターが空回りする耳障りな音が坑道内に反響した。もう一度。さらにもう一度。

「ほら、駄目じゃない。燃料がないんじゃない」と言いながら佳代もステップに足を掛けて軀を引き上げ向井の隣りの席に座を占めて、「やだあ、こんなに埃が積もってるじゃない。ジーンズ穿いてきて良かった……。迫村さんも、さあ」

迫村が後ろの座席に乗り込んだ瞬間、カッ、カッ、カッという甲高い空回りの音がゴッゴッゴッゴという規則的な低い音に変わり、車体全体が震動しはじめた。

「ほら、エンジン掛かったぞ」向井が勝ち誇ったように言ってレバーのようなものを引くと、トロッコはがくんと揺れていきなり飛び出し、三、四メートル前進してガリガリと車輪を軋ませながら停まった。佳代は派手な悲鳴を上げるし、迫村はまだ中腰だったので車輛の外に放り出されそうになった。

「ごめんごめん」と向井は早口に言い、「どうもすみません。しかし、ほらね、こいつはちゃんと動く」

「ちゃんと動くじゃないわよ。これ、もうあっちこっち錆びついてるじゃない。シートベルトもないし。物凄い危険じゃないの。やだなあ、あたし、やっぱり帰ろうかな」

「大丈夫、大丈夫」

「大丈夫じゃないでしょ。脱線したらどうするの」

「しないよ。ゆっくり行くから」

「第一、レールがちゃんと通っているかどうかもわからないじゃない。途中で天井が崩れてるとかさ」佳代ははしゃぎ気分にいきなり水を差され本気で不安になってきたようだった。

「いや、ちゃんと道が通ってるって話だから。そう言ってた」

「誰がよ。そんな話、当てになるわけないじゃない」と佳代はだんだん早口になって、「これが走ってって、その震動で天井が落ちるかもしれないわよ。あたしたち生き埋めじゃない。坑道の補修工事なんかもう何十年もやってないんだから。やだあ。あたし、ほんとに怖くなってきちゃった」

それからまた思いついたように、「それに、あたしたちが生き埋めになっても、そのままいつまで経っても誰も気づかないじゃない。今晩ここにあたしたちが来たことを誰も知らないんだから。迫村さん、やっぱりやめて戻りましょ」

しかし、それに答えようと迫村が口を開く前に向井はもうレバーを引いていて、トロッコは一つ身を揺すって用心深い動物が這い出すようにじりじりと動き出していた。佳代がまた悲鳴を上げる。

「ちょっとちょっと、ねえ、向井君たら……」

しかしもうトロッコはトンネルの中に入っていて、ゴゴゴゴ……というエンジンの唸りが不気味な反響音となって四方八方に谺《こだま》し、その佳代の悲鳴もかき消されてしまっている。いきなりの展開に迫村も動揺した。曲がり角を過ぎるとたちまちあたりは鼻を抓《つま》まれてもわからないような闇に塗り潰され、しかし少し目が慣れてくると前の席の向井の正面のパネルに小さな赤ランプが灯って、それに照らし出されてレバーを握る向井の指が仄かに浮かび上がっているのが見える。

「ねえ、ちょっと、ひどい」と佳代が声を張り上げた。

「いいから、いいから」という向井の声音はむしろのんびりしたもので、佳代は「もうっ、知らない」と言って黙りこんだがこうなっては仕方ないともう腹を括ったようだった。それは迫村も同じだった。がたがたと震動しながらトロッコは走ってゆく。潮の香の混じる湿った空気が粘りつくように顔を撫でて吹き過ぎてゆく。振り返るとさっきの曲がり角のところからぼうっと洩れている出発点の明るみももうはるか遠くになっている。頭を前方に戻すとそちらにも同じようなぼんやりした明かりが見え、距離としては背後の明かりとちょうど同じくらいの遠さだが、しかしそれは案外速く接近してきた。レール軌道を転がってゆくトロッコはどうやらだんだん加速がついているようだ。その明かりのところを通過する一瞬、ごつごつした岩肌が剝き出しになった坑道の壁が見えたが明かりはたちまち背後に飛びすさり、半逆光に浮かび上がった前の座席の二人のシルエットもたちまちまた闇の中に沈みこむ。

「ところどころ、ちゃんとついてくれる電灯がまだあるんです。蛍光灯が切れると律儀に取り替えてる人もいるみたいで」と向井が説明するように言った。慣れてくるとエンジン音もそれほどうるさくなくて声を張り上げなくても話ができる。

「しかしなあ」と迫村もさすがに不安を抑えきれなくなって、「たとえばさ、途中でガス欠になって立ち往生したらどうするの」

「なあに、歩いて戻ればいいじゃないですか。ちょっとしんどいけどさ」と向井はあくまで楽天的だ。電灯の灯った地点をさらに二つ過ぎ、その次の電灯のところで線路が分岐しているのが見えた。どっちへ行くのか尋ねようとしているうちに分岐点でかすかに揺れてからトロッコはもう左の方の軌道に入っていた。

「ねえ、これ、どこ行くの」

「……うん、まあ、見ててくださいよ」

事態の進行が速すぎるので非現実感のようなものがつのってきて、ついさっきまで足元にすうすう隙間風が吹きこんでくるあの妙な呑み屋にいて、まるでイグアナみたいな爺さんを前に飲んでいたのが何だか夢の中の出来事だったような気がする。いや、夢と言うなら三人してこんな不気味な坑道をこんな玩具みたいな乗り物に乗り、がたごと走りつづけているこの事態そのものが、夢を見ているようでもある。

「けっこうちゃんと走ってるじゃない」

「だろ」

「ちょっと感心した」佳代にもはしゃぎ気分が多少戻ってきたようで、振り向いて迫村に笑いかけたような気配がしたが顔はまったく見えない。ただあの爽やかな馥りがまたふわりと鼻孔をくすぐってくるだけだ。やがて軌道が左にかなりの急なカーブを描いているところにさしかかり、トロッコが迫村の躯を右に傾かせながらそこを曲がるときガタンと大きく揺れ、車輛自体が片輪を浮かせカーブの外側にわずかに傾いたような気がして迫村はひやりとした。

「おい、スピード出しすぎなんじゃないか」と少しきつい調子で言うと向井はレバーを少し戻し速度を落としたようだった。しかしそのあたりから下りの勾配に差しかかったようで、ほどなく前にもまして速度が出はじめた。

「……おい、向井君、向井君よ」しかしエンジン音というよりレールの上を回転している車輪の音自体の反響が大きくなってきてどうも迫村の声は向井に届かなくなっているようだ。勾配はますます急になり、トロッコも加速してこのままジェットコースターみたいに真っ逆さまに墜落していくんじゃないかという理不尽な恐怖に襲われかけた頃、不意に軌道は水平近くに戻って迫村はほっとした。しかしそれも束の間、また下り坂にかかり、ひとたび弛んだスピードがまたぐんぐん加速してゆく。

「おい、ブレーキ……」と迫村は叫んだがそう言われるまでもなく向井も軀を突っ張らせ、何かを必死に押さえつけているようだ。加速はやまない。迫村は一瞬恐慌状態になり、しかしまた勾配が持ち直して、ブレーキも利いたのか急に速度が弛み、助かったと思ったとたん車輛の両側にぱあっと派手な水しぶきが上がったので仰天した。佳代の悲鳴。トロッコは徐々に速度を落としていき、やがて完全に停止した。

「厭あ、泥水かかっちゃったじゃない。何よ、これ、水浸し……」

「ごめん、ごめん」と向井はあまり申し訳なく思っているようには聞こえない朗らかな口調で言って、「けっこう水が溜まってるんだなあ」と感心したように付け加えた。

「だから言ったじゃない。ああ、ブラウス、染みになっちゃう……。もうこの先は水に浸かっちゃってるんでしょう。あのまま走ってたらもう少しで水の中に突っ込んで溺れちゃうところだったじゃないの」

「いや、ここがいちばん低いところなんだよ。大丈夫。後は昇りだから」

「何でわかるのよ」

「いや、よく知ってるの、俺」トロッコはまたゆるゆると動き出した。

「こりゃあ危険だよ。もうやめようよ」と迫村も言ったが向井は返事をせずに、さらに五、六十メートルほども水しぶきを上げながら走らせ、おい、ともう一度言って制止しようとしたとき、トロッコはガクンと一揺れして急に停まった。向井はそのままエンジンも切ってしまったので、耳に慣れていた騒音が最後の谺の尾を長く曳きながら絶えてしまうとたちまち重苦しい静寂がのしかかってくる。

「しかし水位、高くなってるなあ……」と呟きながら向井は身軽な動作で車外に飛び降りた。いつの間にか小広くなった明るいところに出ていてここには蛍光灯が三つも四つも灯り足元の黒々とした水面を浮かび上がらせている。佳代は泥水と言ったが、実際黒く汚れ何か腐ったような臭いのする水だった。水底に溜まった汚泥からガスが立ち昇ってきているのか、見回して目を凝らすと水面のあちらこちらにプツッ、プツッと小さな泡がはじけている。

「何だか瘴気《しょうき》みたいなものが漂ってるな」

「いやいや、どうってことないです、こんなもの」

「息が苦しいような気がしないか」

「大丈夫ですって。しかしこりゃあ凄いね、どろどろで。落っこちると足を取られそうだ……」と言いながら向井は水面に覗く飛び石のようなものをひょいひょいと身軽に伝って向こうに歩いていき、驚いたことにその途中で歩調を弛めずにちょっと半身になって、「俺、ここでちょっと降りますから」と言った。

「降りますからって、おい」と迫村が慌てて中腰になると、

「いや、そのまま、そのまま。後は佳代さんが走らせてくれますから」

「何よ、あたし厭よ」

「いやいや、簡単だから。俺はここで……」向井はもう堅固な地盤まで辿り着いたようで、それでもあちこちに溜まっているらしい水をびしゃびしゃと撥ね散らかしながら横手の坑道の奥へどんどん遠ざかってゆく。

「おい、そんなら俺たちも一緒に行くからさ」と迫村は中腰の姿勢で危うくバランスを取りながら声を張り上げたが、

「そのまま走らせていってください。後はずっと昇りで問題ないから……」という声もすでに遠ざかっていて、語尾は曖昧な反響の中に溶けこんでよく聞き取れない。向井が遠ざかってゆく側道の奥に目を凝らすとそこにもぽつりぽつりと間遠に明かりが灯って、彼方の闇は何やら湯気にけぶっているように見えた。

「どうしよう」と佳代に言うと、

「何よ、あいつ。無責任ねえ、あたしたちをこんなとこまで連れてきて」という彼女の声は案外落ち着き払っていて、「放っときましょ。いいわよ、ただ真っ直ぐ行けばいいんだから」

「しかしなあ……」佳代は向井の座っていた席に軀をずらせてもうエンジン・スウィッチを捻っている。今度は一発で掛かってまた規則的なエンジン音が坑道内に響きはじめた。

「まあ待てよ」迫村は座席に座り直し佳代の肩に手を掛けて、「向井君の後についてった方がいいんじゃないか」

「だって、あいつ、あんなふうにさっさと、勝手にさ。何よ、失礼じゃないの。迫村さんはいいからそのまま座ってて」

トロッコが急発進してすぐにガクンと停まり迫村は前方に投げ出されそうになった。「あ、ごめん」と佳代の声も上ずって、しかし間を置かずにふたたびトロッコは飛び出して迫村は反動で今度は背もたれに軀が叩きつけられる。悲鳴に近い声を上げる役回りは今度は迫村の方になったがそのまま走りつづけるうちにトロッコはようやくほどほどの速度を取り戻し、すぐにカーブを回ってまた暗闇の中に入った。「うん、大丈夫、大丈夫」と今度は佳代の方がさっきからの向井のような言葉づかいになり、慎重にレバーを戻してさらに速度を落とした。

「ゆっくり行けよ」

「うん」

ここから以後はなぜかもう明かりがなくなってしまい、闇の中をひたすら走ってゆくことになった。迫村の目に映るのはただ前の席の正面にぽっと灯っている小さな赤ランプの光だけだ。瘴気はだんだん薄れ空気は少しずつ呼吸しやすいものとなっていってそれにつれてなるほどたしかに軌道も昇りにかかっているようだった。しかしそれにしてもいったい、俺たちはどこへ向かっているのか。それを佳代に訊くのはなぜか憚られるような思いがあり、少し考えて、いや本当は俺は、それを尋ねたいとは思っていないのだと迫村は気づいた。漆黒の闇の中を佳代と一緒に一直線にどこまでも突き進んでゆく。目的地はわからない。この不安と興奮はそれはそれで悪いものではない。

「昇りにかかってるね」躯を前に乗り出し佳代の耳に口を寄せて迫村は言った。

「ええ」

「あのね、オルフェウスの伝説ってあるでしょう」

「詩人オルフェ……。コクトーの映画で見たわ」と佳代は顔をこちらに向けて答えるので、危ないから前を見ていろと言いかけて、この闇の中では前を見ていようがいまいが変わりはないと思い直す。

「そう、詩人、それからむしろ音楽家かな。オルフェウスが竪琴を弾くと鳥や獣もうっとりと聞き入った、草や木も魅了されてそよぎをやめ、嵐の海も浪風がぴたりとやんだと言いますね。で、ニンフのエウリュディケーを妻に娶《めと》ったんだけど……」

「その奥さんが死んじゃったのよね」

「そう、毒蛇に嚙まれて。オルフェウスは最愛の妻を取り戻そうとして地下に下っていった。そして冥府の王ハデスの心をその妙なる演奏で動かして、妻を連れ帰る許しを得たんだけど、ただしそれは、地上に出るまでは決して後ろを振り向かないという条件付きのことだった。彼はエウリュディケーを後ろに従えて冥界の底から地上に向かって昇りはじめる。ところが地上まであと一歩というところでつい背後の妻を振り返ったために、彼女を永久に失ってしまった……」

「馬鹿ねえ」

「そう」

「それで別の女と再婚した？」

「いやいや。その後、オルフェウスは悲しみのあまり他のトラキア女を一顧だにしなかったので、それを恨んだ女たちに八つ裂きにされてしまったという……」

「まあ」

気がつくと迫村は目を閉じていて、こんな暗闇では目を閉じても開いても視野には大して変わりない。不意に途方もない脱力感と眠気が襲ってきた。ここまで急発進だの急停車だのと慌しい展開があってずっとどきどきしたり気持が上ずったりしていたが、闇の中を一定速度で単調に進んでゆく時間がしばらく続いてどうやら緊張がほどけた拍子に酔いが急に回ってきたようだった。

「オルフェウスの軀はずたずたにされてヘブロス川に投げこまれた。ただし、その首だけはレスボス島に流れついて、彼の死を悼む島民によって葬られた。そう言われている」

「レスボスって、レスビアンのあれ？」

「サッフォーが出た島だよね。あ、それからオルフェウスの竪琴は夜空の星になったんです。琴座という星座が、ほら……」

「ふーん」ちょっと間を置いて、「……じゃああたしがこんなふうに振り返ってるのはまずいわね」

「まずいかもしれない」

顔にじかにかかる佳代の息からはさきほどのドブロクの癖の強い麹の香がかすかに匂う。唇を合わせようとしても拒まないのではないかと思ったが迫村はさっきから眠くて眠くて堪らなくなっていて、新しい恋愛ゲームのようなことを始めるのはどうにも億劫でならなかった。トロッコが少し速くなったようだった。スピードを上げて迫村に何もさせないうちに終着点に着いてしまおうというつもりなのだろうか。

「ねえ、こないだのあなたたちの舞踏ね、〈五極の王〉」と迫村は言った。

「ええ」

「あれね、〈五極〉はわかりますよ、あの星の形ね。でも、〈王〉っていうのはいったい何なの」迫村はもううとうとしかけていて、そう尋ねてみたのも眠気を堪えるためにふと頭に浮かんだことを考えもなく口にしてみたという具合だった。

「さあ、何なんでしょうねえ」と佳代は感情の籠もらない声で言ってどうやら前を向いてしまったようだった。そのまま数十秒か数分か時間が過ぎ、いつの間にか迫村はまた我知らず目を瞑ってしまったらしく、

「ああ、何だか鬱陶しくなっちゃった」と佳代の声が言い、さらに小声の「取っちゃおう」がそれに続き、それから匂いやかな髪の束がぱさりと顔を撫でたのにやや慌てて目を開けたときには一瞬何が起こったのかわからなかった。何か白い艶かしいものが目の前にぬっと迫ってきたような感覚があってしばらく当惑していたが、ポケットにライターを持っていたのを思い出し、そのオイル・ラ

イターを取り出し蓋を開けて点火リングをこすってみた。そんなに速度は出ていないにせよ空気が流れているのですぐ消えてしまったが小さな炎が束の間揺れた瞬間、佳代の丸坊主の後頭部がゆらりと浮かび上がりたちまちまた闇の中に溶けこんだ。取っちゃおうというのはそれでは鬘のことか。

もし佳代が振り向いて俺と目が合ったらそのまま俺は地獄落ちかと思い、その甘美な期待が心の中でゆっくりと伸び縮みしているうちに、もし彼女が本当に振り向いてそれが今しがたゆらりと見えた後ろ頭と同じような真っ白なのっぺらぼうで目鼻がなかったらどうしようという思念がよぎってぞくりとする。そのうっとりするようなおののきの中でさらに、佳代の顔が徐々に皺ばみ肉が落ち皮膚がずるりと剝け骨が剝き出しになってゆくさまがつい目と鼻の先にまざまざと、微速度撮影を再生するようにして繰り広げられてゆく。そうだ、美しい女の顔も遅かれ早かれいずれは骸骨になりやがてどくろの眼窩に何匹もの蛆が身をくねらせるようになるのだと迫村は思い、それが時間だ、時間の流れだ、しかしそれはいつでも逆に流れるのだし、いきなりたゆたいじりじりとしか進まなくなったりぽんと未来に飛びまた過去に戻ったりするのだともふと考えた。時間の流れのあらゆる瞬間はいつでも今この瞬間の中にあり、その気になればそのどの瞬間に身を置くことも自由自在にできるはずなのだ。あの爽やかでしかも甘ったるい佳代の匂いに包まれながらだんだん前かがみになっていき、しかし佳代の横の座席の背もたれの縁に手を当てて自分の軀を逆向きに突っ張らせるようにもしながら、迫村は佳代の坊主頭に触れてみたい、その地肌に指先を這わせてみたいという激しい衝動を必死に堪えていた。しかし実は迫村はもう半分ほど眠りこんでいたのかもしれない。

久しぶりの電灯が彼方にぽつんと見え、それが近づいてきてその脇を通過したときには坊主頭の佳代のやや恥ずかしそうにしている横顔が浮かび上がって、迫村と目を合わせないまま「もう少しよ」と呟いた。そうなってみると迫村は眠気の泥沼から急に脱したようなさっぱりした気分になり、「ああ」と答え、それに触れないでいるのも変だろうと思い、ためらっているうちに何となく「ううむ、それにしても綺麗な形をしているね、あなたの頭は」という率直な讃嘆の言葉が口をついて出てしまっていた。佳代が返事をしないので気を悪くさせたかと少々後悔していると、次の明かりのところで佳代がわずかに顔を傾け迫村の目を流し目で覗きこみはにかむように微笑んでみせてくれるので少々安堵する。

トロッコが着いたのはぼんやりした光が漲るちょっとした操車場のようなところで、線路が三つほどに分岐しそのいずれもが大きくX字の形に張り渡された黄色い板の標識に突き当たって終るようになっている。エンジン音が止まると二人は一挙に緊張が弛みそのまま背もたれに軀を投げ出してしばらくぼんやりしていた。

「ずいぶん走ったなあ」

「疲れた……」

ようやくのろのろと軀を起こして外に出る。鬘を左手に無造作に摑んだ佳代の後についていくと先ほど向こうの出発地点で降りてきたのと似たような螺旋階段が上に昇っているのが目に入った。世界そのものがぐるぐると回転しているような感覚とともにそれを昇っていき、最後の方では足ががくがくしてときどき手も突き何やら這って上がるような具合になった。佳代の押し開けた鉄扉から躯を滑り出させてみると大きく視界が開け冷たい風がいきなりびゅうと吹きつけてきてたじろいだ。前方へ緩い傾斜面が下っていてそれがそのままごろた石の転がるだだっ広い空地に続き、その広がりのはるか彼方にぽつんと一つ街灯が灯っている。

「どこですか、ここは」

「ほら、こないだの〈五極の王〉の……」あの舞踏が行われた採石場跡の、底からやや上がったあたり、窪地の中腹に少しばかり平たくなった場所が張り出していて、そこに蹲っているトーチカのような小屋から二人は出てきたところなのだった。佳代は何かにせき立てられるようにしてすぐその斜面を早足に下りはじめた。いくらか息を切らせながら迫村もその後を追う。

五極星形の輪郭線の跡はまだくっきり残っていた。広い空地を足早に横切っていった佳代はその星形の中心を真っ直ぐにめざし、パフォーマンスの最後で炎が燃え上がったその中央の一点に立って、振り返って迫村の目をじっと見た。それから少しばかり躯をくねらせてから鬘を摑んだ左手を真上に振り上げ、右手は水平に横に伸ばし、ポーズを取って静止してみせる。迫村が追いつくと両手をともにゆっくりと下ろしていき、躯から力を抜いた。

「いや、ほんとにね、気づかなかった。あれがあなただったとはね」

「ぼんやりしてるのね、迫村さんは」そこからは二人並んでぶらぶらと歩いていった。佳代は黙りこんでいて、迫村も頭の中にはいろいろな疑問が渦を巻いていたがそれを言葉にするのが億劫で、それにあの廃鉱のトンネルだの佳代の鬘だのをめぐって何が何だかわからなくても結局自分とは無関係のことのような気もしていた。どうでもいいではないか。この島のことはこの島の連中に任せておけばよい。小高くなったところを登ってからまた下ると、道路が突き当たりになったところに先だって見た濃紺色のフィアットがルーフトップを鎖した状態で駐車してあった。

「まあ、どうせこれを取りに来なくちゃならなかったからなあ」と佳代が呟いた。「ちょうど良かったと言えばまあ……。送ってあげる、迫村さん」

一応は遠慮してみせる余裕もないほど疲れきっていたし、考えてみれば佳代に送ってもらわなければどうやって帰ったらいいのか見当もつかないのも事実なのでその申し出を有難く受けることにする。フィアットに乗り込むと佳代はエンジンを掛ける前にまず髪を両手で持って頭に被り、バックミラーに映しながら具合を直し、それから迫村の方を向いてその人工の髪を軽く撫でて、

「これね。この頃、何だか鬱陶しいんだけど、まあ着けないわけにもいかないから」と弁解がましく言う。

「いいじゃないか。坊主頭で。すてきだと思うよ、俺は」と迫村は本心から言った。

「うん、でもね、なかなかそういうわけにもね……」

発進したフィアットは道路を下り、ほどなく右手に現われた長い急坂を登っていった。鉄柵のきわに出る。それに沿って少し行くと柵が途切れた箇所があり、そこから向こう側に抜けると茂みや小さな林の間を縫う曲がりくねった道になり、やがて何か見覚えのあるような花壇のきわに出た。まだ咲き残っている小さな白い花がちらほらしているのをぼんやり見て、そのときにはまだ気づかなかったがゆるやかな下り道をしばらく行ってから、あっ、そうかと思い当たった。

「なんだ、ここはあの植物園か」

「もちろんそうよ。今わかったの」

「じゃあ、さっきの採石場跡はこのすぐ裏手を下ったところなのか。なんだ、それなら君の家の裏庭みたいなもんじゃないか」

〈五極の王〉の公演には樹芬《シューフエン》の車で連れて行かれたので、二つの場所の位置関係がよくわからないままだったのだ。フィアットはいつぞや迫村が入ってきたのとは違う出入り口の鎖された鉄扉の前に出ていて、佳代は車のダッシュボードから小さなリモコンを出しボタンを押すと鉄扉が観音開きに開く。その外に滑り出し角を幾つか曲がるとそこはもう深夜の街だった。

「＊＊荘ですよね」と訊かれて迫村はいささか慌てて、

「あ、いや、違う。今は友達のところにいてね……」ちょっとためらったが隠しても始まらないと思い、「樹芬《シューフエン》さんという中国人のね……」

「樹芬《シューフエン》……？」

「あ、まあこの辺でいいよ。ここまで来れば後は道はわかるし、酔い冷ましにぶらぶら歩いて帰るから」

佳代は道路脇に車を停めてエンジンを切った。一息ついて、それから迫村の方を向き、ずっと考えつづけていたことを思いきって口にするようなゆっくりした、しかしやや切迫感の籠もった口調で、ひと息に、

「王というのはね、目に見えるってことが大事なの。ね、そうでしょ。民衆にとって目に見える存在だっていう、それが王ってものの最大の役割でしょう。というか、それが唯一の役割なのかもし

れない。政策を立てたり裁決を下したり、そんなことは家来に任せておけばいい。決まった日に宮殿のバルコニーに王が姿を見せて、広場に集まった民衆の歓呼に手を振って応えるってこと。それがいちばん重要なんです。そして、布令には王が自筆で署名してあるってことね。ただその署名だって、王の姿が目に見えるものだからこそ意味を持つわけよね。ところがね……」そこでちょっと間を置いて、「その王が不可視の存在になってしまった。そうしたら、さあどうです。目に見えない王。これは矛盾そのものでしょう」

「うん……。見えない王ね」

「そういうことなんじゃないかしら」

「そういうことって?」

「〈五極の王〉」

「じゃあ、王はいないんだと」

「いいえ、王はいるんです。ただそれは目には見えないの」

「ならばそれは、王ではありえないわけだ」

「王なんです。それでもやはり王なの。裸の王様っていうのは衣服が見えないわけよね。色とりどりの飾り糸の縫いこまれた複雑な織目模様も、贅沢な絹の刺繍も、洒落たデザインも、誰の目にも見えていない。王様の貧弱な想像の中にしか見えていない。でもそのすっぽんぽんの王様の、滑稽な裸体だけは誰の目にも見えている。そういうことでしょう。では、その逆だとしたらどう? 華やかなガウンも堂々たる笏もきらめく王冠も見えていて、ただ王の身体だけは目に見えない」

「透明人間」

「そうね。言ってみればね」

「それでも王は王たりうるのかと……」

「矛盾なんです。ありえないはずよね。それでも、この世は続いていく。けっこう波瀾もなく事件もなく。この島は結局、そういう場所なんじゃないかしら」

迫村が帰宅したのは真夜中過ぎで、ドアを細く開けた隙間から寝室に忍びこみ音を立てないように服を脱ぎ寝息を立てている樹芬《シューフェン》の傍らに軀を滑りこませた。樹芬《シューフェン》の体臭に混じって仄かに馥る白檀の匂いがさっきまで間近に嗅いでいた別の女の匂いとの差異を際立たせながら迫村の鼻孔をくすぐり、べつだん迫村は不貞をはたらいたわけではないけれど、闇をついて走ってゆく乗り物の前の席でかすかに輪郭だけが浮かんでいる佳代の白い頭の地肌に指を這わせてみたいという矢も楯もたまらない衝動を堪えていたあの数瞬を思い出すと、何やら後ろめたい思いを感じずにはいられなかった。もっともたとえ迫村が別の女と寝たとしても樹芬《シューフェン》が嫉妬して彼を激しくなじるといったことをするとはとうてい考えられない。そもそも樹芬《シューフェン》は樹芬《シューフェン》で、迫村以外の誰かと外で会っているといったことがあっても決しておかしくはない女だった。迫村は軀の芯まで疲れきっていてすぐ眠りに落ちたが意識が甘く溶けてゆく寸前に最後に浮かんだ思いは郵便を出しそびれたなということだった。

翌朝、二日酔いでがんがん痛む重い頭を抱えて食堂に下りてゆくと、樹芬《シューフェン》は一人で朝食を取っていて、迫村の蒼い顔を見ながら面白がっているような口調で「ヨアソビは楽しかったの Did you enjoy your yoasobi?」と言った。

「うん、まあ……」それから昨夜の小遠足をざっと話すと、身を乗り出すようにして聞き終った後、

「へえ。その易者のお爺さんのことはあたしも知ってる。あれも中国人なのよ」

「そうか」

「うん、あの界隈はね。あたしはあんまり近づかないようにしてるけど、いかがわしい市が立って何だかいろんなものがどこからともなく集まってくるっていう話は聞いたことがある。でもその坑道のことは知らなかったな。生き埋めにならずにちゃんと帰ってこられてよかったわね」

「そうだよな」

「向井さんも戸川さんの娘さんも、あたしは顔見知りという程度で、あんまりちゃんと話をしたことはないなあ」

「俺も実はほとんど知らないんだよな」

「美人よね」

「えっ……佳代さん？　うん、そうだな、まあね」

「Hey, come on!」樹芬《シューフェン》は迫村のかすかな動揺を見透かすように笑って、「厭だなあ、あなた、浮気性の男？」

「いや、とんでもない」

「ふうん。ねえ、お粥でも少しどう」

「吐き気がひどいんだけど、ほんの少しだけもらうかな。それからお茶……」

樹芬《シューフェン》の家での迫村は勝手気ままな生活をおくっていた。食事の時間になれば呼んでくれるのでお相伴することもあったし、子どもたちの大騒ぎに付き合うのが面倒な気分のときには断って仕事を続け、腹が減れば好きなときに下りてきて勝手に冷蔵庫を開け適当なものを自分で作って食べたりしていた。仕事用にはただデスクがあるだけの小ぢんまりした部屋を使わせてくれたので、そこで翻訳の続きを少しずつやり、飽きると外に散歩に出たりフォンやアイリーンとドミノを並べて遊んだりする。この家に住んでいるのは樹芬《シューフェン》と子どもたち以外にはどうやら、料理をはじめ家事いっさいをやっている広東語しか話さない五十がらみの家政婦だけのようだった。これはとてもいい人で身振り手振りで互いの意思は案外通じて細かいところまで面倒を見てくれる。

何日か経って、午前中に迫村があてがってもらった仕事部屋で机に向かっていると子どもたちのわあっと一斉にはしゃぐ声が階下から聞こえてきた。下りていってみると台所に皆が集まってテーブルの中央にでんと置かれた六角形の断面を持つ大きな鳥籠を囲んで興奮している。その興奮の中心にいるのが大きな鳥を肩に止まらせて何やら得意そうにしている向井なのにはいささか驚いた。

「迫村さん、どうです。立派なインコでしょう。ヒオウギインコ。これ、ロクさんから迫村さんへのプレゼント」

「ええっ、そんな……。困るよ、俺、こんなもの貰ってもな……」

「雄飛のためになんだそうです。いいじゃないですか、飼ってやってくださいよ」

「だって、俺、居候だもんな、ここじゃ」

「樹芬《シューフェン》さんもいいって言ってますよ」樹芬《シューフェン》を横目で窺うと大袈裟な苦笑を浮かべてはいるがどうや

ら本当に機嫌が悪いわけではないようだ。ただしその背後に控えている家政婦の小母さんはあからさまに厭な顔をしている。一方子どもたちは興奮しきっていていちばんもの静かな年長のカズユキさえ手を伸ばしてインコの羽根に触ろうとしている。

「おい、ちょっと待て。むやみに触っちゃ駄目だよ。運ばれてきたばかりで今はちょっと不安になってるからね」その青い大きな鳥を向井が器用に扱って丸い天蓋のついた籠の中に入れ扉を閉めると、インコはすぐ止まり木を脚で摑みくるりと回って逆さにぶら下がったので子どもたちは歓声を上げた。インコの頭には幅広い青色の縁を持つ扇状の赤い冠羽があり、迫村が近寄るとグワッ、グワッと二度鳴いて楔《くさび》形の長い尾を上下に動かす。

「雄飛ってなあ……。じゃあこれ、雄か」

「そうだと思いますよ」

「こんなふうにケージに閉じ籠められてたら、全然雄飛じゃないじゃないか」

「まあ、そうなんですけどね。いいじゃないですか。ロクさん、迫村さんのことをとても気に入っちゃったみたいでね。これ、けっこう高い鳥ですよ」

「いや、高いか安いか知らないけどさ」

「あそこの闇市には動物が集まってくる日もあってね」

「これ、ワシントン条約とかは大丈夫なのかい」

「ふっふっ、俺、こないだ治外法権とか言っちゃったけどそんなマジに受け取って心配しなくていいですよ。このオウムは南米産だけど、完全に合法的な輸入品。ね、ロクさんの好意を受け取ってやってくださいよ」

「だってなあ……」

「いいじゃない」と樹芬《シューフェン》がふだんは喋らないが本当はとても上手に操れる日本語で口を挟んで、

「まあ、ちょっと預かってみて、様子を見ましょうよ。子どもたちも喜んでるし」

「いいのかい」

「いいじゃない。ね？」と家政婦の方を見たが、しかしその小母さんは攻撃的な調子の広東語でひとしきりまくし立ててぷいっと出ていってしまった。

「何だって？」

「あたしは世話しませんからねって。じゃ、飼育係は迫村さんだわね」

「えっ、俺が餌やるの」

「餌と水、それからケージの掃除をね……」と向井が少々申し訳なさそうな顔になって言う。迫村が情けない表情を浮かべると四人の子どもたちが中国語と英語と日本語をちゃんぽんにして口々に、自分が世話するから飼おうよ、ねえ、ねえと言い立てた。

「じゃあ、迫村さんと子どもたちに、順番に飼育当番になってもらいましょう」と樹芬《シューフェン》が結論を下すようにきっぱり言い、キャシーは大喜びであたりを跳ね回った。

　まあお茶でもと引き留めたが向井はインコの飼いかたを早口で一通り喋り終えるや否や、俺は仕事がありますからと言ってそそくさと帰ってしまった。玄関でちょっと二人きりになった隙に、なあ、こないだの晩は、と言いかけると、あ、あの晩はどうもすみませんでした、ちゃんと向こうまで行き着けたでしょ、ね、と早口に言ってさっと出ていってしまったので、今度会ったら向井の無責任な振舞いをなじってやろうとてぐすね引いていた迫村は、先手を取られた挙げ句に拳の下ろしどころがなくなってしまったとでもいった欲求不満の中に取り残されることになった。しかし「行き着けたでしょ」と言われればなるほどその通りには違いないので、それ以上に文句も付けにくい。それに向井がいきなり途中で消えてしまった後に鬘を脱いだ佳代と二人きりで辿ったあの後半の行程には、実を言えばけっこう刺激的な興奮と愉悦が漲っていないわけでもなかったので、向井を難詰しようとしてもいざとなるとつい語気が弱くなってしまう。

イグアナはロクさんの分身のようだったがこのインコもまたどこかあの占いの老人に似ていないでもない。爬虫類と鳥類か。佳代さんはイグアナ的人生とか言っていたものだが、じゃあ一方俺は、結局籠の中のインコみたいなものだってことかよ、それがあの爺さんが俺に伝えたいメッセージなのかよと迫村はちらりと考え、いくらか腹立たしい気分になった。しかしこの派手な色彩の動物がなかなか可愛いやつであることも事実で、皆が集まるこの台所の片隅が鳥籠の定位置になり、インコの方でも慣れてときどき出てきて誰かのてのひらや肩に乗って遊んだりするようになると家の空気がいちだんと明るくなった。名前をつけてやろうという話になり、何しろ扇状の冠羽が見事だし、それからあの晩自動車を降りる直前に佳代と話したことが何となく頭に残っていて、サンスクリットで「王侯」の意味のマハラジャにしようと迫村が提案するとそれがいいということになった。子どもたちと相談して当番を決め、その順番が回ってきた朝にはマハラジャ、通称マハの餌箱と水入れの中身を交換しケージの中の糞を掃除してやりながら、どうも俺の生活は妙なことになってきているなと思わないでもなかった。しかしたとえこんな動物でも、またそれへのそこはかとない愛着や義務意識でも、あるいはそれにまつわる単なる習慣でも、それが漂流状態の俺を陸地に繫ぎ留めるささやかな棒杭みたいなものになってくれるのだなとふと考えることもある。

迫村はもともと眠りの浅いたちで夜中に目覚めては暗闇に茫然と目を見開いて時間が過ぎるのを耐えているといったことがよくあり、それは樹芬《シューフェン》と寝室をともにするようになってからも変わらなかったが、ある夜そんなふうにふと眠りが破れ薄く目を開くと枕元の淡い常夜灯に照らされて天井に大きく翼を広げた鳥の影が映っていて、すぐ考えたのはどうやってかわからないがマハがケージから脱け出してこの部屋に入ってきたのではないかということだった。だがその常夜灯の灯る卓上ライトのあたりを見てもマハの姿はなく天井に目を戻せばただ左右相称に伸びた大きな翼の影だけがゆるやかに羽根をうっている。こんなふうに羽ばたいて俺は飛び立つことができるのか、天に昇っていけるのかと思い、それにはやはりそれなりの風が必要だ、坂を下ってゆく俺の背を押してくれる風があり真正面から俺の胸に吹きつけてきてくれる風があるように、大きく広げた翼をふわりと乗せ天空高く押し上げてくれる気流が必要なのだと改めて考えた。どこからともなく現われて苦い皮肉で俺をちくりちくりと刺すあの懐かしい影はそれでもやはり地面に、床に、つまり下に落ちている影でありそこから改めて上方に身を起こし立ち上がってくる影なのだったが、この鳥はいきなり天井に浮かんで無言のうちにこれからさらなる上へ向かって、高みをめざして羽ばたこうとしている影だった。ゆるやかな羽ばたきを乗せてくれる風を待って準備を整えている影だった。迫村が見つめているうちにその影はさらに拡大していき、しかしそれにつれて曖昧にぼやけてもいって、やがて部屋全体を浸している薄暗がりの中に溶けこんでしまった。

鳥の影が消えた天井をしばらく見つめていてからまた目を瞑り、眠りがふたたび訪れるのを待ったが頭の中が冴え返ってどうにも寝つかれない。隣りで熟睡している樹芬《シューフエン》が寝返りをうって俯せになり、その拍子に迫村の胸に片手を乗せてきた。自分の手をその甲の上に重ね彼女の繊細な指をまさぐりながら、生の時間とは結局その大部分が風の到来を待っている時間なのだと迫村は思った。この樹芬《シューフエン》は濃い血の繋がりがあるわけでもない子どもたちを引き取りこの島に自分の場所を得て充実し安定した時間を生きている。では、女は風を待ったりはしないのだろうか。女とは実のところは自分自身が風なのかもしれない。「じゃああたしがこんなふうに振り返ってるのはまずいわね」とあの晩佳代は疾走するトロッコの中で冗談のように言ったのだった。いったん地の底まで降下してどうしていいかわからないでいた俺をそこからふわり浮揚させ地上まで連れ戻してくれた風、あのときはそれが佳代だったのかもしれない。しかしそれだけではまだ足りない。もっと別の風が必要だ。別の風、違う風、今まで顔に受けたことのないような新しい風が吹いてくるのを待ちながら、俺は今飛翔の準備のために身を整えゆるやかに羽ばたき天空を見上げている。

坂道を下ってゆく。なるほどそれは生の秘密の奥処に下ってゆくことであるかもしれない。しかし下り坂からも上り坂からも一挙に離脱し空高く駆け上がる瞬間もまた生の時間の一部であるはずではないか。いやそれとも、そのとき人はもはや生の時間それ自体から離脱することになってしまうのか。わからない。それを知るためにも、いずれにせよ風の到来を待たなければなるまい。だがはたして俺は正しい風を待っているのだろうか。結局人は間違った風を待つことに生涯を費やしてしまうのではないだろうか。またロクさんに会ってみたい、そしてなぜ俺にマハを送りつけてきたのか訊いてみたいと迫村は思った。

いつの間に眠りこんでしまったのか、目覚めるといつものように樹芬《シューフェン》の軀はもうベッドになく、半分開けてあるカーテンの隙間から窓の外を見ると絹糸のように細い雨が降っていた。

稲妻の鏡

　引っ切りなしに飛沫がかかるので指が滑ってしっかり摑めない冷たい鉄の手摺りを、何度も何度ももどかしく握り直しているうちに、今度はいきなり足の方が滑って軀がおよぎ、つんのめりかけた。辛うじてこらえ、中腰になって足を踏み締め直す。あたりはいちめんびしょ濡れで、スニーカーのゴム底が滑ってどうにも足元が定まらない。暗がりを透かして目を凝らすとはるか遠方にぼんやりした明るみが揺曳《ようえい》しうっすら水平線を浮かび上がらせている。それとも、そんなものが見えるような気がするだけか、そんなものが見えてほしいと願っているだけなのか。迫村《さこむら》が摑まっているのはどうやら船の舷側の手摺りのようで、波に揺すられるたびぐらりぐらりと床が傾き軀がバランスを失いそうになる。彼方に仄かな明るみがたなびいているのを確かめようと目を何度もしばたいているうちにそれとは別の方角に不意に稲妻が走り、つとそちらに目を奪われた。と同時に、潮の香の間を縫ってきな臭いにおいがひとすじ走ってきて鼻をついたように感じたがこれはきっと気のせいだろう。手摺りから身を乗り出して見下ろすとはるか下方で白い波が砕けている。ゆらりゆらりと船体を揺すりながら船はどこかをめざして航行を続けているが、どうやらあの明るみの方へ向かっているわけではないようで、それが迫村には残念でたまらなかった。乗船前にどうして誰かに訊いて行き先を確かめなかったのだろう。いや、船が出航する前に気がつけばまだ解いていない荷物を慌ててまとめて降りることだってできたのに。結局俺は、間違った船に乗りこんでしまった。歯噛みをするような後悔が込み上げてくるが今さらどうにもなりはしまい。空気はいよいよ冷たく冴え、寒さがレインコートから染み透って骨の芯まで届いてくる。

もう中に戻ろうか。寝室に戻ってまたベッドに潜りこみ、樹芬《シューフェン》の熱い背中に腕を回して軀を温めてもらおうか。振り返って脇のドアを開ければその奥でエスカレーターががたごと動いているはずで、それで降りていけば〈ホア・マイ〉の薄暗い店内に出て、そのさらに下は船倉とエンジン・ルームになっている。それでは、波の轟きに混じって耳に届いてくるこのがたごとという機械音は実はそのエスカレーターのものではなく、むしろこの巨大な船を動かしているエンジンの作動音なのかもしれない。しかし迫村は自分でもよくわからない執着からそれでもなおその狭い舷側にとどまって、つるつる滑る手摺りにすがりつつ、どうしても見分けられない水平線にいつまでも目を凝らしている。

……このS市の島のエリアの全体がいつの間にか船となって本土から離脱し、どことも知れぬ目的地へ向かって航海を始めているのだった。小さないきものたちが夕陽を浴びてひっそりうごめいている潮溜まりのような場所だと思っていたのに、深夜になれば島全体が身じろぎしてゆっくりと動き出し大洋の彼方をめざして出発する。俺自身もまたうにやひとでややどかりや小魚や、そんな取るに足らないいきものの一つとなってここで夕暮れの時間をできるかぎり引き延ばしつつ生き延びてみようと思っていたのに、その潮溜まり自体がこんなふうに動き出してしまうのなら、俺はいったいどうしたらいい。そんな船の中でもひっそりした夕暮れの生の時間はそのまま続いてゆくのだろうか。そんなはずはありはしまい。小魚は小魚なりに自分の力で泳ぎ出し、外界から守られた安全な潮溜まりを離れ、大洋に出ていかなければならないということか。自由とはそれか。自由を求めるなら、自分自身をもっともっと自由にしようとするなら、その力と欲動は必然的にこのひっそりした潮溜まりの静謐を破らざるをえないのか。そこに波風立てざるをえないのか。では、俺は、結局どうしたらいい。

迫村は岬に立つ灯台に昇っていた。頂上近く、灯台の外郭をぐるりと取り巻いている吹きっさらしの回廊に出て、手摺りに両手を掛け、沖の方に雲の切れ間から一箇所だけ光が射して、暗い三角波が立っている夕暮れの海面にそこだけ丸くくっきりと切り取られたようにきらきらと輝いている領域を遠く眺めやりながら、島が船となり波を蹴立てて航行しているという昨夜の夢を思い返すともなく思い返していた。そう言えばもしこの島全体が一艘の船であるならば、岬の先端に突き出したこの灯台などはさしずめその船首に当たるかもしれない。真正面からびゅうびゅうと吹きつけてくる風に抗して手摺りを摑み直し、頭を思いきり反らせると、何やら子どもっぽい誇らしさで胸が脹らむのを感じる。このままあの輝きの領分に向かって出帆できたらどんなに素敵だろう。自由と言うなら、なるほどそれこそ人間の自由の至高の姿であるかもしれない。

本格的な秋の始まりを告げるように降り出した雨は細々とした糠雨ながら来る日も来る日もいっこうやむ気配がなく、迫村はその間家に籠もって翻訳の続きを多少やり、しかしあまり根気が続かずにすぐ上の空になっては煙草を燻《くゆ》らせながら窓からぼんやり空を眺めるだけで時間を経たせていた。ようやく雨の上がったこの日の午後のこと、ずっと閉じ籠もりがちですっかり鈍《なま》ってしまった軀に活を入れようと、迫村は海岸通りまで出て、そのついでに岬の先端に見えているが今まで行ったことのなかったこの灯台まで散歩の足を延ばしてみる気を起こしたのだった。舗装道路から逸れてごつごつした岩が剝き出しになった小道を登ってゆくと、白い灯台は小道を隠すように生い茂るハマボウフウの茂み越しにずっと見え隠れしつづけているのに、しかしいくら歩いてもなかなか近づかないのが不思議だった。ところどころ急な勾配もあるその曲がりくねった小道を、さあ三十分ほども歩いただろうか、ようやく着いたが、脇に立って見上げてみればなかなか近づかなかったのも道理で、それは迫村が漠然と思いこんでいたよりずっと高い建造物だった。

貼り紙を読むと料金箱にわずかな入場料を入れれば頂上の展望回廊に昇れるということなので、番人もおらず無造作に開け放たれている小さな入り口を潜り、細い螺旋階段を昇っていった。どこまでも果てしなく続くような印象のその階段をぐるぐる、ぐるぐると昇っていき、心底うんざりしかけた頃にようやく照明装置の設置されている小部屋に出た。そこから外の回廊に出て、ひと回りしてから外洋に向かい合うあたりに立ち止まり、手摺り越しに真下を見下ろしてみる。ごろた石の転がる小道をずっと登りづめに登ってきた岬自体の標高がずいぶん高いうえに、そこにそびえる灯台の高さも相当なものなので、切り立った崖の下の荒磯で白い波が砕けているさまははるか下方に小さく小さく見え、思わず足が竦むほどだったが、また沖に目を戻し、日が沈みかけている水平線を眺めやっているうちに迫村はだんだん爽快な気分になってきた。

いったい俺は、なんであんな夢を見たのだろう。この数日、急に肌寒くなり、一挙に秋が深まってしまったような気配で、その直前まではずっと暑い日が続いていたので気温の変化にどうもまだ軀がついていかずどうにも体調が悪い。何日も降りつづいた氷雨の冷たさが軀に染み透り、眠っている間も絶え間ない雨音が意識に届いて、それであんな水浸しの夢を見たのかもしれない。そんなことを考えているうちに曇り空に漲る黄ばんだ光がいよいよ暗く深い色に変わっていき、気がつくと先ほどまできらきらした陽光が洩れていた沖合いの雲間ももう閉じて、海はいちめん寒々とした薄闇に鎖されようとしていた。ここからまた大空へ、空中高くへ飛翔してゆく、そういうことを試してみるかという考えがふと浮かび、しかしそんな華々しい身振りは俺には似合わないなという醒めた諦めがたちまちそれに取って代わる。ほどなく見学時間の終了を知らせる録音のアナウンスと俗悪な「蛍の光」が音の割れたスピーカーから雑音混じりで流れ出し、それに急《せ》き立てられて、迫村は狭い開口部を潜って屋内に戻り、螺旋階段を降りていった。迫村がそこにいた間中、見物人は他に一人もいなかった。

小道を引き返してゆく途中、来るときには気づかなかった分かれ道があったのでふとそちらに下りていってみる気になった。海岸へ向かって下るつづらおりの急坂が続き、夕闇も急速に迫ってきて、いったいこれはどこに通じているのだろう、俺はちゃんと街へ帰り着けるのかと少々不安になってきた頃、ようやく小道が尽きて、浜辺の際の舗装道路に出たのでほっとした。街の方から歩いてきたのとは違う道路のようで、ここまで下りてくる途中、小道は曲がりくねって、けわしい崖際から狭苦しい切り通しのようなところもいくつか抜けたから、ひょっとしたらいつの間にか岬を越えた向こう側の湾に出てしまったのかもしれない。自分がどこにいるのかわからないが、とにかくこれで迷わずには済んだらしい。ただし車も人も、往来というものがまったくないのはどういうことか。百メートルほど向こうにぽつんと一軒家が立っていて、〈つるや食堂〉という看板が見えたので、迫村は急に自分がひどく咽喉が渇いているのを意識した。

滑りの悪いガラス戸をがらりと引いて入ってゆくと、カウンターの他にはビニールのクロスを張ったテーブルがいくつか並んでいるだけの、海水浴の季節にはいわゆる「海の家」みたいなものになるのかもしれない安っぽい定食屋だが、しかし迫村が腰を下ろした窓際の席からは細い帯のようにそこだけ雲の切れた水平線にちょうど日が没しかけているのが真正面に見え、真っ赤な太陽の放つ壮麗なオレンジ色の輝きが沖合いの海を染めて広がっているさまは何とも豪奢と言うほかない。それを眺めながら、頭にコック帽をのせたここの亭主らしい小太りの老人が運んできた肉野菜炒めというのを肴にビールを飲んでいるうちに、迫村の心にだんだん豊かな充足が満ちてきた。

ガラス戸ががらりと引かれる音は背後に聞こえていたがとくに注意を払わずただコップを手に茫

然と海を眺めていると不意に肩に手が置かれ、振り返ってみるとロクさんだった。

「あ……先日はどうも」と迫村が言って頭を下げると、いやいや、というふうに手を振りながらロクさんは迫村の前に座ってビールを注文した。

「インコをどうも有難うございました」

ロクさんは何も言わずにただ目尻の皺が深くなり数も増えたように見え、たぶんそれは笑みなのだろうと迫村は思った。

「雄飛のめどは立ちましたかな」とロクさんはその笑顔のまま甲高い掠れ声で言った。

「まあ風向き次第でしょうね。……なんていう言いかたも他力本願で情けないか」

「いやいや……。風に乗らなければ失速して墜落する。それよりもっと悪いのは、間違った風に乗ってしまうことだ。よくよく見極める必要があるでしょうな」

「うーん……。しかしね、正しい風だの間違った風だのって、いったいあるんですかね。僕はこれまで、どんな風だろうとともかく何か吹いてきたら身を任せてしまう、後先考えずに飛び立ってしまう、そんなふうに生きてきましたからね」

「それで後悔するってことはなかったですかな」

「後悔も何も、後ろはもう振り返らない。その風でどこに連れて行かれようと、そこにまた根を下ろして、根拠地にして、新しくまた自分の生活を作り直す、人生のかたちを描き直すってことでやってきましたね。間違った風っていうのは、あんまり考えたことがなかった」しかし俺は、昨夜の夢の中で、実際、歯噛みをするような後悔を感じていたのではなかったか。間違った船に乗りこんでしまったと、まさにそんな思いに身も世もなく苛まれていたのではなかったか。言葉が途切れた一瞬そんな思いが頭をよぎったが、気を取り直してそんな逡巡はおくびにも出さず、「いやほんとにね、風自体には良いも悪いもないと思いますよ」と澄ました顔で言ってみた。

「それは結局、迫村さんがずっと良い風ばかりを捕まえてきたってことなんですよ。だってこの島にちゃあんと吹き寄せられてきたじゃないですか。今日だって、この食堂にちゃあんと行き着いていらっしゃる」

「うん、〈つるや食堂〉ね。ここはなかなか良いですね」

「そう。眺めが良い。食いもんはまあ、親父に聞こえるから大きな声じゃ言えんが……」とロクさんがわざとらしく声をひそめてみせたので迫村は思わず噴き出して、

「いや、この肉野菜炒めは悪くないですよ。僕はこういう普通のものを食ってれば何の不満もないからね」

「ところで、インコはどうですか」

「うん、元気にしてますよ。向井君の指示通り、レタスとか、野菜もたっぷりやってます。けっこう食うんだね、鳥もあの大きさになると」

「かえってご迷惑でしたかな」

「とんでもない。子どもたちも大喜びでね。ただ、動物を飼うなんてことになると、人の生きかたは、定住の方に大きく傾くことになりますね。雄飛はしにくくなる」

「迫村さんがもし身一つでこの島から出立するって心を決めたら、あの島はまたいつでも引き取っ

てあげますよ」とロクさんは宥めるように言った。

「そうですか。それは有難いな」

「当面、預かってもらっているということでいいんです」

「でも、いずれにしても子どもたちが手元に置いておきたがるだろうなあ」

「樹芬《シューフェン》は子どもたちに甘いから」

「樹芬《シューフェン》のことはご存知で……」

「まあ、よく知ってる方だろうな。孫ですから」

「え……」迫村は驚くというよりほとんど狼狽して、「それは聞いてなかった。そうなんですか」

「あれはわたしの孫娘なんですよ。しかし小さな頃はともかく、大きくなってからはあんまり会わなくなっちまったから」

「そうですか」卵形の輪郭の顔に額の広い若い娘と皺だらけの老人の容貌に血の繋がりを思わせるものはまったくなかったが、そう言われてみると何だか面立ちの骨格に共通点がなくもないような気がしてきた。迫村はロクさんと飲んだ話をしたときなぜそのことを樹芬《シューフェン》は言ってくれなかったのだろうと訝って、かすかに傷ついた。そんな迫村の心の動きを見透かすように、

「べつに迫村さんに隠すつもりだったんじゃなくて、たぶんあの娘にはあんまり実感はないでしょうなあ。あの娘にはもう何年もまったく会わなくなってしまったし、それから、いかがわしい連中が集まってきているうちのあたりの界隈をあの娘はどうやら嫌っているらしくてね。でも、インコは受け取ってくれたんだね」

「ええ、けっこう気に入ってるみたいですよ。最初はふん、なんて言って横を向いてたけどこっそり可愛がってる」

「そりゃあ良かった」迫村へというのは口実で、あのインコは実は樹芬《シューフェン》への贈物だったのかもしれない。

「マハラジャという名前をつけたんです。王様みたいに堂々としてるからね。愛称がマハ」

「うんうん。あのね、先達てご覧になった通り、わたしは算木や筮竹をいじくって占いをするわけです。易ですね。ところで『易』っていう漢字は、もともとトカゲの姿を象《かたど》ったものなんです」

「あ、それでお宅にイグアナを……」

「うん、まあそういうわけでもないんだけどね。とにかくトカゲの形と、それから皮膚の光るさまを表わした『彡』とからなる、そういう字が『易』。トカゲは皮膚の光彩がいろいろ変わるから、この字は、変わる、変えるっていう意味にもなる」

「ははあ、不易流行なんて言いますね。変わらないものが不易なんだ」

「その変わり易いトカゲの色を、不安定な未来の行方を、言い当てようとするのが易ですよ。だが、他方、鳥という動物がいる。これはね、わたしにはよくわからない」

「わかりませんか」

「わからないな。鳥も未来ですよ。どうにでも変化しうる流動的な未来の可能性そのものなんです。しかしその行方を占うことはわたしにも、誰にもできない、そういういきものなんだと思う」

「鳥は飛びますからね」

「秒、分、時間と単位を刻む時の流れを裏切って。それを軽々と飛び越えて」

「でも、ケージに入れられて、毎日決まった時間に餌を貰っているような生活じゃあね。未来もへったくれもありゃあしない」

「いやいや、それは見かけだけのことでしょう。そんなふうにしている仮初の姿を信じちゃいけない。鳥はやっぱり鳥ですよ。本性は変わりゃあしない。迫村さんだってね……」そう言ってロクさんはわざとらしく言葉を切った。

「妙に挑発するじゃないですか。佳代さんにはトカゲみたいにじっと臥せってろって言ってたくせに」

「ああ、あの娘はね……」ロクさんは何か言いかけてその直前に思いとどまったように口を噤み、一瞬置いて、「噂をすれば……」と呟いた。そのとたんに迫村の背後の戸ががらりと引かれて誰かが入ってきた。そちらの方に目を上げたロクさんの顔に何かの表情が動いたので振り返ってみると、入ってきたのは驚いたことに戸川だった。

「やあやあ、迫村さん。あっという間にずいぶんいろんな人と知り合ったんだね」

「向井君に引き回されましてね」

ビール、と戸川も奥に向かって声を投げながら迫村の隣りに腰を下ろし、ロクさんに向かって小さく頷いた。二人の老人はそれ以上に言葉を交わさなかったがその瞬間少々妙な空気が流れたのを感じた迫村は、気を遣ったと思わせないためにとりとめのない挨拶と天気の話でほんのしばらく間を持たせてから、コップに残ったビールを飲み干して、

「さて、僕はそろそろ帰らないと……」と呟きながら立ち上がろうとした。と、戸川が迫村の肱に手を軽く触れてそれを押しとどめ、

「いや、もう少々付き合ってくださいよ」と言った。「そう、お察しの通り、今日はロクさんと待ち合わせでね。この食堂の親父を入れて、三人でちょっとした相談があるんです」

「秘密の談合ですか」

「そんな大それたものじゃなく……」

「首脳会談かな」

「いやまあ、単なる老人会の寄り合いみたいなもんです。相談の内容は、実は迫村さんもご存知の問題です。ほら、いつだか向井君がはしゃいでいた例の恐竜パーク、じゃない、リグリア海のリゾート地の紛い物を作っちまおうっていう話……」

「ああ、この島の再開発計画。ビキニの女の子が運転するミニ・トロリーを走らせて……」

「そう。あの話」と戸川の声にも笑いが滲んで、「しかし、あれ、ただの世迷言かと思っていたら、必ずしもそうでもないようでね。いろんな噂の切れっぱしが別のところからも耳に入ってきました。採算が取れるか取れないかっていう銭勘定には長けていても、それ以外のことには何一つ頭を使うってことをしない、ただし糞馬力だけはある、そんな連中が世間にはけっこういるもんでね。うからかしてると、妙ちきりんな話が妙ちきりんな方向にどんどん、どんどん進んでいきかねない。で、老人会でちょいと相談しておいた方がいいんじゃないかっていうことになったんです」

「ははあ。作戦を練って潰すべきものを潰すっていうのも人生の遊びの一種だって、そういうお話

でしたよね」

「そうそう。しかし、潰しにかかるかどうかはこれからの相談次第です。案外、向こうの話に乗っかっちまおう、そっちの方のゲームで楽しませてもらおうって結論になるかもしれん。ロクさんなんか、けっこうそういうお考えなんじゃないのかな」ロクさんは何も言わずにただにこにこしている。

「じゃあ、お邪魔でしょうから、僕は……」

「この時間、ここの主人はどうせまだ忙しいんです。今でも客の入りはこんなもんだが」と、他にはカウンターに新聞を読みながらレバにら定食か何かを食べている客が一人いるだけの店内を手を振って示し、「もう少しして夕食どきが過ぎれば本当にがらがらになってしまう。そうしたらわれわれは奥に入ってちょいと密談をしますがね。それまで、もう少し付き合ってくださいよ」

そこで迫村は椅子に掛け直し、すっかり暗くなってしまった外に目をやりながら煙草を出して火をつけた。

「ロクさんに綺麗な鳥を貰ったんです」

「ほう」

「しかしその、鳥の贈物というのは、何だか僕に謎を掛けておられるようで」と言いながら迫村はロクさんの方を見た。

「謎なんか、掛けちゃあいないよ」とロクさんは笑みを絶やさないまま、「わたしはただ、あのヒオウギインコ、迫村さんの傍らに置いておくといいような気がしただけでね」

「八卦の目がそう出ましたか」と戸川が言った。

「まあね」とロクさんは真面目な口調で、「ヒオウギインコの運命があり、迫村さんにも迫村さんの運命があり……」

「運命ですか。それを読まれてしまってるから参ります。それにしてもしかし、そういうのはもう前世から決まっていることなんですかね。インコにしても僕にしても、当人の意志では動かしようのないことなんですかね」と迫村も笑顔のまま、少々色をなしたふりをして問い返すと、

「動かせますとも」とロクさんは思いがけないことを言われて心外だとでもいうふうに、「当人しだいでいくらでも動かせる。だってそうでなければ、自由って言葉が意味をなさなくなっちまう」

またこの言葉が出てきたかと迫村は思い、引っ切りなしに飛沫がかかって指が滑りしっかり摑めない冷たい鉄の手摺りの手触りがてのひらに蘇ってくるような気がした。

「迫村さんは自由になりたくてこの島にやって来られたのでしたな」と戸川が言った。

「そして、自由なんてありゃあしない、と戸川さんからたしなめられた」

「そう。わたしはどちらかと言えば犬儒派でね。物事をシニックに、冷たく見る方なんです。自由なんて蜜のような言葉は信じないね」

「でもあのとき、気の持ちよう一つ、とも付け加えて言われたけれど、これは案外、楽観主義者の言ではないですか」

「そうかな」

「そうですよ。だって、自由っていうのは結局、精神の世界の問題なんだから。気の持ちよう一つ

ということになれば、そう考えてしまっていいということになれば、ケージに閉じ籠められた鳥だって、自分はかぎりなく自由だと考える権利があることになる」

「いやいや、自由は幻想じゃない、現実ですとも」とロクさんが口を挟んできた。「気の持ちようっていうのとはちょっと別の話でしょう。さっきも言ったが、籠の鳥っていうのは仮初の姿にすぎないわけで」

「仮初ですか」と迫村は呟き、そうかもしれないと思った。実際、すべては仮初のものなのだというのは折りに触れ迫村の心に浮かぶ想念でもあった。しかし、この二人の老人がどう考えるか知りたいと思い、「じゃあ、僕がここでビールを飲んでるのも仮初のことなんですかね」と言ってみた。

「いやあ、ビールの味は現実そのものでしょう。その不味い肉野菜炒めだってね。そうに違いない。仮初にしては不味すぎるから」と戸川は笑って、「気の持ちようっていう言いかたはちょっと悪かったかな。わたしが言いたかったのは、ビールの味でも金魚掬いの水の触感でも、何でもいいけれど、そういうかけがえのない無数の現実に取り囲まれて、そのただなかで人間は生きていて、その外にはどうしたって出られないということ。というか、つまりね、そういう現実から身を振り解こうとして、自由になろうとして、幻想だの気の持ちようだのに救いを求めるなんてのは、馬鹿馬鹿しさの極みだろうっていう、単にそういうことなんですよ。現実をそのまま受け入れればいいじゃないですか。むろんすべては現実ですとも、有難いことにね。今この瞬間、外に広がっている暗闇も、それを貫いてここまで聞こえてくるあの磯の轟きもね。ほら、安っぽい笠だけど、あの天井の電灯から落ちてきてわれわれの顔を浮かび上がらせてくれるこの黄色っぽい光だって現実そのものでしょう。それにしても、こういう淋しい場所にもこういう食堂があって、人を淋しさから救ってくれるっていうのは何とも有難いもんだね」

「それで、こんなふうに話し相手もいて」と迫村は言った。

「たとえばその、相手がいるってこと、誰かと同伴しているってことだってね」と戸川が応じて、「そのこと自体、そのぶん自由じゃなくなるってことでしょう、お互いにとって。しかし、誰しもよく知っているように、その不自由の中に人生の幸福がある」

「ビールと金魚掬いと、波音と光と、話し相手ですか。まあそうだ。生きるってのは、それでいいわけだ」

「わたしはもう爺いだからね、そんなもんで十分ですがね。迫村さんにはもっと必要なものがあるかもしれない」

「いや、僕も十分ですよ、それで」と反射的に応じながら、それでも樹芬《シューフェン》の背中から腰にかけての白いたおやかな曲線と肌の熱さが脳裡をよぎって、俺は意地汚いだろうかと迫村は少し恥ずかしくなった。

そんな話をしばらく続けているうちにやがて迫村は樹芬《シューフェン》の顔が見たくなり、

「じゃあ、僕はそろそろ……」と言って立ち上がった。すると戸川が、

「ねえ、迫村さん。たぶんわれわれは明日の晩もここで落ち合うことになるはずなんですがね。良かったらあんたも来ていただけませんかね」

「僕が、ですか」

「そう、ご意見を伺いたいこともあるし」

「意見なんてないですよ、何にも」

「そんなはずはない。ねえ、ぜひいらしてくださいよ。今よりももうちょいと遅い時刻、そう、八時ってことじゃどうだろう」

「うん……ま、いいですが」そんな種類の自由なら、今の迫村にはいくらでも都合がつくものだった。

「そうですか、では八時に。よろしかったら樹芬《シューフェン》さん、だったかな。あの中国美人もご一緒にどうですか。彼女もたまにはお爺さんに会いたいんじゃないかな」

どう答えたものか、迫村は一瞬迷ったが、この食えない爺い二人相手にとぼけても無駄だと観念して、「しかし彼女は勤めがありますからね」と一応おとなしく応じた。が、戸川はさらにもう一枚上手《うわて》で、

「たしか明日は水曜だったな。〈ホア・マイ〉の定休日でしょう」と即座に切り返してきたのにはすっかり参って、そう言えばそうですね、彼女に訊いてみます、と神妙に答えるほかなかった。

翌日はまた雨もよいに戻ってしまい、そのせいもあってか樹芬《シューフェン》はあまり乗り気ではなかった。

「うん、易者のロクさんね。たしかにあたしのお祖父ちゃんだって聞いてるけれど、本当なのかなあ。第一、もうずいぶん会ってないし」

「だからたまに会うのもいいじゃないか」

「そうだなあ……。あのお祖父さん、何だかちょっと不気味じゃないの」weirdという言葉を樹芬《シューフェン》

が使ったので迫村は少々たじろいで、

「そんなことはないよ。面白い人じゃないか。インコもくれたしさ」

「インコねえ……。まったく、変なものをくれたもんだわ」

「可愛いやつじゃないか」

「餌をやるのがちょっと遅れると、変な声を張り上げて大騒ぎでしょう。あたし、頭が痛くなっちゃって」

「いつでも引き取ってくれるってさ」

「だいたい、あなたのご意見を聞きたいって、いったいどういう話なの」

「それはよくわからない」それがイタリア村の遊園地の話なら、樹芬《シューフェン》には老人たち自身の方から切り出させればよいことだと迫村は思っていた。

「そのわけのわからない話に、どうしてあたしまで付き合わなくちゃいけないのよ」

所帯染みた痴話喧嘩の真似事のようなものが何やかやあり、それも迫村にはそれなりに楽しくないこともなくて、結局樹芬《シューフェン》が笑い出し、わがままねえ、あなたの頑固さってキャシー並みだわと諦めて、じゃあ付き合うわよ、付き合えばいいんでしょということになった。ところが夕方になってそのキャシーがぐずりはじめ、額に手を当ててみるとかなりの熱を出している。心配だから家を空けられないと樹芬《シューフェン》が言い出したのはもっともなことで、それ以上はもう迫村には何も言えなかった。

迫村がタクシーで〈つるや食堂〉に着いたのは八時を少々回った時刻だった。この海岸はやはり岬の裏側に当たっていて、坂を登ったり下ったりしてややこしい回り道をしなければならない。しかしタクシーの運転手は〈つるや食堂〉と言ったらすぐにわかって、あそこはね、行きにくい浜ですよと言いながらも迷わずに連れていってくれた。昨晩は〈つるや食堂〉からタクシーを呼べばいいと勧められたが、少し歩けばバス停があるとも教えられてみると物好きの虫がそそのかされ、それならせっかくだからバスで帰ってみる方が面白かろうという気持になったのだった。たしかこの島内は道が狭すぎるのでバスを運行させようという提案はいつも立ち消えになっているという話なのではなかったか。しかし物好きの代償は高くつき、淋しい道路で三十分近く待たされた挙げ句、ようやくやって来たバスは島の外周道路をぐるりと回り、本土と島をつなぐ橋のたもとの広場まで行くだけのもので、そこで降ろされた迫村は、結局そこから改めてタクシーを拾わなければならなかった。

しかし、迫村がガラス戸を開けて入ってゆくと、昨晩戸川が現実そのものだと言った天井灯は半分消え、店内全体が薄暗くなっていて、戸川もロクさんもおらず、いやそもそも客が一人もいない。奥へ向かって声を掛けると例の小太りの亭主が出てきて、今日はもう閉店なんです、と無愛想に言った。

「えっ、だって、ここで戸川さんと会う約束だったんですよ」

「戸川さん、昨日は来てましたがね」

「知ってますよ、僕も一緒だったから」

老人は無遠慮で冷淡なまなざしで迫村の顔をしげしげと眺め、しかしそこに何かを認めたといった様子はまったくないまま、とにかくもう店仕舞いなんでねとただ迷惑そうに繰り返すばかりだ。押し問答を続けていても埒があかないので、じゃあそれならと出ていこうとした瞬間に、カウンターの奥からひょこひょこした足取りでロクさんが現われた。

「やあやあ、迫村さん、申し訳ない」

「ああ……」

「昨夜はあんな話になってたが、ちょっとした不都合が生じてね。寄り合いは中止」

「そうですか」

「本当に申し訳ない。樹芬《シューフェン》は来なかったんだね」

「一緒に来る気でいたんですがね。出かける間際に子どもの一人が熱を出して……」

「そうか」沈黙が挟まった。迫村にしてみれば樹芬《シューフェン》との長々とした言い合いもタクシーで曲がりくねった道を延々と走ってきたのもすべて徒労だったのか、結局、老人たちのいい加減な空約束に振り回されただけのことだったのかという思いがあって、憮然とせざるをえない。

「いや、どうか許してください」とロクさんが頭を下げた。「お詫びのしると言っては何だが、ちょっとお付き合いくださいませんか。のんびりしていっていただければ……」

「何ですか」

　だがロクさんはそれきりくるりと踵《きびす》を返してどんどん奥に行ってしまう。仕方なく、慌ててカウンターの端から内側へ回り、暖簾を分けて後を追った。三和土《たたき》があり、そこから框へ上がるとあの小太りの亭主の住まいになっているようだったが、ロクさんはその脇から延びたタイル張りの通路をすたすたと歩いていき、中庭のようなところに出て、ごたごたと置かれた庭石の間を縫ってさらに奥へ奥へと入ってゆく。やがてかすかに硫黄の臭う湯気が漂ってきて、これはと思ううちに、竹を編んだ袖垣の向こう側に回りこんでみるとそこはもう海辺の水際に近いのか、ごつごつとした岩場になっていて、しかしそこに溜まっているのは海水ではなく明らかに湯だった。このあたりに温泉が湧き出しているのか、それとも横手の岩棚から流れ落ちてきた湯を溜めているのか、とにかく水面から立ち昇る湯気であたりはぼうっと霞んでいて、岩から岩へひょいひょい伝って歩いてゆくロクさんの姿を今にも見失ってしまいそうだ。

「温泉ですか」と後ろから声をかけると、

「ん……」一拍置いて返ってくるロクさんの声も不明瞭な反響の中に語尾が滲んで、「まあ、ちょいと温まっていきましょうや」

ようやく追いつくとロクさんはもう服を脱ぎ終りかけていて、湯溜まりの中に軀を滑りこませながら、迫村の方へタオルを一つ放ってよこした。迫村は何しろ夜気が冷たいのでたじたじとなったが、ここで尻込みしてもはじまらないと思い、手早く裸になってかなり熱い湯に足先からゆっくりと軀を沈めていった。気がついてみればここはいつぞや戸川の家から酩酊して帰ってきた深夜、＊＊荘の大風呂から溢れ出した湯の流れに沿って石段を降りつづけて辿り着いた湯溜まりであるに違いなかった。あのときは体温よりわずかに温かいといった程度のぬるま湯だったものだが、今日はちょっと身じろぎすると飛び上がりそうになるほど熱い。

「ここの湯、入ったことがありますよ」と迫村は言った。

「なんだ、そうでしたか」とロクさんは言ってタオルを両手に持ち、顔をごしごしと拭いた。

「夜中にね。上の方からお湯の流れに沿って降りてきたら、ここに出ましてね」

「ははあ、上からね」その上の方には＊＊荘があるはずで、それでは今日は海岸通りの方からずいぶん大回りして辿り着いた〈つるや食堂〉は、実は地理的には＊＊荘のすぐ近くにあるということか。

「妙なものですね。遠く見えたものが案外近かったり、その逆だったり」湯が熱いので息を詰め軀を縮こまらせながら、その息を少しずつ吐き出すようにして迫村は言った。

「そうですなあ」ロクさんは湯の熱さがいっこう苦にならないようで、湯の中で大きな伸びをした。

「近いは遠い、遠いは近い。何だか『マクベス』の魔女のお婆さんたちのせりふみたいだけど」湯の温度にだんだん軀が慣れ、息が楽になってくるにつれて、先ほどの撫然とした思いはどこかに吹き飛んで、迫村は心が不思議に軽くなってきた。近いと言えば、あの夜は〈五極の王〉の女たちが不意に間近に寄ってきて、しまいには近いも遠いもないような状態で軀と軀を絡み合わせてしまったものだがあれはいったい何だったのか。舞台と観客席とに隔てられて遠くに眺めていたものが、いきなりその距離を飛び越え、密着し、自分自身と一つに溶け合ってしまうというのは何とも奇怪な体験だった。しかし今日はただ、痩せこけた小さな老人が横で気持良さそうに目を瞑っているばかりだった。磯で砕ける波の轟きが急に耳につきはじめる。

「僕はあの、お化け屋敷というやつが大好きでね」と迫村は言った。「ほら、遊園地によくあるじゃないですか。真っ暗な通路を手探りで歩いてゆくと、いろんな仕掛けがあって、ヒュードロドロドロってね。一つ目小僧だのお岩さんだの、ろくろっ首がにゅーっと伸びて……」

「いきなり冷たい風が吹きつけてきたり……」

「そうそう。それから、鏡張りの部屋に出てしまって方角がわからなくなったりとか、ところが鏡かと思ったら素通しのガラスだったりとか。遊園地で面白いのは僕は一にも二にもあれだったなあ。あれはね、狭い通路を右に左にくねくね曲がって、進んだりぐるりと後戻りしたり、ちょっとした階段を昇ったり降ったり、見物人はずいぶん歩かされるでしょう。その間、いろんな趣向が凝らされてるのを経巡ってゆくんだけど、ああ面白かったということで外に出て、外から見てみると、あの手のからくり屋敷というのは案外小ぢんまりしてるんですよね」

「ああ……そうだな」とロクさんは言った。「ああいうのは、客はずいぶん長い距離を歩いたつもりでも、実際のところは同じようなところをぐるぐる回らされてるわけでね」

「そうそう。僕が本当に面白いと思うのは実はそれなんですよ。外から見ると建物自体は何ともちっぽけで、ちゃちでね。拍子抜けしちゃうところもあるんだけど、でもそれが何だかとても不思議な感じでもあった。真っ暗な細い通路があの小さな建物の中に幾重にも折り畳まれて、ぎゅうぎゅうに詰めこまれているんだなあって……。入り口と出口だってすぐ背中合わせでね。僕は子どもの頃、あれがほんとに不思議だった。あの頃は楽しかったな」

「大人になると、不思議なものがだんだん減ってくるからね」とロクさんは言った。

「仕掛けがわかってしまうから」

「悲しいことに」

「世の中のからくりがね」と迫村が何気なく付け加えると、ロクさんは、

「しかし、ほんとにそうかな」と悪戯っぽそうな口調で言って迫村の顔を見た。

「え……」

「からくりが見えてしまって索然とした気持になる。どんなに入り組んだお化け屋敷の迷路も、平面図のかたちで頭の中に入ってしまえばもう迷わない。どんな複雑な道筋だって、その曲がりくねりのさまがばれてしまえば、もはや不思議もへったくれもない。近いは遠いじゃなくて、近いは近い、遠いは遠いというわけでね。それはそうなんだが、しかし、からくりがわかったつもりになっても、実際のところはどうなのかね。迫村さんはまだ四十代だろう。これがもっと爺いになってくると、見透かしていたつもりのからくりが、またもう一度、不可思議な謎々みたいなものと化してしまう。そういうことがあるんだよ」

「そりゃあいいね」と迫村ははしゃいだ声を上げてみた。「歳をとるのが楽しみになってきましたよ」

「戸川の爺さんとかわたしくらいの歳になってくるとね。くっきり見えていたはずのものがまたふたたび曖昧にぼやけてくる。しかしこいつは、ひょっとしたら、ただの耄碌ってやつなのかね。単にボケて、子どもに戻ってゆくっていう、それだけのことなのかね」とロクさんの声は不意に自分自身に問いかけるような頼りないものになった。

「そんなことはないでしょう」

「いや、きっとそれも、多少はあるだろうよ。しかし、それだけでもなくて……」

「わかりますよ。僕もこのところ何だかそんなふうな心境になってますから」

「ファン・ハウスのアトラクションっていうのは、わけのわからないからくりにこっちの気持が操られるっていう、そういう楽しさだろ。いきなり不意をうたれたり、予想を裏切られたり、とにかく、設計した側がこっちの心理の綾を思うがままに操っているわけで、それに身を委ねるのが面白いんだ。不思議だなあって首をかしげながらね。ところが、大人になるってことは、からくりを設計する側に回るってことだよ」

「人を楽しませるために」

「騙すため、だっていいじゃないか」またこちらの目を覗きこんでくる。先夜の迫村が酔っ払ってふと洩らした、昔東南アジアではやばい仕事で食っていたなどというざれごとを思い出したのかもしれない。

「まあ、騙されるってのは楽しいことなんですよ。人間、騙されたいと、いつでも思ってるもんなんです、普通ね」

「まあいいさ。とにかく、からくりがわかってしまう、だけじゃなくて、からくりを使って他人を操る側に回るわけだ。社会で仕事をするっていうのはそういうことだろ。しかしそんなふうにしていろいろあって、歳をとってくうちに、そういうことにもだんだん飽きてくる。ただただ、索漠とした現実だけを相手にしてね。不思議なんてものも、子どもの頃の遠い夢と化してゆくわけだろ。小さい頃には、不思議だなあっていう驚きこそが、掛け値なしのなまなましい現実だったはずなのに」

「そうですね」だから俺は辞表を出したのだ、その索漠に耐えられなくなったのだ。

「ところが、その先があるって話なわけさ。いよいよ人生の陽射しが傾いて、あたりが薄暗くなってくると、どこからともなくまた不思議が戻ってくるんだよ」

「戻ってきますかね」迫村はあの夜この湯溜まりにゆらゆら揺れていた白い軀の群れと、それが彼の軀にねっとりと絡みついてきたときの酩酊を思い出していた。「ところで、ロクさん、僕はもう上がりますよ。すっかりのぼせてしまって、頭がくらくらする」

ロクさんも迫村に続いて平たい岩の上に腰を引き上げた。だが、ぐるぐると首を回していた老人が、それに続いてやったことは迫村を少々驚かせた。頭を俯けて右手の人差し指と親指を目に突っ込んだかと思うと、左手の拳の尻で後頭部をとんと一つ叩き、義眼を取り出したのだ。指先につまんだそれをロクさんは無造作に湯に入れて二、三度軽く揺り動かし、また眼窩に戻し、澄ました顔で軀を拭きはじめた。こんな湯ですすいでいいんだろうか、黴菌がつくんじゃないだろうかと思ったが、迫村が口を出すような筋合いのことではないのは明らかだった。

ずいぶん長く湯に浸かっていたので軀は芯まで温まっていた。ジーンズを穿きサマーセーターまで着込むと蒸し暑いほどだった。タオルをよく絞って八つに畳みどうもと言って差し出すと、ロクさんはそれを受け取りながら、

「ところで、そのからくり屋敷の通路じゃないけど、この先の、ちょっと面白い抜け道みたいなものをご案内してもいいですよ。もう少々お付き合いいただければの話だが」

迫村には否も応もなかった。ひんやりした微風が湯上りの肌に心地良い。ロクさんは〈つるや食

堂〉の方には戻らず、その逆の、黒々した岩々が剥き出しになり、照明も乏しくなって闇がいよいよ深くなっている方角へ、奥へ奥へと入ってゆく。濛々《もうもう》と立ち込める湯気をついてひょいひょいと歩いてゆくロクさんの、一見そうは見えないのにけっこう速い足取りに遅れないように、迫村も足を速めなければならなかった。湯溜まりの縁石からうっかり足を滑らさないよう注意しなければならない。二人はいつの間にか真っ暗な窖《あなぐら》のようなところへ入りこんでいて、露出した岩盤に足音がかつん、かつんと反響する坑道のようなところを歩いていた。視界が真っ黒に塗り潰されたときには少々動揺したが、ほどなく瞳が闇に慣れ、また間遠ながら明かりが灯っているのに気づいてほっとする。トンネルは下り坂というほどではないがゆるやかな勾配で下っていて、進むにつれて地面がだんだんと水浸しになってゆく。水溜まりについ足を突っ込んで水飛沫を撥ね散らしながら六、七十メートルほども歩いたろうか、蛍光灯がいくつか灯った広いところに出た。どぶ臭いにおいがぷんと鼻をつく。トンネルはそこで岩壁に突き当たっているが、その左右にはTの字の横棒のかたちにここまで歩いてきたのよりも幅広のトンネルが貫通していて、そこにはトロッコでも通りそうなレールが敷いてある。足元の水溜まりはもうほとんど浅い池のようになっていて、ロクさんは飛び石伝いにその二本のレールの間まで行って迫村の方を振り返った。

「臭い水が溜まってどろどろしてるがね。ここはこのトロッコ軌道のいちばん低くなった場所なんだよ。海抜で言うとこのあたりは海面よりも低い。陥没点とでもいうかな。この軌道はこっちへ行ってもあっちへ行っても、ここから後はどっちも登りにかかるんだ」

「不思議っていうのは、やっぱりこういうことなんですかね」と迫村は何となく言ってみた。それではあの晩向井青年が海に向かって登っていった側道を、今俺たちは逆方向に歩いてきたというわけか。今やって来た方角を振り返ってみると、奥の方にはあの温泉のかすかに湯気がたなびいているのが薄明かりの中に浮かび上がっている。ここでトロッコを降りた向井は〈つるや食堂〉に向かったのだろうか。

「不思議かどうかわからんが、とにかくまあ、こうして通路はある。通路というのは必ずどこかに通じてるもんでね」

「どこに通じているか、知っていますとも」

「なんだ、知ってるのかい」ロクさんは心底がっかりしたような声を出した。「あんたはこの島のことをもう何でも知ってるようじゃないか。わたしが案内するには及ばないようだなあ」

「いやいや、そんなことはありません。からくりはちっともわかっていない」

「うん。そうね」と言ってロクさんは、ついて来いというように軽く顎を振り、右手の坑道の奥へ向かってすたすたと歩いてゆく。迫村も肩を並べた。

「からくりなんてものは、わかっていない方が面白い」とロクさんは言った。

「とにかく、この島に来て以来、わけのわからないからくりに操られてるみたいでね。それはどうも間違いないらしい」と迫村は言った。

「操られることを楽しんでいらっしゃる、と」

「そういうことですね。どうやら愉悦は、操ることより操られることの方にあるようで」迫村は煙草を取り出して火をつけた。「歳をとると、とさっきおっしゃいましたが、本当は年齢に関係なくそうなんだと思いますよ。からくりがわかったような気になって、あれやこれや世の中の役に立つことをやろうとする時期がたしかにまあ、人生にはある。それは当然のことですね。それのないやつはただの腑抜けでしょう。しかし実を言えば、本当はそっちの方が迷妄なんじゃないですかね。不思議なんてものはない、すべては解明された、そういう思い込みの方が実は妄念なんじゃないでしょうか」

「そういう確信に達するのを、歳をとるって言うんですよ」

「ご自分ばかり、お歳をそう自慢なさらないでくださいよ」

「いや、迫村さんの達観ぶりに感心してるんです」

「達観なんか、してやいません。僕はまだまだ迷妄に引きずられて生きてますからね」そう言いながら、迫村は以前にロクさんから、休暇ですか、余生ですかと尋ねられたことを思い出した。もし休暇なら、まだ妄念を諦めていないということだろう。近いは近い、遠いは遠いという単調な自同律の支配する現実世界にいずれは戻ってゆくということだろう。一方、もし余生なら、近いものが遠くて遠いものが近いという不思議に快く身を委ね、達観し、あるいは老耄《ろうもう》し、生の終りをめざして最後の身仕舞いを始めるということだろう。さて、俺はどちらなのか。戸川に訊かれたときには、とにかく自由になりたくて、などと苦し紛れに口走ったりしたものだ。しかしそれにしても、休暇と余生と、いったいどちらの方がより自由に近いのか。そこに含まれている自由の割合が多いのはどちらなのか。

ゆるやかな登り勾配がどこまでも続いてゆく。水溜まりを撥ね散らしながらの二人の足音以外にはまったく物音が絶えている。その静寂の中で脇を歩く老人の呼吸にぜいぜいというかすかな喘ぎが混ざっているのに迫村は気づいた。あの甲高い掠れ声もどうやら肺や咽喉を庇いながらの息遣いから来ているようであり、登りにかかって息が切れているというのではなくこの老人はもともと少々喘息気味の質《たち》なのではないかと迫村は思った。真っ暗闇がしばらく続くとやがてぽつんと灯る坑道灯が現われ、それを通り過ぎるとまたあやめも分かぬ闇の中に入りこんでゆく。その単調な繰り返しには催眠的な効果があるようで、機械的に足を交互に出しつづけてはいるもののそうしながらも迫村はついうとうとと心地良い半睡状態に滑りこんでゆくようだった。だがそのとき、ごろごろという遠い轟きが前方から響いてきたので不意に意識がはっきりした。ロクさんが坑道の端に身を寄せて立ち止まり、迫村もその背後につく。轟きはだんだん近づいてきて、先夜向井が迫村と佳代を乗せて走らせてきたのと、同一のものかどうかはわからないがとにかく同型ではあるらしい車輌が、今にも軀を掠めそうなきわどいところを通過して迫村をひやりとさせ、あの陥没点とやらをめざして二人の背後に走り去っていった。前方には明かりがないので車輌が接近してくる間は何も見えず、ただ黒々とした獣のようなものが自分を掠め蹄の轟きとともに疾走していったというまがまがしい感覚しか残らなかったが、迫村はすぐに後ろを振り返り、その車輌が何十メートルか後ろの坑道灯に一瞬照らされ、たちまち飛びすさっていったさまをちらりと見た。前後の座席に二人ずつ、四人が肩を寄せ合っていて、後ろからなのでむろん顔は確かめられないが、どうやら四人ともつるつるの禿頭のように見えたので思わずあっという声が洩れそうになったが辛うじて押し殺す。

トロッコのエンジン音は遠ざかっていき、反響だけがしばらく坑内に谺して尾を引いた。それが完全に消えてしまうのをなぜか耳を澄まして待っていたらしいロクさんが、溜息を一つついてようやくまた歩き出した。まるで申し合わせたように二人とももうほとんど口をきかなくなった。明かりが遠くに見え、ゆっくり近づいて、通り過ぎ、また闇の中に呑みこまれてゆく。その繰り返しの中で迫村の意識がまた甘い眠気の中に溶けてゆく。

　この世のことごとくは仮初のものにすぎないと、ひとたび心底からそう思いなし、そのつもりで生きてゆくとしたらいったいどうなる。道端の小石一個、ぺしゃりと折れた草一本、侘しい部屋に射してくる一筋の陽光、書き損じて丸めた一枚の便箋、たった一度だけおずおずと交わされた接吻、そうしたすべてがただ仮初に在り、仮初に消滅してゆくだけのものとなるだろう。その一つの「物」が、そのときその場に在ったという出来事の、ただ一度かぎりのかけがえのなさなど、次から次へ忘れ去られてゆくこととなるだろう。それではたしていいのか。わたしは犬儒派でねと戸川は言ったものだった。犬のように生きるというのはどういうことかよくわからないが、そういうシニシズムというのは結局、世を拗ねた臍曲がりが切るいじましい啖呵みたいなことにはならないか。その一枚の破れた葉、その一閃の美しい稲妻。それはただ一回かぎりわたしが出会った、二度とふたたび取り戻しようのない現実であるはずではないか。だからこそもっとも貴重な、だからこそもっとも美しい「物」のはずではないか。何によっても贖いようのないその貴重さとその美しさを、ふんと横を向いて、馬鹿にして、空しく取り逃がしてしまうことになりはしまいか。

　だが、他方また、それでいいのだ、次から次へとすべて取り逃がしつづけてしまっていいのだと居直ってしまうことの解放感というものもたしかにあって、それはそれで得がたいものではないのか。これもあれもことごとく仮初なのだ、とりあえずの仮象なのだと軽く思いなし、軽く生きてゆく。生の幸福はこの軽さの中にこそあるのではないか。……わけのわからぬからくりに操られ、こうして俺は、今この瞬間もこの老人と一緒に奇妙な暗闇を歩いている。目に見えない王、と佳代は言ったな、あの夜、フィアットの中で。では、このからくりそれ自体のことではないのか、その「王」とは。

……気がつくと迫村は麴の香のきつい濁り酒が入った湯吞みを手に、あの薄暗い吞み屋のテーブルに向かっていて、開けっ放しの入り口越しに外の暗がりをぼんやりと眺めていた。先夜とは逆方向にずっと坑道を辿り直し、あのトーチカを抜けて地上に戻ったときにはもう深夜過ぎになっていて、幸いなことにまだ店を開けていたこの吞み屋のテーブルに向かい合って腰を下ろしたときはほっとしたが、ひとたび飲みはじめるや、何時間も歩きつづけた疲労困憊からかたちまち酔いが回った。そして今こうして酔いに痺れた頭の中ではあのいかがわしい坑道を今度は徒歩で引っ返してきてこの吞み屋に辿り着くまでに流れた時間のすべてがもうとろとろと蕩《とろ》けてしまって、まるでここでずっと飲みつづけながら長い夢を見ていただけのような心地さえしていた。

「……そういうことになっても困るから」とロクさんが言い終るのが耳に入ったので視線を戻したが、正面に座っている中国人の老人が何の話をしているのかまったくわからない。

「おい、大丈夫か」とロクさんが心配そうな顔になったので、

「うん、大丈夫……こういうのも何もかも仮初のことだから」と迫村は呟き、もう何度かお代わりを重ねた湯吞みの中を覗きこむとドブロクはまだ半分ほども残っていた。それを一口がぶりと飲み、

「ちっぽけなやどかりにだって、やどかりなりの、自由ってものがあるわけで」と、これはとりとめのない思いがつい呟きになって洩れてしまう。

「だいぶ酔ったね、迫村さん」

「そう、酔っ払う自由だってあるわけでね。そもそも俺はやどかりじゃなくて人間なんだしね。人間には酔っ払う自由があり、恋をする自由もあり……」実際、思っていた以上に酩酊しているらしく、ふだんの迫村には似合わない俗な軽口が口をついて出て、次の瞬間唇を嚙んだがもう遅い。ロクさんはニヤリとして、

「樹芬《シューフェン》は良い娘《こ》だろ」と、それでも品のない当てこすりとはまったく無縁の淡々とした口調で言った。

「そりゃあね。ロクさんの孫だもんな」

「それとは関係なく、あれは大した娘だよ。堂々としていてね」

「ほんとにね。僕なんか、とうてい敵《かな》いやしない」

「男はね、どうしたって女には敵わないよ。女には迷妄ってものがないから」

「ということですね。女は子どものときでも大人になっても、迷妄なんぞを必要としないんだね。だから迷妄から醒めかかって動揺するなんてことも当然ない。のみならず、そういう馬鹿馬鹿しいことで動揺している男をしっかり支えて、しゃんと立たせてくれもする。凄いもんだ」

「あの娘を大事にしてやってほしいな」

「大事にしてますが、でも僕なんか本当は、いてもいなくても同じようなものなんですよ、樹芬《シューフェン》さ

んにとっては」と迫村はほんの少し苦々しい思いを籠めて言った。「彼女が僕と付き合ってくれているのは、僕を憐れんでいるからじゃないのかな」

「そんなことはないだろう」

「とにかくまあ、謎めいた女性《ひと》ですよ。そう言えばロクさんも謎が多いね」

「どんな謎」

「いろいろあるけど」その片方の目はどうなさったんです、というのも聞きたいことの一つだったがそれは言わずに、「つまりは、ロクさんは何をしてる人なんですか」

「易者。占い屋」

「でも、こんな界隈で開業してて、それで暮らしていけるんですかね。そもそも看板だって出てないし」

「こういう界隈だからこそなんだよ。もちろんそんなに儲かっちゃあいないが、生活に困らない程度の稼ぎは十分あるぞ」とロクさんは少々憤然としたふりをして言い返したが、動く方の目には笑みが浮かんでいる。「だいたいこの呑み屋だって看板なんか出してないだろ。看板を頼りに入ってくるような客は、そもそもこの界隈には縁がない。最初から足を踏み入れない」

「そりゃあそうでしょう。そりゃあさぞかし繁盛してらっしゃるんでしょうが、しかしね、たとえば戸川さんとはどういうお友達なんです」

「お友達っていうわけでもないが、何やかや昔からの因縁があってね。戸川が言ってたろ。〈つるや食堂〉の亭主も加えて、まあこの島の老人会、老人クラブみたいなもんだなあ」

「というか、枢密会議みたいに見えますがね、僕には」

「そんな、大袈裟な。しかしそれにしても今晩はまことに失礼をした。そのうち戸川も詫びを言ってくると思うが、どうか勘弁してください。長々と妙なところを歩かせちまったが、まあ良い運動にはなったでしょう」

「そうですね。面白かったですよ」

「それなら良かった」そう言ってロクさんはさっき迫村がしていたように外の暗がりにぼんやりしたまなざしを投げた。ロクさんに向かい合うときはつい彼の動く方の目を見て話すことになるが、その間、こちらの視野の、中心から少々外れたあたりに義眼の方がじっと動かないままでいて、それを絶えず意識して何だか居心地の悪い窮屈な感覚を味わわずにはいられない。義眼は義眼でまた別種の視覚を持っていて、ロクさんは迫村と話しながらそれと同時進行で、義眼の方ではもう一つ別の光景を、いやむしろ別次元の光景を、見つめているんじゃないだろうか。そんな奇怪な想念がふと浮かぶ。

「ところで、さっき途中ですれ違ったのに乗ってた連中……」と言いかけたとき、迫村の臓腑のあたりがいきなりでんぐり返るような感じになった。慌てて外へ走り出し電柱の蔭で胃から突き上げてくる酸っぱいものを何度か吐いた。

しばらく経ってようやく胃が少し落ち着いたので軀を起こすと水の入ったコップを持ったロクさんが脇に立っていて、それを渡してくれながら、

「あの酒は、強いというより妙な癖があるんだよ。慣れないうちはね……。タクシーを呼んであげ

よう」鼻水を啜り上げた迫村が力なく頷きながら空を仰ぐと、上の方では風が強いのかかなりの速さで流れてゆく雲の切れ間から冴え冴えとした三日月が見え隠れしていた。また吐き気が込み上げてきて、仕方なく迫村は、情けなさをこらえながら電柱にしがみつき地面に向かって首を伸ばした。

翌日はまた雨になり、それから降ったり止んだりが何日か続いた。ひどい二日酔いからようやく立ち直った迫村が、その間朝な夕なにとつおいつ考えていたのは、空間のからくり屋敷があるなら同じように時間のそれもあるのではないかということだった。勤めを持っていた頃は日ごと、週ごと、月ごとの時間の組立てに一応のルールと規則性があったわけだが今の暮らしはその組立てがぐずぐずに崩れてしまったような按配で、記憶の働き具合が何かとりとめのないものになってしまっている。そんなていたらくを忸怩《じくじ》たる思いで反省しているうちにふと芽生え、徐々に育っていったそれは想念だったかもしれない。

つまりはこういうことだ。ずいぶん離れた場所だとてっきり思いこんでいた地点Aと地点Bが、実はつい目と鼻のさきの距離にある。この世界がもしそんなふうに出来ているとしたら、時間の流れの遠さと近さの関係にもひょっとしたら同じようなことがありはしまいか。はるか昔の記憶とつい昨日の出来事とが案外背中合わせになっていて、跨ごうと思えばほんの一歩の近さにある。生の平面が不意にぐんにゃり折れ曲がり、数十年前の時点Aとつい先ほどの時点Bとが接近し、いや接近どころかぴたりと重なり合って、同じ一人の人間が同時にそのどちらにも足を掛けているといったことがあってなぜ悪いのか。たとえば一枚の紙を広げてみる。その上端の真ん中に点を一個打ってみよう。その紙を裏返して、今度は下端に第二の点を打つ。表と裏、上と下、隔たりようは明らかだ。ところが裏向きにしたままのその紙の上端をつまんで、こちらに引っ張って、くるりと丸め、紙の上端を下端に重ねてみる。今見えているのは最初に打った点だが、それがぴたりと重なった真下の位置には第二の点が距離なしに接し合っていて、紙に穴を開ければ一つの点からもう一つの点へとただちに降りていける。

人間の生にもそんなことがあっても良いはずではないか。そして生の平面に穿たれた無数の点の、それぞれ相互の間で、そんな唐突な接合や接着が数かぎりなく起こっていても良いではないか。いや、起こってもよい、起こりうるではなくて、そういったことは実際に、現実に、われわれの生にはいくらも出来《しゅうたい》しているのではないか。ならば、と迫村はやや興奮して考えた。そうだ、遠い過去Aと近い過去Bとが重なるだけではない、そこにさらに、これから訪れるであろう未来の点Cが重なり合ってくるといったことさえ起こりうるはずだ。どんなトポロジーのからくりによってか、生の平面を唐突に貫通してしまう異形の通路が現出して、うっかりそこに迷いこみ、端から端まで歩き通すと、実際にはまだ出来していない未来の一点にいきなりすぽんと出てしまう。そんなことがあるはずだ。

そういうことが実際に起きていて、しかし人は気づかない。それとも気づかないふりをしているだけなのだろうか。からくりに操られるのを不快と感じ、明快な遠近法の下に整序された視界に執着し、遠いは遠い、近いは近いという自同律の安心とともに世界を体験したいと願っている者にとっては、そんなぐんにゃりした彎曲などあってはならないことなのだ。だから、何か些細な不注意が、記憶の誤りが紛れこんだだけだと自分に言い聞かせてそんな不思議をやり過ごし、いくほどもなく忘れ去ってしまう。記憶の中から抹消してしまう。だが、そんなふうな不条理な空白が生じれば、それによって、そうした記憶の操作それ自体によってまた新たなからくりが誘発されるということだってありはしまいか。

依然として重い雲が垂れこめて、ときどき思い出したようにぽつりぽつりと雨粒の落ちてくるある肌寒い午後のこと、迫村は朝方まで起きていて正午過ぎに起き出したせいで朝食も昼食もとりそこね、中途半端な時刻になって空腹が耐えがたくなった。台所に下りてゆくと誰もおらず、それで改めて耳を澄ましてみるとあまり例のないことだが家中の物音がすっかり絶えていて、覆いをかけたケージの中のマハさえぐっすり眠りこんでいるらしくほんのかすかな羽音も聞こえてこない。冷蔵庫から何やかや勝手に出してきて茹でたり炒めたりして食べてしまうのはせいぜい居候らしい図々しさを発揮してやろうというつもりでこれまで遠慮なくやってきたことだったが、その日はいつもどこかから伝わってくる子どもたちのお喋りや歓声の反響がまったく聞こえないのが少々気に掛かった。どうしたんだろう、さてどうしようとためらっているうちに、迫村は自分が今しがた降りてきた階段の下から台所に抜ける手前の小空間の横にある幅の狭いドアを何となく開けてみた。押し入れか何かだろうとこれまで漠然と思いこんできたそのドアの背後には、しかし梯子段といった方がいいような細い粗末な階段が下方に伸びているので、好奇心に促されるまま迫村は下から冷気が這い上がってくるその階段を降りていった。降りきったところには同じような小空間があり、そこから扉の形の四角い框が屋外に向かって口を開けている。脇にはさらに下に降りてゆく梯子段が見える。迫村は軀を屈めてその梯子段の下に広がっている黴臭い窖のような暗がりを覗きこみ、それから背中を起こし開けっ放しの框から外を見やった。少々迷ったが結局、そこに転がっていたサンダルを突っかけて、框を潜り、外へ出ていった。

そこは迫村が寝起きしているこの家の二階、ないし三階の寝室からいつも見下ろしていて、しかしまだ一度も出ていったことがなかったあの中庭だった。迫村はそこに敷きつめられた代赭色《たいしゃいろ》の煉瓦を踏んで、寒さに背中を丸めながらのろのろと歩いていき、その三階の寝室と、それに彼が仕事部屋として使わせてもらっている隣りの小部屋とおぼしい窓の真下まで来たところで上を見上げてみた。どちらの窓も藍色のカーテンでぴったり鎖されているばかりで人間の生活の気配がない。その窓辺に寄ってカーテンの隙間からこちらを見下ろしている自分自身の姿のまぼろしがちらりと見えるような気がして、しかしそのとたん、すぐその映像を押しのけるようにしてむしろ窓辺に寄ってカーテンの蔭に隠れているその自分自身の瞳に映っているであろう光景が——がらんとした中庭の真ん中に心細そうに立ち尽くし、こちらを見上げている中年男の、望遠鏡を逆さにして覗いたようなちっぽけな姿が、まざまざと見えているような気持になってきた。くたびれた茶色のカーディガンに不精ひげを伸ばした中年男は、ひしゃげたサンダルをだらしなく引きずり、腹を減らし、どちらに向かって行ったものかと迷いつつ、救いを求めるようにただよるべなく真上を眺めているばかりだ。それが俺だ。どうも、碌でもないことになりかけてるようだな、まずいなと迫村は思った。

それらの窓と向かい合っている背後の建物も樹芬《シューフエン》の家の別棟なのか、それとも隣家なのかわからない。だがとにかくその棟と中庭を囲む金網の塀との境目あたりに通路のようなものがぽっかり開いているので迫村はそこに近寄っていった。露地とも建物の中の通路ともつかない暗がりを手探りで十メートルほども進むと、それを抜けて出たところはもう外の道路だった。見覚えのない幅の狭い石畳の急坂の中ほどあたりに迫村は立っていた。それにしても腹が減った。食い物屋を見つけるにはこの曲がりくねった坂を登っていった方がいいだろうか、それとも降ってゆくべきか、右を見て、左を見て、しばらく迷っていたが、そのうちに、普通の民家にしては妙に立派すぎる真正面の建物の無愛想なコンクリート壁にスチール製のドアがあるのにふと目が留まった。どうしてそんな衝動が起き、そしてそれにあっさり身を委ねてしまったのか自分でもよくわからない。悪行だの犯罪だのという先達てのロクさんのご託宣が無意識の中でふと身をもたげ、それで、後になってほんの悪戯心でと謝って頭を搔くだけではとうてい申し開きのできないようなそんな振舞いに出てしまったのだろうか。成り行きによってはとんでもない結果を招くかもしれなかったがそのときには何も考えなかった。迫村はもう一度左右を見て通行人がいないことをすばやく見定めたうえでそのノブを回してぐっと押してみた。ドアは難なく開いた。わずかに開けた狭い隙間から半身になってすっと中に忍びこみ、音のしないように注意しながらドアを閉め、ノブの回転も慎重に戻したうえで手を離す。

すぐ目の前に真っ黒なカーテンが立ちはだかって、その向こう側から、これはエリック・サティだろうか、けだるい単調なリズムを刻む何やら投げやりな感じのピアノ音楽が響いてくる。その埃臭くて分厚いカーテン地をまさぐっているうちに左右に分かれる箇所が見つかったので、おのずから息を殺す感じになってそこから軀を滑りこませてみると、すぐ目と鼻の先のところに光が眩しく反射している四角い平面がいきなり広がっているのにはギクリとした。そこには人とも物とも判然としないモノクロームの映像が光と影の戯れとなって躍っている。何秒かしてそれはスクリーンでそこに映画が映っているのだとようやく気づき、しかしそれにしてもそこに映像が投射されているのだとしたら、その光源は、映写機は、いったいどこにあるのか。カーテンとスクリーンの間はほんの二メートルほどの距離しかない。

迫村は音を立てないように気をつけながらそろそろと移動し、スクリーンの端まで来たところでその裏側をそおっと覗いてみた瞬間、仰天して跳び上がりそうになった。光を浴びて顔をくっきり浮かび上がらせた大勢の人々が何列にも並んだ椅子に座り、何と迫村をじっと凝視しているではないか。ただちに踵を返して逃げ出そうとして、しかし一瞬踏みとどまってよくよく観察してみると、その人たちが見つめているのはスクリーン上の映像であり迫村など眼中にないことがすぐにわかった。迫村がカーテンを分けて入ったところで目にしたのはスクリーンの裏側で、そこには表裏の逆転した映像が布地を透かして見えていたというわけだった。舞台の袖を回って観客席の側に来た迫村は、心臓の動悸が高まるのを抑えつつ列の端っこの空席の一つに澄ました顔で腰を下ろしてみた。もし迫村に気を留める人がいたとしてもトイレに立った観客が帰ってきたのだろうといった程度のことしか考えまい。

先ほどはずいぶん大勢いるように思ってギョッとしたが、動悸が少しおさまってからそっとあたりを見回してみると、このホール自体が映画館としてはきわめて小さいうえに観客の入りが疎らで空席も目立ち、だから映画を見ているのはせいぜい二、三十人といったところにすぎない。あたりの様子を確かめているうちにだんだん気持が落ち着いてきたのでやがて迫村も彼らがしているように上映中の映画に改めて注意を集中してみた。どこか西洋の都市の街路を仔犬を抱きかかえた太った小男が必死に走っていて、何をしでかしたのかそいつは警官の一群に追いかけられているのだが、整列して点呼を受けている兵隊の列にそいつが突っ込んで、直立した兵士たちがミニチュア人形のように将棋倒しになる。そんなドタバタが延々と続いてゆく、いっさいせりふのないサイレント映画のスラプスティック喜劇で、だから当然ずいぶん昔のものなのだろう、画面の粒子がひどく粗いうえに縦筋の傷が雨のように引っ切りなしに降っている。その間、物憂いピアノの反復音楽がいつ終るともなく続いている。滑ったり転んだりのドタバタが展開されているが観客はただぼんやり放心したようにスクリーンに目を凝らしているだけで誰一人笑い声を上げるでもない。片目の周りが黒い眼帯でも掛けたようになっているひょうきんな白黒柄の仔犬が、機転を利かせて警官の足の間にまとわりついてすっ転ばせる。その隙に、太った男は兵隊の一人になりすまし、列に紛れこんで直立不動の姿勢で「捧げ銃《つつ》」をして見せる。しかし痩せて長身の兵士ばかりの列に入ってみると太鼓腹が異様に目立ち、しかも銃のつもりで捧げているものがこうもり傘というていたらく。点呼をとっていた上官が男の襟首を摑み警官の前に突き出して……映画が唐突に中断しスクリーンが真っ白になり、しばらく経って今度は色鮮やかな海景が映った。

夕暮れの海だった。雲の切れ間から陽光が射して一箇所だけくっきりと際立った光の絨毯を広げている。先ほどまでの粗い白黒映像とは大違いで、黄昏どきの疲弊した光線の微妙な色調がそこにはきわめて鮮烈にまた繊細に再現されていた。それは迫村が数日前に灯台の頂上の回廊から眺めていた夕景にそっくりで、映画が中断したのに観客たちは誰一人文句を言うわけでもなく黙りこくってその落日のさまに見とれているようだった。迫村もほとんど恍惚としながらそのきらきらした光の帯に見とれて、徐々に夕闇が深くなってゆくゆるやかな時間の経過を耐えていた。と、いきなり稲妻が走った。少し間があって遠い雷鳴が伝わってくる。いつの間にかピアノ音楽は止んでいて、その雷鳴のかすかな響きがはっきりと聞き取れるような静寂がホール全体を押し包んでいる。だが、俺が稲妻を見たのはあのときではなかったはずだと迫村はやや首をかしげるような思いで考えていた。あれは夢の中で見たのだった。深夜の海を航行してゆく巨大な船の舷側からあの稲妻が走るのを見て、何やらきな臭いにおいが鼻をつくような感覚に襲われさえしたのだった。

これは鏡なのだと迫村は思った。スクリーンというのは現実を映す鏡なのだ。それは世界に向かって開かれた窓ではなく、何の厚みもないぺらりとした表面でしかない。そこには本当は奥行きも深さもない。裏側に回ればまったく同じ映像が、ただし左右裏返しになって映っているだけのことだ。すべては成り行きだ、成り行きに任せていればいい、それなら決して間違えることはないと、迫村はこれまでずっとそういう信条で生きてきたものだが、この島に来て以来というもの、成り行きと見えたものは実は物事の自然の流れではなく、むしろ何かに操られて生じた結果の連なりなのであるらしいということがだんだんわかってきた。こうやってスクリーンの鏡を見つめている今だってきっとそうなのだ、俺は操られているのだ、俺を操っているものがいるのだと迫村はふと下半身を掠め取られるような心許ない気分になって考えた。

それからまた、うとうとと夢を見ながらのようにこうも考えた。人間は五極に引き裂かれて生きている。てんでんばらばらな五つの力があって、そのそれぞれが人間を五つの方角に絶えず引っ張っている。折々にそのどれか一つか二つが強くなり、そうなるとそちらの方角へ向かって星形が大きく傾き、歪んでしまうのだが、なに、按ずるには及ばない、そうなればたちどころにまた均衡を回復する力が働いて、すべての要素がそこそこ調和し合った五極の形が復原されることになる。だから、五つの力が打ち消され合って中立化する一点、中心ならざる中心とも言うべきその一点の上にとどまっていれば、バランスをとって身を持して間違いはないということだろう。ただし、その謎めいた一点に、不可解きわまる負の中心に、アリジゴクのように身を潜めているやつがいる。じっと俺の挙措を窺って、思い通りに操ろうと手ぐすね引いて待ちかまえている不可視の怪物がいる。それがきっと〈五極の王〉なのだ。

どのくらい時間が流れただろうか、その海景の映像もまたいきなり断ち切れた。画面はふたたび真っ白になり、次いで映写機自体の電源も落ちホール全体が闇に鎖された。しばらくして明かりがついた。場内が明るくなってみればそれは何の変哲もないありきたりの小さな映画館で、疎らに座っていた観客たちが夢から醒めたように軀を伸ばし、立ち上がり、なぜか皆疲れきったように肩を落とし口もきかずにぞろぞろと出口へ向かうので、それに混じって迫村もホールを出た。さらに受付を抜けて外に出るともう夕闇が忍び寄っていて、人々の流れに逆らわずに後について歩いていって坂を下り角を一つ曲がると見慣れた街に出た。空腹がもう耐えがたいほどになっていることに迫村は不意に気づいた。

その晩は居酒屋からバーへと梯子してウィスキーを飲みつづけた。ようやく樹芬《シューフエン》の家まで戻ってきたときにはもうほとんど泥酔状態で、しかしすぐには中に入らず、建物の周囲をぐるりと回ってあの中庭への入り口を見つけようとしたのだがどうしてもわからない。ふらつきながらもう一度坂を降り、ずいぶん迂回しながら石段を昇り降りした挙げ句、ようやくあの映画館の裏手に当たる狭い坂道に出て、目当ての通路の入り口を見つけ、そこを潜って何とかかんとか樹芬《シューフェン》の家の煉瓦敷きの中庭まで辿り着いたときには迫村はもう軀の芯まで疲れ果てていた。中庭の真ん中まで来たところでついしゃがみこみ、次いで尻をついて胡座座りになった。やがて大の字になって寝転んでしまう。すぐには家の中に戻りたくない、ベッドに倒れこんで狎れた安息に浸りこみたくない、自分の軀を甘やかしたくないという気持もあった。濡れた煉瓦が背中に冷たい。いつの間にかまた雨が降り出していた。それでも迫村は動かなかった。口を開けるとぱらぱら落ちてくる雫が咽喉を湿らせて、ウィスキーの飲みすぎでひりひりする粘膜の火照りをわずかに鎮めてくれる。月も星も見えない真っ暗な空。ほどなく雨の降りが繁くなり、生温かい大粒の雨滴が叩きつけるように落ちてきて、口を開けるとその大きな雨粒が口中を容赦なく連打する。あいつはこのところしばらく出てこないな、俺の影はと迫村は思った。俺がこんなふうに大の字に寝転んでいるかぎり、あいつは地面から立ち上がりようがないのかな。俺の軀を力ずくで押しのけないかぎり出てきようがないのかな。迫村は自分の影と対面しつつ過ごしたあの緊張した――しかし矛盾しているようだが、同時にひどくのどかでもある――時間が懐かしかった。＊＊荘の部屋であいつと向かい合って飲んだのは本当に充実したひとときだったなと迫村は思った。またあいつに会いたいもんだ。今この瞬間にも会いたいというひりつくような思いが込み上げてくる。しかし大粒の雫が激しく叩いている中庭の底には夜の闇が曖昧に淀んでいるばかりで迫村の影はどこにも落ちていない。

気配に気づき、頭をわずかに上げて横を見ると樹芬《シューフェン》が傘をさしてゆっくり近づいてくるところだった。

「窓から見えたから。何やってんのよ、馬鹿ねえ」すぐ近くまで来て迫村のびしょ濡れの顔を見下ろしながら樹芬《シューフェン》はぶっきらぼうに言った。「夕飯、支度してあったのに。すっかり冷めちゃったじゃない」

「食い物か。面倒だなあ。人間に軀があるのは面倒なことだなあ」

「今日は何だか荒れてるのね」

「荒れちゃいないよ。ただ酔っ払ってるだけ」

「そうみたいね」

「なあ、樹芬《シューフェン》」迫村は仰向けのまま両手の指を組み合わせてその上に頭をのせ、目を瞑った。「映画ってものがある。映画は現実を映しているわけだよな。でもさ、もともとの現実それ自体、どこかのスクリーンに映った映画にすぎないとしたらどうなんだ。何が現実で、何が仮象なのか……」

「仮初が何とかっていう、あの話?」と樹芬《シューフェン》はうんざりしたように言った。英語で上手く表現できないのをもどかしく思いながらそんな話を樹芬《シューフェン》にしてみたことがあるのだが、彼女はそんな話題には何の興味もそそられないようだった。

「俺は今日、稲妻を見たんだ。凄いぞお。稲妻っていうのはな。海と空を結びつけるものなんだよな。いきなり、一瞬で」

「そうねえ、夕方、雷も鳴ってたかなあ……」

「じゃなくてさ……。結びつける力なんだ。lightningというのはそれなんだ。a flash of lightning……離れたものを結びつける……。電位差……。ああ駄目だ、酔っ払ってるから英語が出て来ないよ。〈悪〉をなすであろう、とロクさんは言ったよ」

「またロクさんに会ったの」

「いや、こないだ、ドブロクを飲みながら……。剝き出しの、〈悪〉それ自体をって。〈悪〉ってのは、華やかなものなんだってさ。打ち上げ花火みたいなんだって。それなら、稲妻が走るみたいにって言ってもいいわけだろ……」

「ねえ、そんなに酔うまで何飲んでたのよ」

「ウィスキー。ちょっと調子に乗りすぎた……」

「馬鹿ねえ」

「男なんてものはみんな馬鹿ですよ。女に支えられて、辛うじてしゃんとなれる」

「厭あねえ、甘ったれたこと言って。あたしはあなたを支えたりなんかしないよ。一人でしゃんとしてよね」それでも樹芬《シューフェン》はしゃがんで迫村の顔に傘をさしかけてくれた。「さ、行こ。お風呂も沸いてるよ。もうぐしょ濡れじゃない。風邪引くよ」

「ううむ、寒い……」

「ほらあ、立ちなよ」樹芬《シューフェン》は迫村の手を摑んで引っ張った。「うわ、手が冷たい……。こんな薄いカーディガンでさあ。軀中、凍えきっちゃってるじゃない」

「ううう、寒い、寒い、寒い。でも、この寒さが何だか気持良いんだよ」と迫村は引っ張られるままに軀を起こし、何とかかんとか足を踏み締めて立ち上がりながら必ずしも負け惜しみではなくそう言った。「濡れるってことは気持良いなあ」

「うんうん」

「水にまみれてさ、水に浸って、水を飲んで、水に溺れて、人間ってのはさ、産まれてから死ぬまでそうやって……」語尾はむにゃむにゃと吐息に紛れてしまいちゃんとした言葉になってくれない。さっきはあんなことを言ったくせに樹芬《シューフエン》は迫村の軀をしっかり支えて建物の入り口まで一緒に歩いてくれた。

「俺はあと何年生きるのかな」

「あなたみたいなのは、長生きするわよ。まだまだ先は長いわよ」

熱いシャワーを浴びてベッドに横になり軀の上に毛布を引き寄せながら、また飲んでしまったなと迫村は多少の反省とともに考えた。どうやら、悪い酔いかたをする癖がついてしまったか。

翌日、割れそうに痛む頭を抱えながら迫村はマハに餌をやっていた。ケージから出して肩にとまらせ、片手のてのひらにヒマワリの種を山盛りにして、それをぽつりぽつりと食べさせながらしばらくマハと遊んで時間を潰す。結局、休暇でもないし老後の余生でもない、それから雌伏でも潜伏でもないのだと迫村は思った。あえて言えば、執行猶予なんじゃないだろうか。ロクさんの言った、「これから犯すであろう罪」の罪状に対してすでに判決が出て、俺は今、執行猶予になっているんじゃないだろうか。人間は誰しも、過去の自分自身に対して何らかの罪を避けようもなく犯しながら生きてゆく。〈悪〉という観念はこれまでの迫村の人生には馴染みのないものだったからロクさんのご託宣には虚を衝かれたし、いささか鼻白むような思いもしたものだが、あの食えない爺いはやっぱり何事かを見透かしているのかもしれない。これから初めて俺は〈悪〉を知ることになるのかもしれない。

何やかやいろいろあって日々が流れているうちにこの土地にとにかく半分ほどは根を下ろすことになったわけだった。根を下ろすというのは耳に快く響く言葉だと迫村は思った。そう言えば、荒れほうだいになったあの植物園の一隅を借り受けて球根でも植えてみようかという思いつきがふと頭をよぎる。市の土地を申請して借り受けるなどというのは手続きがいかにも面倒そうで、不可能かもしれないが、それならば誰の許可も得ずにどこか好きな場所を勝手に選び、勝手に土を掘り返して何でも植えてしまえばいい。誰も文句は言うまいし、第一、気づかれさえしないかもしれない。チューリップがいいな。水仙なんかも俺は好きだ。春になってそれがいっせいに咲き出し、咲きそろってきれいな花壇になったらどんなに楽しいことだろう。そうやってあの廃園を再生させるのだ、俺は俺なりにこの土地に生の活力を注入するのだというふうに考えを進めると何か浮き立つような気持になり、頭痛と吐き気も多少は薄らぐようだった。植物を植えるというのはあまり〈悪〉と縁のあるような振舞いではないからな、ロクさんはがっかりするかもしれないぞという考えが浮かんで迫村は心の中でほくそえんだ。球根を植える。悪くないな。少なくとも、それが芽を出し花が開くまでの間はこの島にとどまりつづけてもいいという恰好の口実にはなる。執行猶予の時間の使いかたとしてはそれはなかなか上等な種類のものではないだろうか。

家政婦の小母さんが台所に入ってきて、広東語で何か短いことを無愛想に言い、それがお腹が空いているなら何か作ってあげるよという意味だということはなぜかすぐにわかったので、迫村はにっこりして頷き、お願いしますと日本語で言った。

西瓜と魂

あの頃は商社マンとしての忙しい日々のさなか無理に時間を作って休暇をとり、マレーシアやインドネシアの田舎を気ままに旅したものだった。もともとそれよりずっと若い頃、興味を持てることが何一つなく親に小言を言われながらずるずると大学を留年し、さらには休学し、何もかもが窮屈で億劫でただひたすらぼうっと幽霊のように暮らしていた時分にもアルバイトで多少の金が溜まるとリュックサックを背中にしょってユースホステルやペンションの共同寝室を泊まり歩くといった気楽な放浪をアジアでもヨーロッパでもずいぶん繰り返したけれど、三十を過ぎてからはもうそんな貧乏旅行を楽しむ元気もなくなっていたし、金にもそう不自由しなくなっていたから、高級ホテルでもペンションでもない中級クラスのホテルに泊まり、ただぶらぶらと町を歩き回って時間を潰す。中級ホテルといっても東南アジアなら一泊千円か二千円かそこらで泊まれる。気に入れば何日も滞在するし飽きれば現地の人々に混じって乗合バスに乗って隣りの町へ向かう。出世競争で目の色を変えていた同僚たちから憐れみの目で見られるのはこの連中とは人種が違うと思っていたからべつだん気にもならなかったが、それにしても生き馬の目を抜くような業界であんなふうに有給休暇を目いっぱいとるような勤めかたをしていてよく馘《くび》にならなかったものだ。あれで案外懐の深い会社だったのかもしれない。仕事自体は決して嫌いではなかったがそれが自分の人生のいちばん大事なものとはどうしても思うことができなかった。

知らない町の小さなホテルに着く。口元に笑みを張りつかせたフロントの女性が、横目でそれとなくこちらの身なりを値踏みしながら、ホテルの格に応じて流暢だったり訛りがひどかったりする英語できわめて事務的に、シングル・ルーム二泊ですね、料金はこれこれで、サービス料と税金が別にかかって……。朝食は何時で、チェックアウトは何時で……。ではパスポートをお預かりします。その手のホテルでは人質を取られるような具合にフロントにパスポートを預けなければならない。部屋まで荷物を運んでくれたボーイにチップをやると、もじもじしてなかなか立ち去ろうとせず、やがて耳元に口を寄せるようにしながら、これは事務的とはほど遠い妙に狎れなれしい粘りつくような口調で、お一人でご旅行ですかと尋ねてくる。ああ、そうだよ。お淋しいでしょう。いや、もう慣れたから。よろしかったら女の子をご紹介しましょうか。若くて可愛い娘がいますよ。

料金はショートタイムだとこれこれで、オールナイトだと……。はははあ、まあ遠慮しておこう。もし男の子の方が良ければ……。いやいや、本当にいいんだ、また今度来たときに頼むかもしれない。それよりこの町で感じの良いバーというとどこなのかな、教えてくれないかな。

そんなあれこれがあったなと迫村《さこむら》は、樹芬《シューフェン》の家の中庭で野球ボールの大きさのピンク色のビニールボールを建物の壁にぶつけて跳ね返ってきたのを受けてはそれをまた投げつけるという単調な遊びを繰り返しながら、あまり懐かしいという気分でもなくぼんやりと思い返すともなく思い返していた。夏に戻ったように蒸し暑い一日だったが陽が傾きかけてからは湿気がなくなって今は背中を柔らかく暖めている秋の陽射しが快い。ボールは金網のきわの溝の中に取り残されていたのを見つけたもので、カズユキかフォンが置き忘れていったのかもしれない。カズユキは養父母になってくれそうなアメリカ人の家庭が見つかり、その家に「試し」のステイをしに行くとかで、先週簡単なお別れ会があってその翌日心細そうな表情で出掛けていった。そう言えば二、三日前、フォンがつまらなさそうな顔で今迫村がやっているような壁当ての一人キャッチボールをここでやっているのを見かけたような気がする。

俺はずいぶんいろんなホテルに一人で泊まってきたものだ、とボールを投げては受けながら迫村は考えていた。どれもこれも例によって例のごときありきたりの安ホテルの、ほとんど装飾もない無愛想な部屋だったたな。そういう部屋に仮の寝場所を定めてはガイドブックをちらちら見ながら、本には面白そうに書いてあってもいざ実際に行ってみれば結局どうということもない観光名所の数々を見物して回る。何泊かするうちにホテルの部屋の安物の家具やそっけない空間の配置にようやく慣れて親しみのようなものを感じはじめても、滞在の終りは意外に早くやって来る。出立の日の朝、荷物を手早くまとめてバッグに詰める。数枚のシャツの替え、洗面道具、目覚し時計といった程度の持ち物を荷造りするのに大した時間がかかるわけでもない。最後にもう一度部屋中をぐるりと見回して、忘れ物がないかどうかを確かめる。それから吐息を一つついて、ノブを回して廊下に出て、後ろ手にドアを閉める。ひんやりした埃臭い早朝の廊下はまだひっそり静まりかえっている。さて、気を取り直してまた次の町に向かうのだ。バスの時間は何時だったか。

人の一生とは結局、この短いホテル滞在のようなものではないか。この世に生まれてくるというのはいわば、知らない町に到着して安ホテルにチェックインするようなものだ。それから人はその仮初の寝ぐらでほんの何日かを過ごすのだが、うかうかしているうちにたちまちチェックアウトの時刻がやって来て、そうしたらもうわれわれは否応なしに腰を上げて荷物をまとめなければならない。予約を入れている次の客のためにこの部屋を明け渡さなければならない。窓を閉め、ベッドのシーツの乱れをざっと直し、洗面台の鏡に向かって髪を梳かし、鞄に詰め忘れたものはないかと最後にもう一度振り返る。それから部屋を出てそっとドアを閉めれば、もうその部屋は自分が到着する前と同じよそよそしい他人の空間に戻っている。俺がそこでとにもかくにも時間の大部分は退屈しながら、ほんの少しは興奮したり歓喜したり幻滅したりもしながら数日を過ごした痕跡などたちまち消え失せてしまうだろう。

ルソン島北部の町ボントックの、目抜きといってもそう高い建物が軒を連ねるわけでもないし人通りも閑散としたポビアシオン通りを歩いていたとき、ぽつりぽつりと首筋に大粒の水滴が落ちてくるのを感じたかと思ったらいきなり激しい夕立になり、たまたま目の前にあったマクドナルドに飛びこんで、小一時間雨宿りをしていたことがある。路上に跳ね飛ぶ水飛沫《しぶき》を見つめているうちにだんだん心の中の憂鬱が晴れていき、降り出したときと同じようにいきなり雨が上がってきれいな青空が広がったときには迫村の気持もそんなふうになっていたものだ。だが、あのとき俺はいったい何であんなに気が塞いでいたのだろう。たしかあれは休暇中の旅行ではなく、どこやらから持ち込まれてきたバナナの大量買付けをめぐるやや怪しげな話の実現の可能性を探りにいった折りのことで、あらかじめ連絡してあった仲介人が捕まらなくて結局どうにも埒が明かず、無駄足に終ったかと腐ったり腹を立てたりしていた日のことだったと思う。しかし企業戦士としてはたしかに俺は落第だったとはいえ、いくら何でもあの種の仕事では日常よくあったそんな程度の徒労でいちいち屈託しているほどやわなビジネスマンではなかったはずだ。仕事上のトラブルとは無関係の、何か軀の芯をじわじわと冒すような理由のわからぬ根深い憂鬱に付きまとわれていたような気がする。もっと具体的な悩みの種があったのかもしれないが覚えているのはただ、大きな雨粒がアスファルトの上に跳ね散る光景を見つめているうちになぜか不思議に気持が明るくなってきた、そのじりじりとした時間の流れかたの感触だけだ。

けれどもそうしたゆるやかな流れを切断する一瞬がなかったわけではない。激しい夕立を貫いて小型トラックが走ってきて、道路のあちこちに舗装が傷んで口を開けたままになっている穴ぼこの一つにタイヤを取られたのかがたんと一つ大きく揺れ、車体が跳ねたはずみに荷台のシートの隙間から大きな西瓜が二、三個転がり落ち、路面に当たってべしゃりと潰れたのである。つい目と鼻の先で起こったことだったので、あ、落ちるぞと迫村はぎくりとし、西瓜が路面に当たって砕けたときには彼自身の身体が何かに衝突したような軽い衝撃を受けた。トラックの運転手は気づかなかったのか、あるいは気づいてはいたけれど車を停めても処置なしと見て放置したのか、そのまま走り去ってしまい、後には何か無残な感じの西瓜の残骸が残され、雨にうたれて赤い果汁の染みが路面に徐々に広がっていった。雨が上がってもなお迫村はそのマクドナルドでぐずぐずと時間を潰していて、青ぐらく翳ってきた空の下で徐々に店々に明かりが灯り看板のネオンサインが輝き出すのを見るともなく見つめていた。どこかから飛び出してきた子どもの一団がサッカーの真似事をするように西瓜のかけらを蹴り回し、しかし店から出てきた大人に追い払われてすぐに散ってゆく。

雨と言えばこんなこともあった。迫村はどこかの島にいてその町はずれで薄汚れた野良犬の背を撫でている。あれは八重山諸島のどこかだったか、それとも壱岐や対馬の方だったか。頭上には暮れかけた曇天が広がっていて迫村は何やらうらぶれた思いでしゃがみこみ犬の目をじっと覗きこんでいる。痩せた犬は嬉しそうに鼻面を寄せてきて迫村が思わず顔をそむけると犬の方でもつい不注意で悪さをしそうになりましたとでもいった、後ろめたそうな、申し訳なさそうな表情になって耳を伏せるので、それならとこちらから頬を寄せてやるとまた元気づいてぺろぺろと舐めてくる。生臭いけものの臭いがむうっと鼻をつき、少々後悔したがこうなったらもうどうでもいいような気持になり、好きなだけ舐めさせておく。犬は迫村の膝に前肢を掛けてきてしきりに引っ掻くので、その足先を握って振ってやるといよいよ興奮してちぎれるほどに尻尾を振る。

迫村は何か気が急いていて、あれは乗り物の時刻が迫っていたのだったか誰かと約束があったのだったか、とにかくもうすぐ立ち上がってどこかに向かわなければならないのだが、こんなところまで来てもなお時間の桎梏《しっこく》に縛られてそんなふうに急いでいる自分自身に嫌気が差していて、それでいつまでも飽きずに犬をかまっていたのだ。そうだ、あのとき俺は古タイヤの上に腰を下ろしていたなと急に迫村は思い出した。そこは修理ガレージの裏庭か、廃業した中古自動車屋の敷地か何かだったのか、見るかげもなく潰れた車の残骸があちこちに堆く積まれ部品ごとに小山をなしていた。これはバスのだかトラックのだか大型自動車のものだろう、大きな古タイヤの山が出来ていて、ごろりと倒れ半ば土に埋もれて汚れほうだいに汚れているその一つの上に迫村は尻をのせ、首を突き出し、犬に顔を舐めさせていたのだった。ズボンの尻や裾が汚れることが気にならないでもないが、もうそんなこともどうでもいい、犬にべろべろ顔を舐められ、ズボンも泥や埃にまみれ、地べたすれすれで気ままほうだいに生きる浮浪者みたいになってしまえばいいのだと、そんな解放感も感じていないわけではなかった。

やがてぽつりぽつりと雨が降り出した。と、犬は急に身を翻し、迫村の方をもうそれっきり振り返りもせずにたたたたっと走っていった。迫村はその走りかたがけんけん跳びのようなのを見て初めて犬の後肢の一本が半ばあたりから先がないのに気づいた。犬はもうすっかり慣れきっているらしいそのぴょんぴょんした走りかたで、その界隈にぽつんと一軒だけ建っていた古家の前まで行き、閉まっているシャッターをがりがりと引っ掻いた。酒・煙草といった看板が出ているがそれも風雨に褪せてほとんど読み取れない。先ほど前を通り過ぎたときには廃屋かと思っていたほどだが、しかしほどなく横の木戸が細く開き、犬はその隙間をするりと抜けて中へ姿を消してしまった。それを見届けてからやっと迫村は古タイヤから立ち上がって伸びをした。飼い主のいない野良犬かと思っていたがおまえにはちゃんと家があったんだな、良かったなと、迫村は少し安堵するような、しかし少し淋しいような曖昧な気持になって、雨に濡れながら歩き出す。俺もどこかで雨宿りをしなければいけないいな。バス停はどこだっただろう。俺はどこへ帰っていったらいいんだろう。俺には家はあるんだろうか。

ボールを壁に投げつけてはすぱんと跳ね返ってくるのを摑み取る。投げつける。また受けとめる。いやいや、帰っていける家はあるのだろうかなどというのは今この瞬間の、この年齢《とし》になってからの俺の心の呟きだろう。べつだんあのとき、あの場所にいた俺はそんなうら哀しい気分でいたわけでもありはしまい。何かを思い出すというのは結局避けようもなくそれを歪曲して思い出すということなのだなと迫村は反省した。狂いなく、正確に思い出すことなどできはしない。あの薄汚れた犬が俺を見棄ててあっさり走り去ってしまったことにそこはかとない淋しさを感じたことは事実としても、そのとき俺の心に明滅していた大小様々な屈託や期待や欲望や幻滅がどんなものであったか、そのとき俺の周りを取り囲んでいた風景がどんなで、その日に会った人々は誰と誰で、腹が減っていたか、咽喉が渇いていたか、前の日はよく眠れたか、等々、等々、生の一瞬をかたちづくっている膨大な細部の数々を逐一、ことごとく思い出せるわけではない。だから、そうしたすべてがその一瞬にどんなふうに共鳴し合っていたのか、あの妙なけんけん跳びで遠ざかってゆく犬の後ろ姿を見送ったときの淋しさなら淋しさがあるとして、それが、その瞬間をかたちづくっていたありとあらゆる生の細部によってどんな色合いに染め上げられていたのか、その微妙な按配など今となってみればまったくわかりはしない。

過ぎ去ってしまったことは過ぎ去ってしまったこと、痕跡もとどめず消え失せてしまったことであり、それがありのままに、現にあった通りに蘇ってくるなんてことが可能なはずはない。何らかのかたちで今の俺の心の状態がそこに投射されて、元の時点の現在から何かが差し引かれ、しかしその代わりそこに何かが付け加わっているに違いない。そもそも、今ここにこうしていて蘇ってきたのが、なぜあのボントックの町の道路で雨に叩かれている西瓜の残骸だったのか、それを見ているうちに軀の底から潮が満ちてくるように充溢してきた解放感なのか。さもなければまた、どこだったかさえはっきりと覚えていないあの日本の島の町はずれで一本の後肢だけで健気に跳ねている瘦せ犬の後ろ姿を眺めながら感じた淋しさなのか。そうした特定の過去の一断片の回帰は今のこの特定の瞬間の俺の心の在り様が求めたものなのだろうし、のみならずまたそうして蘇ってきたものの色や匂いや肌触りには今の俺の心の在り様の投射が大なり小なり混ざり合ってもいる。だとすれば結局、過去などなくただ「今」が、ただ「ここ」が、あるだけではないのか。

いや、その「今」「ここ」にしたって、はたしてそれが本当にあると誰が言えるのか。迫村はボールを摑んだ右手を上に向け、目の前に持ってきて弾力を確かめるように二、三度ぎゅっと力を入れてみた。そうして強く凹ませてみるともう古くなっているそのボールの汚れたピンク色の表面にはかすかな引っ搔き傷や微細な割れ目が沢山浮かび上がり、力の入れ具合によってその網目模様が狭まったり広がったり、うねうねと形を変える。球面の一点に直径一センチほどの固くしこった臍がありそこだけピンクの色が濃くなっている。迫村はボールを真下の地面に一つぶつけて、弾んで戻ってきたのを摑んでまた目の前に持ってきてみた。古びたビニールが固くなってきているのか空気が抜けてきているのか、少々弾力がなくなっているような気がする。掌にこすれてきゅっと粘りつくような、ゴムのボールのとはまた違うビニール特有の感触も、そのビニール面にわずかに感知される砂埃のざらつきも、迫村の足元を斜めに横切るようなかたちで建物の壁が落としている影も、忍び寄る夕暮れの光や空気の匂いも、今この瞬間にあるだけのもので、それは刻々過ぎ去り失われてゆく。こうやってうららかな秋の午後にまるで友達のいない小学生の男の子みたいに一個のボールを弄《いじ》くって遊んでいるこの「今」、この「ここ」をもまた、俺はいずれそのうちどこかでふと思い出すことになるのだろうか。

いや、それならいっそ、と迫村の頭にさらに新たな思いつきが浮かぶ。実際、今俺はこれを思い出しているのかもしれない。思い出しつつあるのかもしれない。今ここで、俺は本当にこのボールを摑んでいるのか。このボールもこの夕暮れの光や匂いもこのかすかな疲労と倦怠も、少々咽喉が渇いたな、もうしばらくしたらビールを飲みにいこう、咽喉を押し広げるようにして体内に入ってゆく最初の一口の旨さが楽しみだという漠とした期待も、今ここで実際に体験しつつあることなのではなく、あたかも実際の体験であるかのごとく思い出しつつあることでしかない、のではないだろうか。こんなふうにボールで遊んでいる俺は、本当にボールで遊んでいるのではなく、ただ単に、ボールで遊んでいる俺自身を思い出しているだけなのではないだろうか。もしそうならば、この俺はこのボール遊びの瞬間の中にいるのでは実はなく、この瞬間を思い出しつつあるもう一人の俺の記憶の蘇りの中にいるのであるならば、その思い出している方の俺、本当の俺は、いったいどこにいるのだろう。どんな瞬間の中にいるのだろう。

あの二個か三個の西瓜が立て続けに撥ね落ちてべしゃりと潰れるのを見た瞬間の居心地の悪いたじろぎがまた蘇ってきて、それと重なるようにしてもう一つの記憶が迫村の軀の底でふと身じろぎした。たしかあれはボントックへの出張よりもずいぶん前、たぶん数年ほど前の出来事だったと思う。昔やばい仕事をやってたことがあるんだぜ、などといつだか佳代や向井に自慢たらしく言ってしまったのはむろん酔余の座興だったけれど、実を言えば迫村には紛れもなく生死に関わる危険なトラブルに巻きこまれたことが生涯に一度だけあった。

東京本社の重役の一人、と言っても数年来半ば隠退同然の名誉職で、もうビジネスの現場には暗くなっている老人が、視察とか何とかいういい加減な口実でマレーシアにやって来た。ところが明るくて座持ちは良いが基本的にお調子者で愚昧なところのあるこの老人は、夜の接待を受け持った迫村たちが案内してやった安全な遊び場で満足しておけばいいものを、愚かなことに深夜になってから一人でいかがわしい界隈に繰り出して、うかうかと美人局《つつもたせ》のようなことに引っ掛かり、そのまま女の部屋に軟禁されるという羽目に陥ってしまったのである。言葉の通じない男たちに囲まれて竦み上がった彼からの電話で夜明け方に叩き起こされて仰天した支社長は、誰にも絶対口外しないという約束をさせたうえで迫村を呼び出し、何とかうまく処理しろという厄介な任務を押しつけてきた。重役は翌日の昼を過ぎてもクアラルンプールの中華街のはずれの汚い一角に建つアパートの一室に人質を取られたような状態になっていて、迫村は警察に連絡すべきだ、それがいちばん簡単だと主張したのだが、スキャンダルを恐れる支社長と本社の執行部は何とか金で話をつけて来いと言い張って譲らない。

　そこで迫村はアメリカ・ドルの束を詰めた鞄を持ってそのアパートに赴くことになったのだが、その際に、これはまあ後から考えてみれば迫村の失態と言えば失態だったのだが、ちょっと顔見知りだった中華街のやくざに声を掛けてボディガードのつもりで連れていくことにしたのである。迫村はその男一人だけというつもりだったのに男は金儲けの好機と見たのか妙に張り切ってしまい、中国人の若い舎弟をさらに二人も連れてきて、結局そのアパートに迫村を含めて四人でどやどやと乱入することになってしまった。部屋に入ってゆくとランニングシャツ姿のマレー人の男が二人、ビールのコップを手にソファでのんびりテレビを見ていて、ベッドに座らされた重役も不精髭を生やし少々やつれてはいたものの案外落ち着いているようだった。女はいない。後知恵で言うなら恐らく迫村だけで行けば何ということもなかったのだろう。人数を頼んで、力づくで、といった印象を与えてしまったのに加えて、こちら側の中国人やくざの若いのが軽率に凄んでみせたりしたのでいきなり雲行きが怪しくなってしまった。向こうは小心な日本人商社員の使い走りが金を持って駆けつけてくるとしか思っていなかったのでぎょっとして、また怯えもあったのだろう、一人がナイフを出してきて喚きながら振り回す。それでもともかく両方の側を何とかかんとか宥めすかして、金をテーブルの上に置き、軀をがくがくさせている重役の腋の下に手を入れて何とか立たせ、うまく引き揚げて来られそうな成り行きにはなった。

　実際、迫村と重役の二人はもう玄関口のドアの前まで来ていたのだが、そのとき背後で揉み合いが起こった。どちらが挑発したのか、きっかけは今もってわからないままだが、いきなりパン、パーンという安っぽい銃声が二つ響き、迫村が振り返ったときにはすでにマレー人の男の一人がナイフを握り締めたままカーペットの上に俯せに倒れていて、相棒の方は迫村と重役の間を強引に擦り抜けてドアを開けあっという間に姿を消してしまった。

弾はたぶん正面から顔に当たって後ろから抜けていったのだろう。ねじくれたような姿勢で倒れている死体の、髪の薄い後頭部がべしゃりと潰れ、そこからずるずるした赤いものがはみ出して、割れて弾けた西瓜の果肉のように四方に飛び散り、迫村が見ている間にもカーペットに血の染みが広がってゆく。手足の先がひくっ、ひくっと痙攣していたがそれもすぐに静まって動かなくなった。禿げかけてはいたもののたぶんまだ三十代の半ばくらいだったのではないかと思う。重役が咽喉の奥でしゃっくりのような音を立て迫村の手を振り切って洗面所に駆けこんでいき、嘔吐している気配が伝わってきた。厭な臭いがむうっと鼻をつく。それともあれはもともとこの部屋に染みついていた臭いでそのときまでは緊張のあまり意識しないでいたものが、急に嗅覚に迫ってきただけのことなのか。

迫村の連れてきたボス格の中国人やくざは案外冷静で、まず銃を撃った若いのの頬を、ぶたれた者の上半身が大きく揺らいで後ろに一歩のけぞるほどの激しさでびしゃりと一発張った。それから迫村ににやりと笑いかけ、ダイジョブ（という言葉だけは日本語で、あとは広東語と下手な英語のちゃんぽんで）、ダイジョブ、俺に任せておけと言った。顔から血の気の引いた迫村が、馬鹿、ダイジョブじゃあないだろ、おい、警察を呼ぶぞと掠れた声で言うと、それだけは絶対にするなと強い声で押しかぶせるように言い返した。ダイジョブ、後始末は俺たちが全部やっておくから、あんたらは黙って帰れ。だって、逃げてった奴がいるじゃないか。俺が通報しなくたってあいつが警察にタレこむぞ。いや、あいつにも話をつけておく。銃声が隣り近所に響いただろ。いや、このあたりの連中は関わり合いになるのが厭で、みんな知らんぷりだよ。それに、女がいたはずだ。女はどうする。女のことも心配しないでいい。探し出して金をやっておくから。オッケーだ。俺はこの二人組のことはよく知ってるんだ。こいつは（と言いながら中国人は左手の拳をくるりと返し親指を真下に向けて床の死体を指した）性《たち》の悪いチンピラで、みんなから嫌われて、鼻つまみになってる奴だ。親兄弟もいないしな。俺たちに任せろ。そのかわり、こいつは全部貰うよ、と言って中国人は、テーブルから落ちて床に転がっていた金の入った鞄を拾い上げ、竦み上がった迫村が止める間もなく手下の若いのにぽんと放った。これがそのまま俺たちへの報酬になるんなら、あんたたちにとっちゃあ節約だろ。オッケー、オッケー。さあ、もう帰れ。

そう言って中国人は迫村の肩を押した。迫村より少々背は低いが、大型の衣裳トランクみたいな四角張った軀の男だった。鬼瓦みたいな顔も四角くて大きくて、唇の上に薄い髭をたくわえている。これは（また左手の親指を真下に向けた）、あんたらが行っちまった後で起こったことだと考えてくれればいい。あんたたちは何も見なかった。あんたらは金を渡して出ていって、その後起きたことは何も知らない。それでオッケーだろ。なあ、誰にも言うなよ、ひとこともな。あの爺さんにもくれぐれも口止めしておいてくれ。

がたがた震えている重役にレインコートを着せかけ車で連れ帰ったが、車の中ではずっと黙りこくっていたその老人もひとたびホテルの部屋に落ち着いたとたん、なあ、あいつが言った通り、俺たちは何も見なかったことにしよう、俺は黙っているつもりだ、君もどうかそうしてくれと、土下座せんばかりの必死の形相で迫村に懇願する。つい前日の晩にはつやつやした血色で陽気に喋りまくっていた小太りの老人はげっそりと萎びてしまい土気色の顔になって一晩で十歳も老けこんだように見える。結局迫村はその懇願に負け、会社にはただ上首尾に済んだという当たり障りのない報告しかしなかった。迫村がもっと保身に敏感な男だったらたぶん別の振舞いかたをしたかもしれない。こんな不祥事を起こした今となっては本社でのキャリアにもう未来があるはずのないその重役に義理立てしてやっても何の得もなかったし、また、あの中国人がこれをネタに迫村なり迫村の会社なりに恐喝を仕掛けてくる可能性だってないわけではない。だが、何しろ迫村は官憲のたぐいと関係を持つのはもともと大嫌いだったし、たった一度だけだがあるバーで朝まで一緒に飲んだくれたことのあるその中国人やくざとは何となく馬が合ったというか、どこかこいつは信頼できると直感していたところがあった。

その直感は正しかったと迫村は今になっても思っている。この話の後日談は、何週間か経って本社から迫村の銀行口座に振り込まれてきたかなりの額の「謝金」だけである。口止め料ということだったのだろう。しばらくの間新聞記事に注意していたが該当しそうな殺人事件の報道は結局なかったように思う。人間の頭をあんなふうにしてしまうのはよほど口径の大きな銃弾だったに違いないが、あれはいったいどんな銃から発射されたのだろうと後になって迫村はときどき訝った。撃った後すぐ仕舞われたらしくその銃自体を迫村は結局まったく目にしなかった。その重役は半年もしないうちに取締役のポストから外され子会社の一つに左遷されていった。中国人やくざとはその後、中華街の呑み屋やバーで二、三度偶然に会うことがあったが、迫村がその話題に触れてもにやにや笑うだけで決して話に乗ってこようとしなかった。ダイジョブ、ダイジョブよ。

下手糞な漫画家が描きなぐった劇画か俗悪なギャング映画みたいな、あんな出来事のただなかに巻きこまれたのは夢の中の体験だったような気がする。あるいはいっさいがお伽噺のようだったと言ってもいいが、それはたしかに現実で、しかし今となってみればそれはこれまでの人生で迫村が経験してきたあれやこれやと比べてとりたてて現実味が薄いわけでもなく濃いわけでもない、単にそうしたあれやこれやの一つにすぎないものと化していた。あのねじくれた屍骸のおぞましさはとうてい忘れられないし、安物のカーペットを染めていたなまなましい血の色の鮮烈さはあのアパートの部屋に染みついていた生臭い魚醤や甘ったるい香辛料のにおいと結びついて今でも鮮やかに蘇ってくるが、かと言って、あれ以後、この十数年というもの、その凄惨な光景に眠りの中でうなされたりしてきたのかと言えば実はそんなことは一度もない。いや、興奮の収まらなかった事件直後の数日間はともかく、それが静まるとほんの二、三週間も経たないうちに早くも迫村はもうどうでもいいような気分になって、現地の英字新聞『ザ・スター』の三面にやや脅えながら隅から隅まで目を走らせる毎朝の習慣もひと月も経たないうちにやめてしまったような気がする。俺はもともと鈍い男なんだなと迫村は初めて気づいたように思って驚き、その驚きようの鈍さに改めて苦笑が浮かぶ。

鈍いのだ、俺は。だから、あのときは気づかなかったんだな。ルソン島の路上で潰れた西瓜から真っ赤な果肉が飛び散った光景にぎくりとしたとき、俺の軀に走り抜けた奇妙な衝撃の背後には、きっとその何年か前に見たあれ、つまりクアラルンプールの汚いアパートの一室に横たわったマレー人の弾けた頭部の記憶が揺らめいたに違いないということに。別々のものとして記憶に仕舞いこまれていた二つの光景が、こんなかたちで立て続けに蘇ってきて、その間を繋ぐものに今になって不意に思い当たるというのは、これはいったいどういうことなのか。時間が流れるというのはそれなりにやはり良いことなのかもしれないなと迫村は思った。だんだんわかってくることがあるんだな。瞬間はそのつど飛び去って、われわれは何が何だかわからないままつんのめるように先へ先へと進んでゆくが、こんなふうにその時間の流れがふとたゆたって、あの瞬間この瞬間と様々な雑多なものがとりとめなく戻ってくるようなとき、それらの間の思いがけない関連が不意に見えてくるということがある。それともこれもただそんな気がするというだけのことで、飛び去ってしまったものはもう永遠に帰ってこないと考えるべきなのか。俺の無意識の中では潰れた西瓜に重なり合ってマレー人の弾けた頭部が二重写しになっていたのではないかというのはピント外れの思いつきでしかなく、これもまた今この瞬間の俺の心の動きを好き勝手に投影しただけのことにすぎないのだろうか。

マレー人の頭部からどろりと流れ出たどす黒い脳漿も、西瓜から飛び散った真っ赤な果肉も、俺はたしかに見た。マレー人のチンピラの屍骸にちらりと目を走らせたのはほんの一瞬のことで、その後はできるだけそちらに目を向けないようにしていたものだが、それを現実に見たことは見たしその映像は今でも瞼の裏にはっきり焼き付いている。西瓜が落下してべしゃりと潰れたとき迫村の軀に走った衝撃もやはり一瞬の出来事で、これは人体の割れた頭部に比べてみればどうということもない些細で無意味な生活の細部だけれど、しかしこれもまたなぜか記憶に刻みこまれていて今こうして鮮明に蘇ってくる。西瓜の方はそれきり目を逸らしたわけではなく、手持ち無沙汰のままマクドナルドの店内からガラス越しに、その残骸が子どもたちに蹴散らされ、行き交う車に何度も何度も繰り返し轢き潰され、だんだんと散り散りになってゆくまでのありさまをずっと眺めつづけ、だんだん鬱屈から解放されてゆくような思いをしたのだった。荷台から西瓜が二つも三つも続けてごろごろと転がり出した瞬間に、今度こそ見つめつづけてやる、このべしゃりと潰れたものの行く末を見届けて、そこに流れる時間の持続の手応えを体感し尽くしてやると自分に言い聞かせたのだろうか。

人の生涯というのは数十年かそこら、百年にも満たない短い時間だけれど、それでも目を凝らして微細に見るならそれは無数の瞬間の集積から成り立っている。しかしそれにしても、一瞬とは、瞬間とは、いったいどのくらいの長さの時間なのか。漢字の意味から言うならそれは「瞬《また》き」のことだ。が、ぱちりと目を閉じてまた開く、その間の時の経過など、実のところは存在しない。長さのないものが瞬間なのであり、そこにあるものは強度だけだ。あるとき、ある顔が、ある花が、ある音が、ある風が、振り返ったその人の首筋からふわりと漂ってくるあるかなきかのある馥りのたゆたいが、ある強さで人をうつ。「瞬き」の「間」とはそれだ。激しいスコールの中で幾つかの西瓜がぽろりぽろりとこぼれて宙に浮き路面に当たったとき迫村が身に蒙ったある強度、それが瞬間なのである。

あの日本の小さな島で雨の中、犬の後ろ姿を見送ったときの記憶がまた蘇ってきて、ふと思い出したのは迫村が立ち上がって歩き出し、あれは何かを置き忘れたのではないかという気がしたからだろうか、振り返って自分が腰を下ろしていた馬鹿でかい古タイヤに目をやると、大粒の雨滴がその土汚れを溶かしてぽつりぽつりと円形の染みになり、泥水になって流れ出し、溶けたところは真っ黒なゴムの地が見えはじめている、そんな光景だった。

それに重なって、土埃にまみれた車のボンネットの上にやはりそんなふうにぽつりぽつりと雨滴が落ちてきて地の塗装の緑色が円形の染みになって見えてくる、そんな光景が蘇ってきた。車の屋根の向こうははるか地平線まで広がる岩石砂漠で、彼方の山脈は夕陽を浴びて薄紅に染まりかけ山並みの襞々の翳りの一つ一つがくっきりと浮かび上がっている。迫村が車に寄りかかってマルボロに火をつけ、ここ数日で飽き飽きするほど眺めつづけたそのだだっ広い風景を最後にもう一度眺め、あの山脈の向こうはまた砂漠が広がっているわけだ、あそこを真っ直ぐ突っ切っていったらどのあたりでテキサス州の州境に出るのだろうなどとぼんやり考えていると、雨はだんだん強くなってきた。このきれいさっぱりと乾燥しきった風土が雨しぶきで霞むのは何だかちぐはぐな感じだったが、そこには何か言いようのない解放感があった。雨がマルボロの火を消してしまいそうな勢いになってきたのでもう車の中に入ろうと思い、それでも何か惜しいような気がして、何が惜しいのかわからなかったがただこの瞬間を失うのが惜しいと思い、迫村は半分開けかけた車のドアをそのままにして、煙草を手で囲うようにしながらまだ彼方の山嶺に視線を投げている。そんな瞬間もたしかにあった。

アリゾナの気象観測所に勤めるアメリカ人の友達を訪ねて数年越しの久闊を叙したのは迫村が

東京でいつの間にか大学教師の看板を出して開業する成り行きになって何年か経った頃だった。その友達というのは迫村がマレーシアからタイに移ってバンコク支社の勤務になっていたときにふとしたきっかけで知り合った流体力学専攻の物理学者で、独身者同士で年齢も同じくらいという気安さからよく一緒に飲んだものだ。高級ホテルの最上階の展望バーから場末の一杯呑み屋まで彼とはバンコクのあちこちで遊んだが、仕事上の付き合いとはまったく無関係な、肩の凝らない貴重な呑み仲間だった。神経質そうな細い顔をしているがやたらと酒が強く、ウォッカを生のままくいくい飲みつづけ、しかもあまり乱れない。小さい真ん丸なレンズが二つ並ぶメタルフレームの眼鏡を掛けていて、あるところまで酔いが進むとその眼鏡を外し細いつるを指で挟んで振り回しながら、突然長広舌を揮いはじめる癖があった。次々にいろいろなものにマニアックに凝る変人だったが気さくで心優しい実に良い男だった。学者らしい凝り性で何かに夢中になると寝食を忘れて何日もぶっ通しで研究所に泊まりこんだりしていたが、一方でその熱中と拘泥の対象をどんどん変えてゆく移り気なところもあり、研究の対象も東南アジアでフィールドワークをやっていた当時はたしか海流と地震の問題だったはずだけれど、その後大気に興味が移り、アリゾナ州の気象観測所にポストが空いたときにはさっさと行ってしまった。

それはフェニックスからレンタカーを飛ばしてずいぶん行ったところにある小さな球形ドームの施設で、迫村はその脇に建つ職員宿舎の空いた部屋に泊まらせてもらったが空漠とした砂漠の光景を前にしてたちまち時間を持て余し、結局早々に引き揚げることになった。相変わらず独身のままの友達はしかしバンコク時代よりもずっと幸せそうで、相変わらず酒飲みだったがかつてのようにウォッカを胃の中にとめどなく放りこむような自暴自棄的な飲みかたはしなくなっていた。バンコクでの体験を盛りこんだ「国際冒険スパイミステリー」とやらを執筆中で、それで一儲けしたら東京に遊びに行って帝国ホテルのスイートルームに泊まるぞなどと気炎を上げる。さらに子どもの頃の昆虫への情熱がアリゾナに来て再燃したのだそうで、夕方になって空気が冷えてくると砂漠の真っ只中に車で行きシャベルで砂を掘りハンミョウだかゴミムシだかアリバチの幼虫だかを捕まえてくる。迫村もそれに付き合って、友達が夢中になって説明してくれる虫けらの生態にはあまり興味を持てないから、それは話半分で聞き流しながらもっぱら風景を眺めていた。刻々異なった色合いに雲を染めながら地平線に太陽が沈んでゆく壮麗な日没には心をうたれ、また心が洗われるとも思ったが、人間臭さがないこういう土地は最終的には俺には向かないなという感想が残った。あんまり心が洗われすぎて衛生的な無菌状態になってしまうのではつまらないのだ、俺の心はどぶ泥のようなものがどこかに多少澱んで、汚い蛆が涌いたりしているぐらいがちょうど良いのだと思った。

友達はここに来て二度、空飛ぶ円盤を見たという。UFOでなく彼はたしかflying saucerという言葉を使ったと思う。俺は自分があんなものに縁がある人間だとは思ってもみなかったがね、と彼は言った。一度は昼、二度目は夕方でね。いやはや、黄色い光を点滅させながらくるくる回っていたもんだ。まさにものの本に目撃談が山ほど載っている通りの、凡庸そのものの空飛ぶ円盤。参ったねえ。いったい何なんだあれは。ユングが言うように人間の集合的無意識の投影なのかね。しかしそんな軽薄なお喋りをしながらも友達の顔にはただはしゃいでいるというのよりもっと深い充足の表情が窺えて、とにかく良かったな、こいつはここに来て自分の人生のかたちを見つけたんだなと迫村は思った。

いよいよ迫村が帰るという最後の日、友達は観測機器のデータを見て朝から興奮気味で、おい雨になるぞ、君が雨を連れてきてくれたな、すっかり退屈してたから有難いよと言う。街道沿いのピザハットで昼食をとった後、こういう珍しい前線が砂漠に張り出してきたときの大気の流れのコンピューター解析を見せてやると言い張るので、観測所に戻り、さっぱりわけのわからないコンピューター画面を前に彼が夢中になって喋りまくるのにしばらく付き合ってやり、それから迫村は、さて、そろそろ帰るよと言った。おいおい、これから雨になるんだぜ、一年にほんの数日しか降らないんだ、君は良いときに来合わせたんだから。でも、もう飛行機を予約しちゃったからね、フェニックスに戻らなくちゃならない。

名残惜しげにしている友達に別れを告げ、建物を出てパーキングに停めておいた車のところまできたとき、その瞬間に、ぽつりぽつりと雨が降り出して車のボンネットに水の染みが出来はじめたのだった。そこでマルボロを一本出して火を点けそれが灰になるまでしばらく時間を潰し、やがて雨も繁くなってきたので車に乗ろうとしてふと建物の方を見上げると、二階の窓が開いて友達が身を乗り出し、空を指差して笑顔になっている。大袈裟に肩をすくめてみせる友達に向かって迫村は手を大きく振り、親指を立ててみせると友達も同じ仕草をした。それから迫村はマルボロの吸殻を手に持ったまま運転席に乗りこみ、さて、インターステイト・ハイウェイに出て都会へ戻ろうと地図帖を取り出した。この土地の雨は三十分かそこらで上がってしまうことが多いけれど、今日のやつはけっこう本格的だぞ、たぶん夜まで降りつづくぞ、稲光も見られるかもしれないぞと友達は興奮していたものだった。

それから……エンジン・キーを捻ろうと伸ばした手がふと止まり、ハンドルに両手を置いて、ワイパーも動かさないまましばらくじっとしていたのだった。稲光か、ちょっと見たかったたな、見てみても良かったなと迫村は思った。灰色の空と砂漠とを一瞬のうちに結びつけるジグザグの光の線を想像してみたのだった。それから、それから、他にはどんなことを考えていたのだろう、あのとき俺は、と迫村はピンクのボールを壁に投げつけながら改めて訝った。ハンドルに両手をのせ、雨に霞む砂漠の広がりをぼんやり眺めていたという、そのことだけははっきり思い出せる。だがそのとき俺の頭にどんな思いが交錯していたのかはもう覚えていない。ひょっとしたら、石垣島だか壱岐だか対馬だかの町はずれでついさっきまで自分が腰を下ろしていた古タイヤの上に雨粒の染みが広がっていったときの光景を思い出していたのではなかったか。もう覚えていない。覚えているのはただ、けっこう広いのにほんの数台しか車が駐車していないあのパーキングの隅に停めた小型のレンタカーの運転席で、エンジンを掛けないまましばらくじっとしていたことだけだ。

空っぽだったな、俺は、あそこでもどこでもと、ピンクのボールを投げては受けとめながら迫村は陰鬱な思いを反芻していた。渇いていた。いつも渇いていたな、俺は。雨の光景ばかりが蘇ってくるのは俺がいつも渇いていて、雨が降るたびに何やら独特な安堵の念を感じていたからなのだろうか。あれからもう十年近く経つうちに手紙のやり取りもだんだんと絶えてしまったけれどあの友達はまだアリゾナにいるのだろうか。ミステリーだかスパイ小説だかは書き上げたのだろうか。もし首尾良く出版されたならきっと一部送ってくれたはずだから、まだ完成していないか、書き上げても出してくれる出版社が見つからないか、いずれそんなところなのに違いない。あいつとどこかのバーで、またウォッカのいろんな銘柄の飲み比べをやったりしてみたいものだ。あいつは元気だろうな、まだ生きてるだろうなと迫村はふと思い、もしひょっとして彼が死ぬようなことがあっても共通の知人も友人もいないのだから誰も俺には知らせてくれないのだと思い当たって愕然とした。人の世のえにしなどまことにはかないものだ。

人は皆俺から離れてゆく。それとも俺が人から離れてゆくのか。仕方のないことだ。人の世のえにしがいかにはかなくても、それを嘆いたり憤ったりするのは空しい振舞いだろう。実際、いろいろな人が死んでいったなと迫村は思った。しかし、人の死体というものを実際に見たことはほとんどない。これまでの生涯で俺はいったい幾つの死体を見たことがあるだろう。たった三つか。あのマレー人のチンピラを除けば二人だけ。母方の祖父と、それから父と。俺は男の死体しか見たことがないのだ。父が死ぬ少し前に母が脳卒中で死んだときには日本に帰りさえしなかった。癌を長く患った父のときには、死に目には会えなかった、というか会う気もなかったが息を引き取ったという知らせが来たときにはそれでも帰国し、一人息子だったから一応は葬儀を取り仕切って、しかし多少の財産を整理してきれいさっぱり始末がついたときにはこれで俺とこの世界との繋がりはすべて絶えた、絆はことごとく切れたと思った。親戚連中からはあれこれ厭味を言われたり財産の行方を勘繰られたりしたがにこにこしながらすべて受け流した。こちらで絆を切ったつもりでもむろん実際にはなかなかそうは行かなかったけれど、もう切れましたという顔をしているうちに世界の側もそんな迫村の態度を仕方なく受け入れてゆく。

母の葬儀に出なかったのは彼が母の裏切りを許す気がなかったからで、それにまつわる様々なことも思い出そうと思えば思い出せるがわざわざ不快な気分になることはない。俺は死体になった母親も見たくはなかったのだと迫村は改めて思った。昔東京であるバーの女にしつこく言い寄られ迫村の方でも満更でもなかったので軀の関係は持たないまま何となく通いつめていた一時期があった。妙にべたべたと粘りついてくるようなところは厭味だったが、頭は悪くなかったし見た目も喋りかたもまあまあだったので何とはなしに何か月か薄い付き合いが続いたのだが、あるとき酒が入っていてついつい気を許し、自分の母に対する気持の片鱗を口にしてしまったことがある。もう一生会うこともないだろうな、とか何とか呟いたのだと思う。そんな話は誰にもしたことがなかったのだが、この女なら多少はわかってくれるかという甘えがあったのかもしれない。女はそのときは何も言わずにいて、いったいどういうつもりか後になってからお節介な長文の手紙をよこし、そこには、たとえどんなことがあろうと母親ほど子どもを愛している者はいないのですなどという鈍感な紋切型が書き連ねられ、それはいいとしても、「許すとひとこと言ってしまえば楽になりますよ」などという偉そうな「忠告」が愚かしい人生相談の回答者気取りで書きつけてある。離婚して一人息子を自分で引き取り溺愛しながら育てているその女にしてみれば、母という価値が自分の生きるよすがで、それが貶《おとし》められることで何か彼女自身が侮辱されたような気がしたのだろう。女が自分の息子の話ですっかり目尻を下げ、僕、大人になったらお母さんと結婚するよなんて言ってあたしの背中に顔を押しつけるのよ、などとべたべたした口調で言うのには以前からむかついていて、この女の自己愛の押し売りに窒息しながら一人立ちし大人になっていかなくちゃならないんじゃあ大変だなあと女の息子に同情していたものだが、その「ひとこと言ってしまえば楽になりますよ」の愚かさにはつくづくげっそりして、とたんに気持も冷めた。憎しみというのがどういうことなのかどうしても理解できない連中がこの世にはいるのだ、そして俺が心底憎むのは結局、そういう連中の鈍さなのだとそのとき迫村は改めて心の中で呟いたものだった。

薄汚れたピンクのボールを胸元のところに持ってきてそれをぼんやり見つめながら、そうだ、そんなふうに切り捨てながら生きてきたのだと迫村は思った。背中に感じていた陽射しがいつの間にかすっかり失せていて寒々とした夕闇があたりに揺曳しはじめ、そろそろ引き揚げるかという思いが浮かんだところに背後に何かが立ち上がってきた。

——どうもますます縮こまってきてるみたいじゃないか、いい年齢《とし》の大人がボール投げで暇潰しかい、と影が言った。

——暇潰しで何が悪い、どうせ人生は長い長い暇潰しだよ、と迫村は振り向くことなく肩越しに声を投げる。

——そんなに長いかね。

——長いとも。飽き飽きするくらい長い。

——そうでもないだろう。もう少し焦った方がいいなあ、と思わせぶりに、わざとらしいのどかさを滲ませつつ影が言う。

迫村は大きく振りかぶってボールをまた壁に投げつけ、それから、

——焦燥、焦慮、焦心ね。それでもって、憔悴に傷心か。そんなことはもう飽きるほどやったよ。

それだってずいぶん長く長く続いたもんだ。もうそれはいい、と言い終えようとした語尾が大きなくしゃみに紛れた。汗が冷えかけている。涼しい風が立ちはじめていて、それに乗って運ばれてきたかすかな潮の香が鼻孔をくすぐった。ここは海からはかなり離れているが風向きによってはときどきこんなふうに海の匂いが届いてくる。

――そうかな。焦燥や焦慮と縁があったかね。もともとあんたはいつだってのんびりやってたろ、と背後から影がからかうように言った。

たしかに有給休暇を目いっぱいとるような商社マンだったわけだし、あの重役の一件に関わったのが原因だったかどうかわからないが、あの事件の頃からだんだんと重要な仕事から外されるようになり閑職に近い位置に追いやられていったのは事実だった。しかし迫村にはそれも案外苦にはならなかったのだ。

――まあ、そうかもしれない。のんびりとね、いろいろ面白いことがあったもんだ。

――爺むさいねえ。思い出してばかりの毎日か。

――だって、生きるってのは思い出すってことだろう。この島に来て、俺はそれにようやく気づいたよ。思い出す。それは同時に、思い出されることでもあるのかもしれない。今こうやってボールを投げてる俺だって、誰かが思い出しているだけなのかもしれない。

――誰かって、誰がよ。

――わからないけどな。

――俺かな、俺があんたのこの「今」を思い出しているのかもな、と言って影はふふんと鼻で笑ったようだった。

そうかもしれないと迫村は思い、黙りこんだがその沈黙の中で不意に脈絡なく、結局、この世にいることが俺には苦痛なのだという思いが案外やわやわとした感触で迫村を優しくいたわった。それは俺が自分の子どもを作らなかったからなのだろうか。俺はどの女ともいわゆる家庭なるものを作れなかったし俺の遺伝子を受け継ぐ者をこの世に残せずに死んでゆく。だからこんな年齢になっても大人になりきれず、退屈している一人っ子みたいにこんなところでボールを投げているのだろうか。生きるというのは思い出すってこと。それはいいとしても迫村にはしかし、このときにはこんなことがあったね、あのときにはあんなことがあったねと語りかけることのできる存在がいないのだった。そう望んだわけではないけれど成り行きで結局そんなふうになってしまったのだった。そのとき背後から、

「やあやあ、気持の良い夕方じゃないですか」という朗らかな声が聞こえ、迫村は何やら悪徳に耽っている現場を取り押さえられたような気がしてぎくりとした。「迫村さんは外で遊んでるっていうから……。何かと思ったらぼんやり立ってて……何してるんです」

振り向いてみるといちめんに広がり出している夕闇の中にもう影は溶けてしまっていて、その夕闇をついて目を凝らすと向井がサンダルをぺたぺたいわせながら近づいてくるところだった。「やあ」と言って迫村がボールを放るとそれを向井は片手で受けとめてすぐに投げ返してくる。

「今日は妙に暑かったですねえ。ところが陽が落ちたら急にこんなふうに肌寒くなってきて……」

「どうだい、アミューズメントパークの話は、その後？」

「うーん、どうもね……。戸川さんやロクさんが乗らないんじゃねえ。こりゃあ、誰がどうしゃかりきになったところで駄目でしょうねえ」

「弱気じゃないの。老人クラブは放っておいて、君らの世代がこの土地の未来を作っていけばい
い」と言い終えたか言い終えないかのうちに迫村は、未来なんぞと、俺に似合わない言葉を吐いちまったもんだと恥ずかしくなった。そんな、お愛想みたいなことを言うのはもうやめろよなと自分に言い聞かせ、「でもまあ、ここが恐竜ランドにも日本リヴィエラ村だか何だかにもならないで、ずっとこのままで行くらしいのは良いことだよ。俺はそう思う」

「ですかねえ」と向井は言って、「しかし、ここで質屋続けるのが俺の未来ってのもねえ」

「未来って言葉がまだ意味を持ってる、君はまだそういう年齢だから」ボールを受け、また投げる。

「そりゃあそうですよ。年齢なんて関係なく、すべては未来にかかってるわけでしょう。迫村さんだって今、未来に向かっていろいろ考えているんであってさ、雌伏か雄飛かって……」

「ふふん、まあね。でも未来よりもね、俺が今考えているのは過去のことだなあ」

「過去は過去でしょう。振り返ったって仕方ない……あ、生意気なこと言いまして……」

「いやいや、ごもっとも。そりゃあごもっともなんですがね。いやいや、過ぎ去りし日々をうっとり懐かしむなんていうのとはちょっと違うんだ。甘酸っぱい悔恨みたいなものがあるわけでもない。そうじゃなくてね……」と言いながらまたボールを投げる。「つまりね、過去なんてものは存在しないんじゃないかと、そう思ったりね……」どう言っていいかわからなくなり、また面倒にもなって、「で、過去がないなら今だってないことになる。ま、そんなことをね……」

「今はないと。何だかわからないけど、そうですか、ふーん、そんなことを考えてたんだ。ついさっき俺、あっちの端から迫村さんの後ろ姿を見てて、ボール持ってぼんやりしてるから、何考えてるのかなあと……。こないだも俺、あっちの坂の上で迫村さんの後ろ姿を見つけて、背中を見ながら降りてきて追いついていったんだけど、何かいろいろ考えてる背中だなあと……」

「いや、そういう碌でもないことをね」

「今はないって、どういうことなんです」

「うーん……」受け取って、また投げる。夕闇が深まりもう向井の表情もその中に溶けこみかけ、ピンクのボールだけははっきり見えるのでキャッチボールが続いていたが、碌でもないことを、と思わず口に出した言葉が案外なまなましく自分の身に返ってきて急に情けないような気持になったせいか、力が入りすぎてボールは斜め上方に逸れ、向井の手を擦り抜けて向こうの方に転々と転がっていった。

ちょうど樹芬《シューフェン》の家への入り口からフォンとアイリーンの兄妹が中庭に出てくるところだった。何度かバウンドしながら転々と転がっていったボールをフォンが拾って、向井が手を上げるとかなりの速球ですぱんと投げてよこした。「お、やるね」と向井もむきになって強いボールを返し、フォンと向井のキャッチボールになった。それをしばらく見物してから向井のそばに寄って、

「おい、飯でも食いに行くかい」と声をかけると、

「いや、今日は俺はちょっと……。インコの様子を見に寄ってみただけなんで、これでもう失礼します」

そこで迫村は子どもたちと向井をその場に残して自分の部屋に引き揚げた。シャワーを浴びた後で二階の窓からすっかり暗くなった中庭を見下ろすと、ボールの弾む音ときゃっきゃっとアイリーンが嬉しそうにはしゃぐ声がまだ聞こえている。向井がアイリーンを抱き上げ、軀ごと持ち上げて宙をぐるぐる回し、肩車して、大股に歩き回っているさまが、よくよく目を凝らしてようやく見分けられた。そのうちに向井は少女の軀を今度は腋の下に横抱きにかかえこんで、それは良いけれど迫村が少々たじろいだことには何やらウォーッというような吠え声を上げながら十メートルほど走ってみせた。その途中で窓から光が洩れているところを横切り、前屈みになった向井の、ほんの一瞬半逆光で浮かび上がった顔は本当は楽しそうに笑っているのだろうが光の具合で何やら不気味なほくそ笑みを浮かべているように見え、迫村は何だかひやりとした。何かとんでもない犯罪が犯されつつあるのではないかといった妄念が湧きかけ、しかしそのウォーッにフォンとアイリーンの歓声が混じるのでとりあえず安堵する。一瞬光の中に入ってまた闇に消えていった向井の顔は言うのも馬鹿馬鹿しいようだが口が耳まで裂けているように見え、人喰い鬼といったとんでもない言葉が不意に迫村の頭に浮かんだ。それから人さらいという古風な言葉もふとよぎる。

用もなく他人の家に来て子どもたちと遊んでいるこの男にはどこか得体の知れないところがあると迫村は思った。迫村の後ろ姿が何だのと言っていたけれど、あの深夜に地下の坑道で水滴のぽたぽた落ちる細い側道を、迫村と佳代をトロッコの中に残して一人でさっさと遠ざかっていってしまった向井の後ろ姿、あれだって何を考えているかわからない気味の悪いところがあった。戸川老人の家で夢物語みたいな誘致計画を夢中になって喋りまくっていたときはやや単純だが朴訥で一途な好青年に見えたものだが、どうもこの男、表には出さない裏の顔を、それも一つならず持っているらしい。そのとき迫村の耳にこれもまた記憶の底から怖い子守唄のような旋律がゆるやかに響いてきた。

たそがれどきはけうとやな、
日さへ暮るれば、そつと来て
生胆取《いきぎもとり》の青き眼が
泣く児欲しやと戸を覗く………

夜中になって迫村は水銀灯の間遠に灯る寂しい道路を誰にも行き会わないままひたひたと歩き、やがてそれを逸れて浜辺の方に下りていった。砂に足を取られながら一歩一歩海に向かって近づいてゆく。月も星も出ていない真っ暗な晩で沖合いに向かって目を凝らしても何一つ見分けられない。波は穏やかなようで道路ではあまり潮騒は聞こえなかったがそれでも水際に近づくにつれてだんだんと波音が高くなってきた。ポケットからまたあのピンクのボールを取り出してぎゅっと握り締めてみる。ときどき路面に弾ませながらずっと歩いてきたがこの砂の上ではとうてい弾むまい。このボールは、家を出掛けにちょっと歩いてくるよと台所の樹芬《シューフエン》に声をかけると、こんな遅い時刻なのにとも何とも言わずただはいと渡してくれたものだ。向井さんが、これ、迫村さんに返してくれと置いていったのよ。

そのボールを弾力を確かめるようにぐいと指で押さえたり弛めたりしながら歩いてゆくうちに、こんなこともあったなとまた別の記憶が蘇ってくる。あれはバンコクのアパートでのことだった。ベランダの手摺りに凭《もた》れ掛かって煙草を吸っていると遠くからぱあんと一つ、甲高いクラクションの音が伝わってきたのだった。もう真夜中を過ぎて蒸し暑い夜気にもさすがに一抹の涼味が混ざりはじめたような気もしなくはないが、しかし空気はそよとも動かず腋の下に汗がじっとり滲んでくる。部屋の中に入ってガラス戸を閉め切りクーラーをつければ良いようなものだが食堂のフローリングの床に熟れきったトマトが一つ、ぐしゃりと潰れているのがガラスを透かして見えていて何かそれに近寄りたくない。中に戻ってさっさと片づけてしまえば良いのだと、そして遅かれ早かれそれをやらざるをえないのだと、わかっているのだがそれでもどうにもその気力が奮い起こせない。また新しい煙草に火をつける。

日本から来ていた恋人が気まずいかたちで帰国してしまった日のことだった。せっかく迫村に会いに来てくれたのになぜか気持がすれ違いふと口にしてしまう言葉で互いを傷つけ合って、とうとう険悪な言い争いが持ち上がり彼女は迫村には何も言わず勝手に帰りの便を予約してしまった。それがまた迫村の気持を逆撫でする。それでも、いよいよ夕方には彼女が空港に向かうということになった今日の午後過ぎには二人とも少しは平静になり、迫村も空港までタクシーで送っていくよと穏やかに言える気持の余裕を取り戻していた。そこでお腹が空いたという迫村の言葉に応えて彼女が二人のために遅い昼食を準備しはじめたのだが、もう何だか忘れてしまったつまらぬことをきっかけにまた激しい口論になってしまい、挙げ句に激昂した彼女が、俎板《まないた》の上に出してまだ庖丁を入れていなかったトマトをいきなり取ってダイニングキッチンの床に思い切り叩きつけた。とっさに迫村の頭に閃いたのは庖丁の方を手に取らずにいてくれて良かったという思いだった。

二人のどちらも片づけようとしなかったのでべしゃりと潰れて真っ赤な血の染みのようにリノリウム張りの床の上に広がったトマトの残骸は二人が黙りこんでしまった後もそのままずっと床の上にとどまりつづけ、スーツケースを引っ摑んだ彼女がドアを叩きつけるようにして閉めて出ていってしまってもなおそこに残っていた。真夜中過ぎのベランダから迫村はちらりちらりとその潰れたトマトを眺め、さてあれを片づけなくちゃいかんなあ、しんどいなあと考えていた。汁を拭き取るといったことはともかくとしてまずそのトマトの本体をティッシュか何かで抓んでポリバケツに捨ててしまえばいいのだが、たとえティッシュ越しでも熟れたトマトの残骸を摑むときの感触が掌に想像されて、それがどうにも厭でたまらない。その、ああ厭だな、しんどいな、もう彼女とはこれで決定的に駄目になってしまったなと思いながらねっとりした暑気の中で室内を見やったり、またはるか下の街路に目をやったりしながらむなしく時間を潰していたあの深夜の一刻が蘇ってくる。結局はそのトマトも片づけてベッドに潜りこんだに違いないが、そのことはもうはっきりとは思い出せない。覚えているのはただ、あの残骸に手を触れるのは厭だなあと、さぞかし気持が悪かろうその感触を想像して屈託しつつ厭々ベランダで時間を潰していたその一刻の方の記憶だけだ。またぱあんというクラクションの音……。

迫村は急に下っている短い勾配をずるずる滑り落ちるようにして下り、ようやく海辺の水際に出た。

また思い出す。あれはどこだかわからない。露地の水溜まりに不意に叩きつけるような雨粒が落ちてきて水面が大きく乱れ、空はまだ明るいのに街灯の光がその水面に映って白々としたきらめきがゆらゆら波立っているといった光景が蘇ってくる。一瞬置いて、そうだあの水溜まりの脇には木の電信柱があったな、そんな電信柱が角ごとに立っている細い露地だったな、ならばあれは子どもの頃の東京の外れの町並みなのだと思い当たる。あの頃の東京の道路はまだ舗装が悪くてあちこちに水溜まりがあり夏になるとそこにボウフラが涌いたりしていたものだ。昼間一緒に遊んでいた友達が帰ってしまい、一人取り残されて、さあ自分ももう帰ろうとしているうちに夕立が来て、生まれ育った街の見慣れた風景が暗がりに沈みこんで不意に異界に変じ、目に見えるものも見えないものももう区別なく混じり合いつつあたりを跳梁しはじめる中、心細さでお腹の下の方がすうすう寒くなってくるような、そんな夕暮れ。「青い眼をした生胆取の『時』」と北原白秋が呼んだ、そんな時刻。

たそがれどきはけうとやな、
潟《がた》に堕《おと》した黒猫の
足音もなく帰るころ、
人霊《ひとだま》もゆく、家《や》の上を。

そんな妖しい「けうとさ」の中で、冷えびえとした恐れの中で、俺は生きてきたのだと思いながら迫村は水際に立ち尽くしていた。それからおもむろにしゃがみこみ、ぱしゃりぱしゃりと寄せてくる水に手を伸ばして指先だけ浸し、その指を舐めて舌を刺激する塩辛さを確かめる。白秋はこう書いている。「日が蝕《むしく》ひ、黄色い陰欝の光のもとにまだ見も知らぬ寂しい鳥がほろほろと鳴き、曼珠沙華《ひがんばな》のかげを鼬《いたち》が急忙《あわただ》しく横ぎるあとから、あの恐ろしい生胆取は忍んで来る」。だんだん大人になってゆく過程で、幸いなことにそういう化け物はいつの間にかどこかへ行ってしまうものだ。そんな安心を得る方法を一つまた一つと体得しながら子どもはしだいに成長してゆくものだ。だがそうした安心も実は錯覚にすぎなくて、「生胆取」は今でもやはり忍んでくるのだ。白秋はこう続けている。「薄あかりのなかに凝視《みつ》むる小さな銀側時計の怪しい数字に苦蓬《にがよもぎ》の香《にほひ》沁みわたり、右に持った薄手の和蘭《オランダ》皿にはまだ真赤な幼児の生胆がヒクヒクと息をつく。水門の上に蒼白い月がのぼり、梅檀の葉につやつやと露がたまれば胆《きも》のわななきもはたと静止して足もとにはちんちろりんが鳴きはじめる」。ひょっとしたら「生胆取」は向井だけではないのかもしれない。いや、向井もそうなのかもしれないが実はそれ以上に、俺自身が「生胆取」なのではないか。窓から赤い三日月の光が射しこんでくる寝室で恐怖に怯えて震えている幼児《おさなご》も俺であり、同時にその窓からこそと青い目を覗かせる「生胆取」もまた俺自身なのかもしれない。

　迫村は沖へ向かってボールを力いっぱい放り投げた。それは海と空の境も見えない漆黒の闇の中に吸いこまれていった。軽いボールだから水音が立ったとしても潮騒に紛れてしまったに違いない。それから迫村は靴下を脱ぎ厚手のネル地のシャツを脱ぎジーパンを脱ぎ、少しためらってからパンツも脱いで真っ裸になった。左右に目をやるとさっき下りてきた勾配の少し先あたりに小さな暗渠《あんきょ》の出口があり、低いコンクリートの堤防がそれを四角く囲っている。迫村はその上に衣類を丸めて置き、それからまた波打ち際に戻って、寒さをこらえながら浅い水に足を踏み入れてゆく。

波は静かだがこの季節の海だから水は当然凍りつくように冷たい。さざ波がつま先を洗い、それが引いてゆくときに蹠《あしのうら》の下の砂がさらさらと崩れてゆく。さらに進むと砂地は小石混じりになり、水が膝小僧を越えて腿の半ばあたりまで来たときには足元はもうごつごつした岩場になっている。蹠を切らないように気をつけながら迫村はさらに沖に向かってゆっくりとゆっくりと進んでいった。やがて急に深くなって水面はもう臍のあたりを越えている。そのあたりまで来ると最初は心臓が縮み上がりそうだった水の冷たさにだんだん軀が馴染んできて、水に浸っている下半身よりむしろ水面から上に出ている上半身の方がずっと寒々と感じるようになってきた。尖った岩が多くて蹠が痛いので迫村はそこで足を水底から離し、仰向けになって、耳まで水に漬けた浮き身の姿勢をとった。海は穏やかとはいえそれでもやはり波が次々にかぶってきて、塩辛い水が鼻や口から入って噎《む》せそうになる。

仰向けに浮いていると外界の音が遮断され軀全体がまるまる塩水の中に閉じこめられているような感じがする。このまま自分のすべてを海に委ねて、自然に還ってゆくのもいいではないか。秋口の冷たい海水なのに今や迫村は何か生温かいものにすっぽりとくるみこまれているような気がしはじめた。いつも、ずっと、渇いていた、渇きながら生きてきたと思っていたけれど、これでその渇きは決定的に癒されるのかもしれない。耳まで水に浸して真っ暗な空を見上げている迫村の脳裡にまた様々な記憶、様々な瞬間が閃いて過ぎる。あれはどこだろう、送電線を支える鉄塔が規則的な間隔を置いて連なりはるか地平線に向かってずっと遠ざかってゆく淋しい光景。迫村は鉄塔の足元を四角く囲む鉄柵のきわに蹲って小さな茶色の蟻が這い回ってせわしく巣穴を出入りしたり列を作って行進したりしているさまをじっと見つめている。かと思うとまた迫村はメトロのプラットフォームの柵から身を乗り出してセーヌ河の水面を見下ろしていた。あれは高架になったシャルル・ド・ゴール広場行きの路線のエッフェル塔の近くにある、たぶんパッシー駅だろう、そのホームからセーヌを眺めるとちょうど降り出した雨が河面に波紋を広げはじめているところで、その重なり合う波紋の渦を真っ直ぐ突っ切るように、観光シーズンも終ってしまったからなのか甲板の展望台も客室も妙に閑散としたバトー・ムーシュがしずしずと上ってくる。かと思うとまた迫村は北海道のかつての炭坑地帯で川沿いの田舎道を歩いていて、炭坑の閉鎖とともに廃線になった鉄道の跡に行き当たってかすかな驚きとものの淋しさを噛み締めている。川に架かる鉄道橋そのものは落ちてしまっているが川から突き出した赤煉瓦の橋台だけはまだ残っていてそれが夕陽を浴びて鈍い輝きを放っているのが何とも美しい。かと思うとまた迫村は夜更けの新宿三丁目の喫茶店の、閉まったシャッターの前で尻をぺたりと地べたに着けて座りこみ、しょんぼりうなだれて女の来るのを待っている。たしかまだ二十代の半ば頃で、女は知らなかっただけなのか悪意があってそうしたのか女の指定した時刻には喫茶店はもう閉店していて、女に来る気があるのかないのかわからないまま迫村はシャッターの前で寒さに震えながら待ちつづけるが三十分経っても一時間経っても女はやって来ない。しかしあのときの俺は、その女との腐れ縁がさらに何年も続きしまいにはバンコクのアパートで激しく言い争うようなことになるとはまだ知らず、何のかのと言っても若い生命力が漲っていてまだ幸福だったのだ。それにしても寒かったたな。あれは本当に寒い真冬の夜だった。

だんだん軀の芯が凍えて辛くなってきたので頭を水から上げ軀を起こしてみると、思いきりつま先を伸ばしてももう足が立たない深さになっている。岸辺の方を眺めやると仄白い帯のように浮かび上がっている砂浜は驚くほど遠いところにあった。迫村はやや慌てて体勢を立て直し岸に向かって平泳ぎで泳ぎはじめたが、十分ほども必死で手足を動かしても岸はいっこうに近づかない。また立ち泳ぎになってしばらく休んだがその間も岸はどんどん遠ざかってゆくように見える。妙な潮の流れのようなものに巻きこまれてしまったのか。今度はクロールで力のかぎりに泳ぎ、どれほど時間が経ったのか疲れきって動きを止めてまた立ち泳ぎになる。岸はまったく近づかずむしろさっきよりもいくぶんか遠ざかっていて、そのときになって初めて迫村は愕然とし、動転して、激しい勢いで水をかき出した。もし悪い流れに乗ってしまったのだとしたらその外に出れば良いわけだと思いつき、横や斜めに逸れようともがいてもみたが、何しろ周囲は真っ暗で、方向を定める手掛かりと言ってはただ浜辺がうっすら白い帯になりその背後の道路にかすかな街灯の光がぽつんぽつんと瞬いているということだけなので、たちまち方角を見失って、気づいてみると真っ直ぐ沖の方をめざして手足をいっさんに動かしていたりする。三十分か一時間か、必死になってあらゆる努力をしたうえでもう一度頭を出してみると、浜はさらに遠ざかり道路の街灯の光はもう見分けられなくなっていた。疲労困憊した迫村は、辛うじて頭を水面の上に保ちつづけることさえ難しくなりはじめていて、これはもう駄目かなという諦めが生まれかけていた。ともかく、じたばたせずに体力を温存しておいた方が良いかもしれない。朝を待って船に見つけてもらうのを期待しよう。それともまた、もう少し経つうちに潮の流れが変わるかもしれない。そうも考えたがどちらも望み薄な感じではある。第一、この凍りつくような冷たい水のただなかで俺の心臓はいったいいつまでもつだろう。この頃すっかり鈍っていた俺の軀は早くも力尽きかけていて、波に逆らい顔を水面に出しているだけでもう精いっぱいという体たらくではないか。

だが、駄目なら駄目でそれもまた良いではないかと、そんな思いもまた心をちらりと掠めて過ぎる。こんなふうに流されてこの島から離れてゆくならそれでも良い。俺自身の生死を問題にしないとするならば、それもまた俺がこの島の外に出てゆく一つのやりかたではあるだろう。どういう風に乗るべきか、正しい風か間違った風かなどという話題でロクさんと交わした会話の記憶が蘇ってきた。風じゃあなくて、結局、海流に乗ることになってしまったか、それも明らかに間違った海流に、しかもこんな無防備な素裸で。

そうこうしているうちにも迫村はどんどん沖へ流されつづけ、疲労と寒さでものを考える力も失われてゆくようだった。さっきあの陰気な中庭でボールを投げたり取ったりしながら、本当の俺は別の時間、別の空間にいてただこんなふうにボールを投げたり取ったりしている自分を思い出しているだけなのではないかという思念がちらりと浮かんだものだが、もしそうならば今この瞬間だって俺をこうやって沖へ沖へと運んでゆくこの流れの速さを、この水の冷たさと息苦しさを、この疲労と脱力感を、どこか別の「今」「ここ」にいる俺がなまなましく思い出しているだけのことだと考えても良いわけだった。そんなふうに思い出しながら俺はまた今にも雨が降り出しそうな曇天の下で痩せこけた犬と互いに鼻面突き合わせその瞳孔に映る俺自身の顔を見つめてもいる。ハンドルに両手を置き砂漠の上に広がる暗い空にフロントガラス越しに目を凝らして鮮烈な稲光の走るさまをそこに想像してもいる。鉄塔の足元に蹲ってなぜかそこに沢山散らばっている固く干からびた煙草の吸殻を蟻たちのために取り除けてやったりもしている。オッケー、オッケーと粘っこい口調で繰り返す図体のでかい中国人の口髭を見つめながらどうしてこいつの唇はこういう奇態な形に動くのだろうと訝ってもいる。こちらを振り返った佳代の顔の前で自動ドアが閉まってゆくのを何かとても大事なものが失われてゆく思いで見つめながらああまた俺はこうやって一人になるのかと屈託しながら考えてもいる。赤いダウンジャケット姿で冷たい路上にぺたりと座りこみ、閉まったシャッターに背中を凭せ掛けるとジャラン、ジャランと案外大きな音が響くのを気にして居心地悪く身じろぎしながら深夜になってもまだ数の減らない舗道の雑踏の中にこちらに向かって近づいてくる女の顔を探し求めてもいる。マクドナルドの殺風景な店内で一杯のコーヒーを前に粘りつづけている俺の傍らで俺にはひとこともわからないタガログ語で楽しそうにお喋りを続けているフィリピン人の女子高校生たち……夕張川べりのハイキングコースから逸れて廃線の跡を辿ってゆくうちに行き当たったトンネルの入り口に大きなバッテンの形に渡された朽ちかけた木材とこれもまた錆びかけた「立ち入り禁止」の標示板……ロクさんに背中をさすられながら電柱の脇で仰いだ空に流れてゆくすばやい雲の流れとその切れ間に見え隠れする冴え冴えとした三日月……たそがれどきはけうとやな……。人生は無数の瞬間の集積なんじゃあない、それ自体、ほんの一瞬そのものだ……。ほんの数日間のホテル滞在……。ある顔に、花に、音に、風に、馥りにうたれて……。「瞬き」の「間」……。時間は経過しない……。過去は存在しない……。「で、どんな商売を始めるつもり？」

……。人生というのは結局、売ったり買ったりでしょうという樹芬(シューフェン)の言葉がこの島に滞在していた間中ずっと俺の心で疼きつづけたけれど、いったい俺にどんな売り物があるのか、それを売ってその金で何を買ったらいいのか、結局答えを見つけられないまま、こんなふうに終ってしまったな、この土地を離れることになってしまったな。

そんなとりとめない思いの数々が明滅し、しかしそれらも徐々に薄れていって、海流は相変わらず迫村を沖へ沖へと運びつづけているのだろうがもうよくはわからず、意識を失って顔が水の下に隠れようとする瞬間に咳きこんで水を気管から吐き、辛うじてまた首を伸ばすといったことを何度か繰り返した挙げ句、いよいよこれはどうにもならないなという諦めの中でふっと意識が途切れそうになった。と、その瞬間、伸ばした手の指先に何かが触れた。手繰り寄せようとする指先が滑ってさらにもどかしく手探りするうちに不意に掌がすべらかな人肌にぴたりと吸いつく。背中から脊椎の窪みの列を辿って腰へ、さらにふくよかな尻へと撫ぜさすり、迫村の掌はさらに肉の張りつめた太腿の裏を伝っていってひかがみに触れる。そこを摑んでぐっと握り締めるとそのひかがみを軸として素裸の女の軀はぐるりと回転してゆくようだった。生きている人の軀でないのは明らかだったがしかしこんな水の中に長く浸かった死体のはずなのに人肌の温もりがふと感じられるような気がして、水の冷たさのせいではない戦慄が迫村の全身を走り抜け、しかしいくぶん覚醒した意識の中でいやいやそれは錯覚だと考え直す。この肉体に触れていること自体が錯覚ではないかという疑いは頭にまったく浮かびもしなかった。ぐっすり眠りこんでいるだけと見えなくもないまだ生気の漲る女の死体がなぜこんなふうに俯せに波間を漂っているのかなどという穿鑿は心をよぎりもせず、見棄てられかけたときにいつも何ものかが現われて俺は一人ぼっちでなくなるのだと、ただそう思い、温かな幸福感が静かに満ちてくるのを感じた。

女の軀がぐるりと回って頭が迫村の方に向き、ざんばらになって水の中に広がった長い豊かな髪の毛が迫村の指に絡みつく。女の顔を見てみようという気はなぜか起きなかった。それが怖かったからではない。

髪の毛の間から手を抜いた迫村はまた仰向けの浮き身になり、左手を女の尻の脹らみの上にのせて、咳きこむのと一緒に水を吐いて大きな深呼吸を一つした。それから、この死体に寄り添って行けるところまで行けばよいのだと考えた。女性の死体というものを俺は今まで一度も見たことがなかった。初めて見たな、触れたな。きっとこれは母の軀なのだろうと直覚し、許すも何も、許してもらわなければいけないのは俺の方じゃないかと生まれて初めて考えた。今の迫村よりもはるか年下の、そう、ちょうど母が迫村を産んだ二十代半ば頃の女の、触れる指を内側から押し返すような弾力を持つ白く固く張りつめた肉体だったがこれはやはり母のものに違いないと思い、許してもらえるの、お母さんという幼い子どもに戻ったような細い呟きが声にならないまま迫村の心の内側に反響した。しかし死んでしまった者にはもう許すこともできないし、許さないこともできないのだ。涙が滲みそれがやがて筋を引いて耳の方まで流れ落ち海水とは明らかに違うその滴りの温もりが迫村の心を温めて、浮かびかけた激しい悔いの念をたちまち溶かしてゆく。この軀が現われて俺と出会ったのは俺をどこかへ、向こう側の世界へ連れてゆくためなのかもしれないし、あるいはまた島の浜辺にもう一度連れ戻してくれるためなのかもしれない。だがそのどちらでも構わない、と相変わらず真っ暗で星一つ見えない夜空を見上げながら迫村は考えた。もうじたばたともがくことなくすべてを委ねてしまえばいいのだ。女のすべらかな尻に触れている指先から始まって、肩へ、胸へ、腹へ、縮こまった男根へ、さらに腿から足のつま先に至るまで、すべてを温かく溶かしてゆくような安らぎが凍えた軀の全体にゆっくりと広がってゆくのを感じながら迫村は目を瞑った。

……気がつくと浅い水に両肱と両膝をついて這いつくばっていて、すぐ目の前には砂浜が広がっている。迫村は首を上げてあたりを見回し、俯せにぽっかり浮かんで波に揺すられている素裸の女の死体の白い耀《かがよ》いを無意識のうちに探し求めたがそんなものはどこにも見当たらない。肱と膝に砂利が喰いこんで痛いのでのろのろと軀を起こし、前屈みになってよろめきながら何とかかんとか左右の足を交互に前に出しじゃぼり、じゃぼりと水を掻き分けて、湿った砂がじかに露出しているところまでようやく辿り着き、軀が砂にまみれるのもかまわずそこにどっと倒れこんだ。荒い呼吸がいつまでも収まらない。もう指一本持ち上げる力も残っていない。

横ざまに倒れこんだ姿勢のまま手足を引きつけて胎児のように軀を丸め、その恰好でずいぶん長いことじっとしていた。魂というのはきっと丸い形をしているんだろうなという脈絡のない思いがふと浮かんだ。魂は丸いんだろう。丸いものが魂なんだろう。あのべしゃりと潰れた西瓜もまた、きっとたぶん誰かの魂だったんだろう。黄昏の光の中で向井や子どもたちとあんなふうにビニールボールのやり取りをしたのも、あれもたぶんそこはかとない魂のやり取りだったんだろう。では、俺の魂もまたいつかは地面にぽろりと落ち、ぐしゃりと潰れるのか。きっとそうだ。だがそれはまだ先のことで、今ではない。

両手を突いてゆっくりと上半身を起こし、正座の姿勢になり、それからふくらはぎを尻の下から引き出すのになぜかずいぶん苦労しつつようやく胡座座りになった。濡れた砂が軀中にべったりと張りつき、髪もざらざらした砂粒にまみれて気持が悪い。軀の芯まで凍えきって、しかし濡れた軀を拭くものさえない。そのまま首を垂れてまたしばらくじっとしていた。たそがれどきはけうとやな、というルフランがまたどこからともなく響いてきて迫村の息づかいに同調しつつ心を子守唄のように揺する。潟に堕した黒猫の、足音もなく帰るころ、人霊もゆく、家の上を。

ようやく気力を奮い起こして顔を上げ自分がどこにいるのか確かめてみる気になった。左右を見渡してみると衣類を残した暗渠の出口の堤防は意外に近い、ほんの数十メートルしか離れていないところにあり、白々とした水銀灯の明かりに照らし出されているのが目に入って驚く。なんだ、あれだけのことがあったのに、結局、出発点とほとんど同じ地点に戻ってきてしまっただけか。その拍子抜けの感情は安堵というよりむしろ軽い幻滅に似ていた。置いた通りの場所に手つかずのまま衣類はぽつんと残されていて、迫村が胡座をかいてへたりこんでいる場所から目を凝らすと、残りをまとめてその上からくるみこんだネル地のシャツの青とグレーのチェック柄さえ見分けることができる。波音は依然として穏やかで夜が明ける気配はまだまったくない。

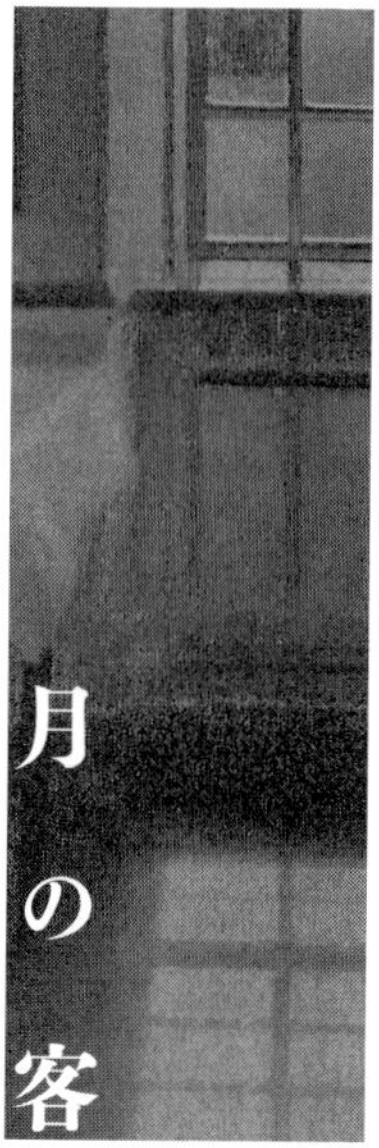

もし樹芬《シューフェン》が早く切り上げられたら一緒に海岸沿いのバーに飲みに行こうという話になっていたのに、〈ホア・マイ〉の片隅のテーブルで新聞を読みながら一品一品わざとゆっくり食べて時間を潰していた迫村《さこむら》のところに、上品なグレーの地に濃い紅色の細やかな花柄を散らしたアオ・ザイを着た樹芬《シューフェン》が歩み寄ってきて、耳元に身を屈め、ごめん、やっぱり今夜は遅くなっちゃいそうと、今晩は珍しく二組も来ている他のテーブルの客に気を遣いながら声を潜めて言った。いいよ、じゃあ、先に帰ってるよと気軽に言って迫村は立ち上がり、レジで勘定を済ませた。釣りを渡してよこす樹《シュー》

芬《フェン》の手の甲を、小銭を受け取ろうとしている掌とは違う方の手の人差し指の腹でちょっと撫でてみると、樹芬《シューフェン》はもう一方の手を上げて迫村の指先が触れたあたりを蚊でも潰すようにぴしゃりとはたく恰好をしながら艶っぽい笑みを向けてきた。

入り口へ向かう昇りのエスカレーターに足を掛けようとした瞬間、降りのエスカレーターで運ばれてくる途中のロクさんの姿が目に入った。ロクさんがフロアに降り立つのを待って挨拶を交わし、

「お孫さんに会いにいらしたんですか」と迫村は言った。

「いや、野暮用って言うのか……」と当たり障りのないことを呟くロクさんは、すかさず笑顔を作ったがどこか上の空で、迫村が言葉を続けるのを封じるようにそのまま気忙しげに、じゃあ、と手を上げて、さらにもう一つ下の階へと続く降りのエスカレーターのステップにごく当然のことのように足を掛けた。迫村が驚いたことにはもう何か月もずっと故障中のように止まったままだったはずのそれは、今日はいつの間にかゴトゴトと動いているのだった。ここに来るたび、動いていない階下行きのエスカレーターの手摺りから身を乗り出して下方の暗がりを眺めやり、それから肩を竦めるような気分になっていたものなのに、これはいったいどういうことなのか。今日だってさっき俺が来たときには動いていなかったはず……と考えかけ、思い出してみようとしたが結局はよく覚えていないのだった。

「今日はちょっとした寄り合いでね。また……」と半身《はんみ》になって言う間にもどんどん遠ざかってゆくロクさんに、

「インコのマハは元気ですよ」と声を投げると、ロクさんはほんの一瞬振り向きかけて横顔を見せ、義眼になっているのはどちらの方の目だったか、何やらちぐはぐの感じの無表情な視線を迫村にちらりと向けたがすぐ逸らし、ん、ああ、というような曖昧な声を洩らしてかすかに頷いたようだったが、それきり拒絶的な後ろ姿になった。尖った細い棒杭のような老人のシルエットは下のフロアに広がる薄暗がりの中に呑みこまれ、手摺りから精いっぱい身を乗り出している迫村の視野の外の暗闇にぬるりと溶けた。

その夜、迫村は何だか疲れて早い時間に寝ついてしまった。樹芬《シューフェン》は帰ってこなかったが彼女の帰宅が夜半過ぎになるのはしばしばなので気にしなかった。何時頃だったか、夜明けまではまだずいぶん間がある時刻に、温かなものが布団に潜りこんできて自分の軀にひたと寄り添ってくるのを感じ、夢うつつのまま腕を回すとその腕もたちまちその温かなものにしっとりと包みこまれ撫でさすられ仄かな安堵が軀中に広がったが、あれはそんな夢を見ただけのことだったのか。カーテンの隙間から洩れてくる朝の光の中で目覚めると横に樹芬《シューフェン》の姿はない。もう起きたのかと思い、階下から声が聞こえてこないかと耳を澄ましたが鼓膜に蓋をされたような重苦しい無音状態が迫村を包みこんでいて、今日も曇りらしいがこの圧迫感は気圧の加減か何かなのだろうか。樹芬《シューフェン》は遅くに帰って迫村の傍らで何時間か仮眠をとり、迫村の目覚めを待たずに起き出してしまったのだろうか。それとも柔らかで温かなものが自分の傍らに滑りこんできたあの感触はやはりそんな夢を見ただけで、樹芬《シューフェン》は昨夜とうとう帰宅しなかったのだろうか。横の冷えた枕には浅い窪みが残っているように見えなくもないが、それが昨夜の樹芬《シューフェン》の頭の重みの跡なのかどうかはよくわからない。迫村はその枕に顔を埋めてみた。仄かな白檀の香りが籠もっているものの、樹芬《シューフェン》がいつも頭を乗せている枕なのだからその残り香が昨夜のものとはかぎらない。

起き出して台所に降りてゆくと、広東人の家政婦の小母さんに給仕してもらって頭に大きな黄色のリボンを結んだキャシーが一人で朝食を取っていた。迫村もテーブルにつきお粥をよそってもらいながら、樹芬《シューフェン》は、フォンとアイリーンは、と訊いてみると、小母さんは頭を振ってから何か広東語でひとしきりまくし立てるけれど、何を言っているのかわからない。キャシーに日本語と英語でゆっくりと話しかけてみたが、この五歳の娘はけっこう達者に言葉を操るようになってはいるものの、ゼイ、アー、ノット、ヒヤという程度の答えしか返ってこない。

その日迫村は翻訳にかかりきりになって丸一日過ごした。もう最終章の末尾近くに差しかかっていて、終りに近づくにつれてだんだんと興が乗り、筆が速足になり文章が雑になってゆくのは自分でもわかったが、つい熱中してもう止まらない。陽が暮れかけた頃になってとにかく最終行を訳し終り文の最後に句点を打って、数年越しの仕事がとりあえず完成したのだった。後でもう一度文章を全部推敲しなければならないのは明らかだったが、とにかく深い安堵が軀に満ちた。迫村にこの仕事を頼んできた出版社の担当者とはずっと連絡が途絶えていて、この訳稿がちゃんと出版されて陽の目を見るかどうかはまだ不安だが、とにかくやるだけのことはやったという安らぎに浸りこんだ迫村は、本屋にもう出す気がなくなっているのだったらそれはそれで構わないといった気分でもあった。目を半眼にして煙草を一本吸い、それから、明日にでも東京に電話してみよう、まあそれはともかくとして今夜は祝杯を上げなくちゃと心に呟きつつ階下に降りていった。しかし、相変わらず樹芬《シューフェン》の姿はない。

　その晩迫村は昨夜樹芬《シューフェン》と一緒に行くはずだった海岸沿いのバーに一人で行って遅くまで飲んだ。雑居ビルの四階の奥にあってバーテンが一人だけでやっている〈襲《かさね》 bis〉という小さな店だが、それはこんな店がよくもまあこんな土地にと思うほど本格的なバーで、優れたバーテンダーの必須の条件であるあの静かで謎めいた雰囲気を身にまとったその初老の男が、一センチメートルの無駄な動きもないと感じさせるあくまで優雅な手捌きでマティーニやソルティ・ドッグを作ってくれるのだった。もっとも迫村はそこに通いはじめた最初の頃面白がってあれこれカクテルを試した後はもうワイルド・ターキーのロックしか頼まなくなっていたので、バーテンも腕の振るいようがなくて少々残念に思っていたかもしれない。その晩迫村は久しぶりにスコッチを飲みたくなっていて、そう言うと、どんな銘柄にしますかと問われ、わからないなあ、何でもいいやと答えると、シングルモルトのちょっと良いやつが入ったんですが試してみますかと訊かれた。むろん否も応もない。そのスコッチのgとlが繰り返される長たらしいスコットランドふうの名前はすぐに忘れてしまったが、一口含んでみるとそれは絶品というほかないウィスキーだった。

「これはスペイサイド地方の、もう三十年近く前に閉鎖されてしまった蒸留所のものでしてね」とバーテンが呟くように言った。「業界のオークションで珍しく三十本だけ出たんです。運良く五本だけ仕入れることができて、それが今朝着いたばかりでね。四本は店に出しますが、一本はわたしが自分で飲むために取ってあります」

「この焦げくささと甘さ……こういうのは何というのかね。ありきたりだけど、芳醇か。それ以外に形容しようがない。芳醇っていうのはこういうもののためにある言葉なんだろう」と迫村は、飲み下した後に口中に残る味と香りを目を閉じてうっとりと堪能しながら言った。「大麦なんていうつまらない穀物から、よくもまあこういう天国みたいな飲み物を発明したもんだ。スコッチの良いやつを飲むたびにいつもそう思う。魔法みたいなもんだ」

「人間ってのは、大したもんですよ」

「人間ってのは、愚かなこともいろいろやってきたけどな」

「その愚かなところもなかなか良いじゃないですか」それからバーテンは、わたしも飲むかな、と呟いてタンブラーに一センチほど注ぎ、それをぐっと一息に呷った。

「良い酒を飲んで酔いが回ると、人間ってものの愚かさが何だかいとおしいものに思えてくる。まあ、人をそういう気持にさせるために発明されたんじゃないのかね、こういう魔法みたいな飲み物は」と迫村は言った。

「それだけのために、ですか。それにしては空恐ろしいほどの時間と労力と知恵が投入されているでしょう、これほどのものに至り着くまでには」と言ってバーテンは自分が飲み干して空になったタンブラーを明かりに翳し、そうしながら底に残った雫をくるくると回した。

「それが歴史っていうものでしょう」迫村はもうだいぶ酔いが回っていた。「人間には歴史がある。有難いことに。愚かしく、かつ輝かしい歴史……。大した歴史……」

「歴史ですか。わたしはただ、ここでのささやかな商売がうまく行けばいいっていうだけのことでね」

しかし迫村はと言えば、まだ自分がどんな商売を始めるか決めかねているのだった。

「そういう無数の人たちの、無数の商売の絡み合いが歴史になってゆくわけでね。ところで、なあ、この店、〈襲《かさね》bis〉の『bis』って何なのよ。〈襲《かさね》〉っていう本店か何かがどっかにあるんですかね」

しかしそれにはバーテンは、いやあ、などと曖昧なことを呟いて微笑むばかりで何も答えてくれなかった。迫村にしてみると、そんなとりとめのない会話を交わしつつだらだらと飲んでいるところへ樹芬《シューフェン》がふらりと立ち寄ってくれるのではないかという期待もないわけではなかった。その夜結局彼女は現われず、しかしだからと言ってさほどの失望を味わったわけではない。燻りつづける仄かな期待はそのぶんだけ酒の酔いに微妙な味わいを添えて、迫村はそれでその宵をいっそう楽しむことができた。カウンターの端にもう一人粘っている客がいたので迫村も気兼ねせずに閉店まで腰を据えてそのスコッチを飲みつづけた。建物の奥まったところにあるので外の音はほとんど入ってこないが、ふと耳を澄ますとそれでもかすかに波の音が聞こえてくる。

午前二時を回ってもう一人の客も帰っていったのでようやく腰を上げ、コートに腕を通していると、バーテンが、まだ半分近く残っているスコッチの瓶を持ち上げてちょっと振り、これ、取っときますよと言った。

帰宅して暗い廊下を辿り真っ暗な寝室にそっと軀を滑りこませ、音を立てないように服を脱ぎ下着だけになってベッドに入った。だが手を伸ばしてみるとダブルベッドの向こう側は依然として空っぽで、シーツも布団も冷えきったままだ。そのとき初めて迫村の心に母親に見捨てられた幼子《おさなご》のようなよるべなさがそくそくと込み上げてきた。

翻訳を仕上げた満足感はいつの間にか曖昧なものになり、気がかりな影たちの跳梁する途切れ途切れの浅い眠りと追いつ追われつしているうちに、禍々しい金切り声のようなものにびくりとして目が覚めた。時計を見るともう正午近くになっている。と、先ほど迫村を起こした甲高い叫びがまた響いてきて、それに続いてグエッ、グエッ、グエッという苛立っているときにいつもマハが出す声が階下から伝わってきた。身繕いをして頭の痛みをこらえながら降りてゆくと冷えきった台所には誰もおらず、ただマハだけが籠の中で不機嫌そうに羽毛を逆立てているばかりだ。まだ洗っていない皿や茶碗が流しに積んであったが、それが昨日のものか今朝の朝食のものかわからない。迫村はまずマハに餌をやり飲み水も取り替えて、それから勝手にコーヒーをいれて飲み、やはり昨夜ウィスキーを飲みすぎたようで鈍い吐き気が収まらずあまり食欲もなかったけれどとにかくトーストを一枚焼いて、バターも何も付けずもそもそと食べた。それからぽけっとしてしばらくそこに座ったまま、家の中にしんと漲っている奇妙な静けさに耳を澄ましていた。迫村が転がりこんできて以来、この家がこんなに静かだったことはたぶん一度もない。絶えず子どもたちの笑い声やはしゃいだ歓声が家の中のどこかから響いていたものだ。やかんのお湯が沸いてふつふつとたぎる音だの、シャワーの飛沫の撥ねる音だの、ドアの開け閉めの音だの、生活をかたちづくるささやかな物音の数々が何かしら聞こえていたものだ。家政婦の小母さんは料理好きだったからこの台所にも四六時中美味しそうな煮炊きのにおいが漂っていたし、樹芬《シューフェン》の香水の香りや廊下を走り回っている子どもたちが振り撒く石鹼や汗やアイスクリームのにおいがいつも家の中のどこかで揺らめいていたものだ。響きもにおいも生きて動いていたものだ。そうしたすべてが急に絶えて、まるでこの家それ自体が死んでしまったような感じさえする。しばらくして我慢できなくなった迫村は、立ち上がって家の中を見て回ることにした。これまでずっと寝室と自分の部屋と台所を行き来するだけで満足していて、それ以上に穿鑿する気はなかったから大小二つの階段の間を中途半端な角度に曲がった廊下が繋いでいるこの家の複雑な構造が今もってよくわからない。古めかしい調度がうっすら埃をかぶっているどうやら長いこと使われていないらしい広い客間だの、玩具が散らかったままになっている子ども部屋だの、そんな今まで入ったことのなかった部屋もちらりと覗きながらぐるぐる回ってゆくうちに、思いがけない通路からまた不意に台所に戻っていることに気づいた迫村は、椅子にへたり込んで狐につままれたような気分になった。誰もいないのだ。

洗濯機に投げこんである汚れた下着にはまだ体温が籠もっていそうだし、玄関の三和土には脱ぎ捨てられた勢いのまま不揃いになった靴やサンダルが散らばっている。継続中の生活がふと中断しその断面を見せているだけで、誰かが帰ってくれば何事もなかったようにすべてがまた再開されそうなのに、またその一方、その中断状態のまま家が決定的に息絶えてしまったような冷え冷えとした空気が埃臭く淀んでいる。その日は二日酔いで軀が使い物にならないということもあって迫村はベッドに寝転がったり流しに溜まった皿を洗ったりマハのケージを掃除したりしながらぼうっとして過ごしたが、陽が落ちても誰も帰ってこない。とりあえずあの翻訳だけは仕上げよう、仕上げたいと思いその執着が辛うじて俺の以前の商売との引っ掛かりとして残っていたわけだが、とにかくそれは終った。そしてこんなふうに空っぽになった家に取り残されてみるともう俺がやることは本当に何にもなくなってしまったなと迫村は思った。夜が更けて〈ホア・マイ〉に行ってみたが半ば予想していた通り正面入り口のスウィングドアは固く鎖されていて押しても引いてもびくともしない。磨りガラスの向こう側は真っ暗だった。

翌日の夕方、陽の光の射さない初冬の暗い一日が終ろうとする時刻、迫村は例によってまったくと言っていいほどひと気のない植物園を通り抜け戸川の家に続く坂を登っていった。登りつめたところに設えられた小さな広場からは茜色に縁取られた鈍色の海の広がりがいっぺんに開け、迫村は立ち止まってしばらくその海景に見とれていた。ところどころ白い波頭が立っている暗い海面を沖に向かって視線をさまよわせながら、あのときあのまま流されてゆくのも一つの途ではあったなとふと思った。それならそれで、俺はよかったのだ。ただ、あのときどこかでこっちに引き返してこの島に帰り着くということにならなければ、とにもかくにもあの翻訳は仕上げるということはできずに終ったわけで、まあ一度始めたことにけりをつけられたのは悪くないという思いもたしかにある。そのとき背後から、

「雨になりそうだね」という声がした。振り返ると裾の長い茶色のカシミヤのコートを着込み襟元を温かそうなマフラーで固めた戸川老人がステッキを突きながら近づいてくるところだった。

「ぽつっと来たみたいですね」

「そろそろ秋の終りかと思っていたらいきなり真冬の気配じゃないですか」

「すっかり寒くなりましたね」

「こんな厭な天気だが、迫村さん、何か妙に晴れ晴れした感じだな」

「わかりますか」

「何となく伝わってくる。何かいいことがありましたか」

「まあ、いいことというか……ずっとやってた翻訳の仕事が、一応終りまで来ましてね」

「ははあ。それは、めでたい。では、いかがでしょうか、そのお祝いということで、拙宅でちょっと一献……」

「いいですねえ。実はそのつもりで来たんですよ」と迫村は言い、ツイードのジャケットの襟を立てて両手をポケットに突っ込み、また海の方へ目を投げた。

戸川の後について枝折戸を抜け、離れの座敷に上がった。

「ちょっと冷えてますがね、今暖房をつけたからすぐ暖かくなりますよ」戸川は出ていったがほどなく、迫村が初めてここに迷いこんだあの晩夏の日のように自分でビール瓶と二つのコップを両手に無造作に摑んで戻ってきて、卓の前に胡座をかいた。二人でそれを飲んでいるうちにやがていつだかの品の良い年配の女性がお銚子と酒肴を運んできた。戸川は言い訳するように、

「娘はまた例のお稽古でね」と言った。

「何だか、ハンブルクの舞踊研究所とやらに……」

「ああ、お聞きになりましたか。そんな話があるようでね。わたしはぜひ行けばいいと言ってるんだが」

「佳代さんは迷っておられるようで。ロクさんの八卦によるとやめた方がいいとやら」

「ふふん、あのイグアナ爺さんはね……」と戸川は悪戯っぽい、しかし多少の困惑が窺われないでもない笑みを浮かべ、「もっともらしいご託宣をいろいろと垂れてくださいましてね。佳代だって

話半分に聞いて面白がっているだけなんだけど。あれは喰えない爺いでね。戦争中はシンガポールで、日本軍の占領司令部に勤める通詞だったんですよ」

「それは知りませんでした」

「ところが、実のところは抗日ゲリラが送りこんできたスパイで、日本艦隊の動きなんかの情報を米軍に流していたらしい……」

「ははあ、わかるな」

「いや、ところがね、その先があって、本当のところは二重スパイだったという説もあるんです。ゲリラにはガセ情報を流しつつ、実はそっちの動きを絶えず日本軍に知らせていたんだと。ロクさんの手引きで抗日組織の拠点がいくつも潰されて、それを恨む連中から戦後になって殺されかかったことがあるなんて、そんな話も聞いたな」

「どの話が本当なんです」

「わからない」

「だって、戸川さんのお友達でしょう」

「何にも尋ねないものな、昔のことなんて。向こうも言わないし。それにね……わたしらくらいの歳になると、自分の身に昔起こったことなんて、どこかで聞いたか読んだりしたこととだんだん区別がつかなくなってくるものですよ。スパイだったのか、二重スパイだったのか、どちらがほんとでどちらが嘘か。思い出してみようとしてもどっちもただのお話、作り事みたいなもんでね。いや、これはわたしの感想で、実際にロクさんに訊いてみたら何て言うかわかりませんがね。とにかく彼は、戦争が終って日本軍が追い出された後もべつだん刑務所送りになるようなこともなく、それ以来ずっと日本とシンガポールを行ったり来たりしながら、これも正体の摑めない口利き業みたいなことをやってたって言いますね」

「それで巨億の富を築いて……」

「だったら、こんな土地で、あんなボロ家に住んじゃあ、いまい。いやいや、金には執着しない人だよ。まあ、巨億の数字が並んだ預金通帳なんてものが、あのボロ家の簞笥の引き出しに無造作に放りこんであったりしても驚かないけどな。あれはわからない人ですよ、ロクさんはね。わたしは本当はあのご仁には心を許していないのです」と、にこやかな表情を変えないまま不意に戸川はざっくりした物言いで話を締め括ったが、そう言う戸川の方こそ何を考えているかわからないところがあって、そんなことを言うからといってこの老人が俺には心を許しているのかと言えば決してそういうわけでもあるまいと迫村は思った。が、ただ、

「そうですね」とだけ答えておく。

「彼はあの綺麗なお孫さんのところに遊びに来たりするんですかね」

「いや、全然……」迫村は自分と樹芬《シューフエン》とのことで戸川はどんな話を聞いているのだろうと訝りながら少々ためらったが、結局、もうここまで来たら構うものかと思い、「実はね、樹芬《シューフエン》が行方不明でね。一昨日、いやその前の晩からか、家に帰ってこないんですよ」

「ほう」と言って戸川は少しばかり目を見開いた。

「だけじゃなくて、一緒に住んでいる子どもたちもね、賄いの小母さんも、不意にいなくなっ

ちゃった。何なんですかね。がらんとした空き家に僕は今、一人ぼっちで……」

「警察には届けました？」という戸川の言葉には虚を衝かれ、

「警察……それは考えてもみなかった」と正直に言った。「たしかに、そうですね。事故か何か、とんでもないことに巻きこまれたのかも……」

「しかしね……」と戸川は腕を組んで、「と、本当に思います？」と畳みかけてきた。迫村は、

「……いや」とこれも正直に言った。「あれも謎めいた女性でね。お祖父さん似かもしれない。何だか、こんなことがそのうち起こるんじゃないかと僕は薄々予感していたような気もします。まあ、もう二、三日様子を見たうえで……」

「そうですね。まずロクさんに訊いてみるとかね……」

そのとき襖が開いて、つるつるに剃り上げた坊主頭の佳代が濃いブルーの厚手のセーターにジーンズという恰好で、お燗のお代わりを載せた盆を持って入ってきた。

「ただいま」と戸川に言い、迫村にも挨拶してから、

「ロクさんが何ですって？」と二人のどちらにともなく尋ねた。組んでいた腕をほどいた戸川は迫村に目立たないように目配せしつつ、

「いや、ロクさんのご託宣をあんまり気にすることはないって話」

「あら、気にしてなんかないけど。でもね、まあ、そりゃあ、少しは……」

「じゃ、ドイツ行きはやっぱり取り止めですか」と迫村も如才なく話題を変えた。

「うーん、どうしましょうか。インターネットで見ていると、たしかにドイツってのは今、舞台芸

術が物凄く面白くなっているらしいんですよね」

「インターネットかあ。夏以来、つまりこの島に来て以来ってことだけど、ああいうものにもすっかりご無沙汰だなあ。新聞をちらちら見ているかぎり世界ではいろんなことが起こっているようだけど、こっちの身には関係ないと思いなしてしまえばそれっきりみたいなことだよね」すると、即座に戸川が、

「関係なくもないのかもしれないよ、迫村さん。こういうところに逼塞していたって」と脅すようなことを、しかし妙に回りくどい言いかたで言った。初めて会った日に、静かな町ですねと他意もなく言った迫村に、そう見えるだけなのかもしれないよと答えたのと同じような口調だった。

「そりゃあそうです」と迫村は素直に言った。「僕がぼうっとしている間に、この島にだってあのわけのわからない隣国からミサイルが飛んでくるかもしれないし。そう言えば、ついこの近くの漁港の、ハマチだかフグだかの養殖の生簀で違法な駆虫薬を大量に使ってるのが発覚したっていう記事が新聞に出てましたね。世の中では生臭いことがいろいろ起きてますよ、そりゃあね。ただ、テレビも見ない、ネットも見ないということで暮らしていると、活字で読むだけの出来事というのは何だか妙に縁遠い感じでね」

「迫村さんは翻訳のお仕事にパソコンなんかはお使いにならないの」と佳代が話題を転じるように言った。

「いやあ、きわめて原始的に、原稿用紙広げて、水性ボールペンでかりかりと……」

「迫村さんの翻訳はついに完成したんだそうだ」と戸川が言った。

「まあ、おめでとうございます」と言いながら佳代は酒を注いでくれた。

佳代が加わったことで場が華やぎ、ヨーロッパの話をしながら酒を飲んでいるうちに迫村は自分の翻訳の完成も樹芬《シューフェン》の出奔も結局どうでもいいような気分になってきた。やるべきことをやり終え、とりあえず俺は空っぽになってしまったようで、しかもささやかなめぐり合わせで転がりこんでいたあの家もそれと節を合わせたように空っぽになって、これはいっそすがすがしい状況と言うべきではないか。母親に見捨てられた幼児というのならそれは今になって始まったことではないし、やるだけのことをやり終えたからと言ってそれですぐさま、じゃあ後は死ぬだけだといった話になるわけでもない。樹芬《シューフェン》にはむろん並大抵でない執着があり、今この瞬間も会いたくて会いたくてたまらない。温かい血の流れるたおやかな軀を抱き締めてそのぬくもりの中にもうこのまま溶けてしまっても構わないといった闇雲な気持の昂ぶりを久々に蘇らせてくれた女だった。しかし、こんなことはいつまでも続かないのではないかと無意識のうちにずっと思っていたような気がすると先ほど戸川に言ったのは本音だった。

いろいろな話が出るうちに、やがて佳代が去年パリで片腕のない舞踏家のステージを見たという話を始めた。それは左手が肱から先のない妙齢の女性ダンサーで、ウィーン派の精妙で抒情的な現代音楽に合わせて一時間半、ただひたすらソロで踊りつづける舞台だったのだという。やはり左右対称の身体ではないので、微妙にバランスが崩れる瞬間があり、それが計算ずくのことなのかただ持ち堪えられずに崩れてしまうのか、よくわからない。そのわからなさがまた魅力なのだという。

「何しろ片腕ってことがまずこっちの頭にあるから、本当にはバランスが崩れているわけではなくて、ただ見ているこっちの先入見でそんなふうに感じてしまうだけなのかもしれない。でもね、凄いのは、均衡がわずかずつ崩れてゆくとして、その崩れかた、ずれかたそれ自体が物凄く美しいってことなの。ねえ、『バロック』っていう言葉は『いびつな真珠』っていう意味だっていうじゃない。疵一つない完璧な相称の美ってものはもちろんあって、それをみんな、あたしも含めて必死で追求するわけでしょう。でもそれよりもっと凄いのは、そこからほんのちょっとだけずれたもの、ほんのちょっとだけ歪んだものの美しさなんだと思う。そういうのはきっと頑張って身につけた技倆や技術だけでは獲得できない、何か本能的な、動物的なものなんで……」

「うーん、だとすると……」と言いかけて戸川が口を噤んだ。

「何？」

「……まあ、やめておこう」

「え、厭あねえ、途中まで言いかけて。ねえ、何なの」

「うーん……いやね、少々不謹慎なんだが、もしそうだとすると……」

「何？」

「うん……ちょっと頭に浮かんだのは、その舞踏家は片腕が半分までしかない、と。ひょっとしたらそれは、佳代が言ったそういう『バロック』な美を創り出すために、そういう『いびつな』身体になるために、あえて自分で、自分の腕を……」

「厭、やめて」とショックを受けて佳代が悲鳴のような声を上げた。迫村も思わず、

「凄いことを言いますね」と呟いた。

「いや、本物の芸術家ならそのくらいのこと……。でもね、まあ、もちろん事故か何かで腕をなくした人なんだろ」と戸川はすぐに取りなすように言ったが、

「うーん、どうなんだろ」と佳代は自信なげに呟いている。

「生まれつきとか」

「……わからない。それはパンフレットにも何にも書いてなかったの」

「じゃあ、ひょっとすると……」と迫村も面白がって、つい佳代を怖がらせてみたくなった。「人間は自分の軀にいろんなことをするからね。入れ墨だって何だって……。最近の若い人は唇とか舌とかにピアスをしたりするじゃないか。佳代さんだって髪の毛を剃っちゃったりするし」

「だってそれとはまったく次元の違う話じゃない。自分の手を……。まさか、そんな」すると戸川が、さっき、関係なくもないのかもしれないよと言ったのと似た口調で、

「人間はいろんなことをする、と迫村さんは言ったが、違うな、人間ってものは何でもするんだよ」

「だって……」

「まさかって言うけど、佳代はけっこう保守的だからねえ」とからかうような口調になって、「若者っていうのは案外保守的なもんだ。いろんなものに縛られてるから、いや、縛られてると思いこんでるから。でもね、本当は、人間ってのは何でもするし、何でもできるもんだ、他人から見れば馬鹿馬鹿しいようなつまらない理由でもね。歳を取るとそれで当然なんだとだんだん思うように

なってくる」

「まあ、たしかに、過激って言えばふつう老人の方が過激ですよね。そういうもんなんだと思う」と迫村は言った。

「それで思い出したけど、あたし、この間、小説を読んで……」と佳代が言った。「ええと、何と言ったかな、あの本……。それはね、まあ一種の恋愛小説なんだけど、闇金融の取り立てに追われてる男と片腕のない若い女との……」

「語るに落ちるみたいな話じゃないか」

「そうなの。くだらないの。しかも露骨な濡れ場みたいなのがあるんだけど、それが何だか厭な感じでねえ。そういう欠損のある女性の肉体に、その欠損があることでかえって、いっそう激しく欲情するみたいな……。ああいうのは、書いちゃあいけないことなんじゃないかと思った、あたしは」

「そんなことはないよ。何でも書いていいし、書くことができるんだよ。そもそも、それが文学ってもんだろ、こんなこと書いちゃいけないんじゃないかと人に思わせるような、そういうことを、あえて書くのが」と戸川が正論を言った。

「まあねえ、何でも過激なことをおっしゃってくださいな。でも、お父さんも、『何でもする』老人なんですか」

「いや、わたしはね、もう『何にもしない』老人だ。まず、体力がないからね。この頃みたいに杖を突いて歩いているような体たらくじゃあ」

「観念の世界でどんどん過激になってゆくんですかね。老いっていうのはそういうことか。そういうのはまあ、頼もしいって言やあ、頼もしい話ですけどね」と迫村は言った。

「でもね、あたし、これもインターネットで読んだことなんだけど、アメリカには途方もない億万長者がいるでしょう。そういう大富豪の老人の究極の贅沢って……何だと思います。奴隷ですって」

「奴隷？」

「ええ、人身売買っていうのは十九世紀の話みたいだけど実は今でもあって、それも物凄く高度に現代化されたビジネスになってるんですって。いろんな偽装だの隠れ蓑だのがあって……。で、そういう組織を通じてアメリカのお金持ちは、アフリカや東南アジアの貧しい国から幼い子どもたちを『買って』きて、それで『楽しむ』んですって」

「楽しむってことは……」

「ええ、女の子でも男の子でも。本当の、まだいたいけな子どもよ、八歳とか十歳とか……。法的には養子ってことにしておいて。世間体としてはあくまで慈善事業よね。お金持ちの名士にふさわしい社会貢献。ところがその実態は、汚らしい性暴力の捌け口に……」

「ふん、奴隷ねえ」と迫村は言った。「ああいうふうに正義だの民主主義だの、ご清潔なピューリタニズムのたてまえが祀《まつ》り上げられている窮屈な神経症社会に暮らしていると、きっと古代ローマの貴族のデカダンスみたいなものへの憧れが無意識の深いところにどろどろと淀んで、それがだんだん煮詰まってくる。そういうことなんじゃないかな。誰もが口には出せないまま心の底に抱えこんでいるそんな欲望を、実生活で実現できるのが最高の贅沢ってことになるわけで……」そう言いながら迫村の心にふと、つい先だって養子にしてくれそうなアメリカ人が見つかったとかで心細そうな顔で出発していったカズユキの顔がよぎり、思わず口を噤んだ。カズユキは眉のくっきりした美少年だ。まさか、と即座に思い直し、しかし何となく言葉の勢いが弱くなり話しつづける気が失せて、それを取り繕うように、「日本のお金持ちの場合はどうなんですか、最高の贅沢って何なんですかね」と言って戸川の顔を見た。

「わたしにはどろどろ淀んでるものなんか、もう何にもないねえ。そもそもそんなに金持ちじゃあないですよ、わたしはね」そんなことはないでしょう、と言いつのるのは幇間のお愛想のようにさもしく聞こえそうだったので、迫村はただ、

「僕に唸るほどの金があったらやりたいことがいっぱいあるな」とだけ言った。

「なあに？　あんまり『過激』すぎることだったら言わないでね。迫村さんに幻滅しちゃうから」

「うーん、たとえばですね……」それから思いつくままの出鱈目をあれこれ口にして、佳代の笑い声を聞いているうちに夜がだんだんと更けていき、ときどき雨の音が耳についた。

ふと目覚めると迫村は厚地の毛布にくるみこまれて暗がりに横臥していた。頭にも枕が当てがわれている。戸川も佳代もおらず頭を上げて視線を投げると卓上には杯や皿がそのまま片づけられないで残っていた。先ほどの酒宴の途中で眠くて眠くて堪らなくなり、杯を卓と口の間を行き来させるのも面倒になって卓に片肱を突いて頭を支え、目を閉じて戸川と佳代のやり取りに耳を傾けているうちにそのところどころがふと無意味な音の流れになってしまう、しかしそれがとても快い

――そんな記憶がうっすらと蘇ってくる。ずいぶん不作法なことをしてしまったものだ、二人とも呆れただろうと思い、しかしそれに恥じ入る気持よりも何よりも、そのとき迫村の心に迫《せ》り上がってきたのは、こんなふうに誰も彼もが俺のそばからいなくなってしまうんだな、というあるひりつくようなさみしさだった。

どうやら俺はすっかり弛んでしまったみたいだ。弛みついでに、もうひと眠りさせてもらうか。朝になって頭を掻いて恐縮しているうちに、きっと朝ご飯なんかも出てくるに違いない。それはそれで悪くない。……そんな虫の良いことを考えつつまたうとうとと眠りの中へ引きずり込まれかけ、ああ俺は眠るな、このまま眠ってゆくなと感じた、その次の瞬間、あ、インコに餌をやらなくちゃ、俺がいなくちゃ今あの家では誰もあいつの世話をしてくれないのだという思念が閃いた。それで不意に意識がはっきりと醒め、毛布を剝いで上半身を起こしながらやっぱり帰ろうと迫村は思った。改めて考えてみれば餌やりは明日の――というかもう日が変わっているはずだから今日の――夕方か夜になってからでも構わないはずだし、そもそも一日くらい抜いたって大過はなかろうが、マハの餌という考えはただのきっかけで、それよりむしろこんなふうに戸川と佳代に甘えるのは恥ずかしいことだという意識が改めて迫ってきたのだった。立ち上がって毛布を畳み、酒宴の途中で脱いで丸めて脇に置いてあったジャケットを着た。置き手紙でもするか。しかし紙もペンも見当たらないし、また改めてちゃんと謝りに来ればいい。靴を履いて外に出ると冷たい小糠雨が降っている。これも後で謝ればいいと勝手に決めて、置き忘れられているといった風情でたまたまそこに立て掛けてあった男物の黒い傘を借りることにした。鍵は掛けないで出てしまうことになるが、これも許してもらうことにしよう。

　傘を差し、これまで何度か辿ったことのある小道沿いに緩斜面を下っていった。最初のうちは庭園灯が道しるべのようにいくつか灯っていたが、それがなくなった後は底冷えのする漆黒に近い闇の中を辛うじて足元の砂利の感触だけを頼りに道を伝ってゆくような次第になり、闇雲に外に出てきてしまったことを迫村はたちまち後悔した。情けないけれどもう一度引っ返しあの離れの四阿でやはり朝まで待たせてもらうことにしようか。だが振り返ると背後にも濃い闇が立ちはだかっていて、もう庭園灯の光さえ見えなくなっている。何時頃になっているのだろう。左手の袖を捲ってみて、腕時計を戸川の離れの卓上に忘れてきたことに気づき迫村は舌打ちした。まあいい、何とかなるだろうと心に呟いてまた下りはじめる。そう言えばこの家から帰るときはなぜかいつだって月が皓々と輝いていて、足元が覚束なくなったためしなど一度もなかったのだ。眩しいほどの月光を背後から受けて正面に自分自身の濃い影がくっきりと落ちそれがふと立ち上がって話しかけてきた瞬間の懐かしさがしきりに思い出され、あいつはこの頃めっきり現われないがいったいどこへ行ってしまったのだろうと訝った。小道は右に左に曲がりくねっているが、ともかく潮騒はおおむね正面から聞こえていて、それはだんだんと近づいてくるようだ。これで大丈夫のはずだ。そう自分に言い聞かせる。

　と、その瞬間、迫村の軀はいきなり樹々の茂みに突き当たった。足元を確かめようとするといつの間にか足の下に砂利の感触がなくなっているのに気づいて狼狽する。あの小道から逸れてしまったか。しかし、だとしてもそのままそんなに長くは歩いたはずはないからほんの数メートルかそこら戻ればよいのだと考えた。が、左右を見て、後ろを向き、また軀を戻したとたんに方向感覚がふと曖昧になり、自分がどっちを向いているのかよくわからなくなってしまった。行き当たりばったりに歩き出すのも怖くて足が竦む。待て待て、まずあたりの様子をよく見定めてから……前方の茂みを透かして目を凝らしているうちにいくぶん右に寄ったあたりにぽっかり空いた空間が見えるような気がした。傘を畳んで思いきってそちらの方角に足を踏み出し、下生えに足を取られつつ闇雲に枝や葉を掻き分けてゆくと、すぐに茂みを抜けた。暗い雨空のようでもあたりに仄かな光の照り映えは行き渡っていて、自分が出たのが大人の背丈ほどの高さの石垣のてっぺんであることだけはとにかくわかった。ぼんやり歩きつづけたらこのへりを越して下に転がり落ちてしまうところだったと思ってひやりとする。しゃがみこみ、後ろ向きになって積み上げられたごろた石の縁に足を掛けながらその石垣を何とか降りると、狭いながらもアスファルト舗装した平坦な道路に出た。道路の向こう側にも同じようにごろた石を積んだ石垣があり、その上方は樹木の濃い茂みになっている。この道をどちらかに行けばきっとほどなくいつもの海岸沿いの自動車道路に出るに違いない。だがどちらへ行けばいいのか。右を見ても左を見ても道はしばらく先で暗闇に溶けこんでいるばかりだ。耳を澄ましてみるが波の轟きはいつの間にかまったく聞こえなくなっている。

迫村はまた傘を開いて片手で持ち、もう一方の手を何気なくジャケットのポケットに突っ込んでみるとくしゃくしゃになった煙草の箱が指に当たった。取り出して中を探ってみると二本だけ残っていたので、その一本に火を点け、深々と吸いこみながら、はてどうしたものかと考えた。ここはいったいどこなのか。そう広くもない土地なのだからどちらの方角にでもとにかくひたすら歩いていけばどこか見知った場所に出るだろうとは思ったが、とにかくこんな道は一度も通ったことがない。濡れそぼった土や草や樹の皮のにおいが迫村を包み、その中に自分が屍となって分解し溶けてゆくように感じながら迫村はしばらく立ちつくしていた。静かだった。

　左手から車の音が近づいてきて、と同時にちらちら揺れるヘッドライトも見え、ヒッチハイクでもやってみるか、どこか明るいところまで乗せていってもらおうかという考えが閃いた。が、次の瞬間、闇の向こうの案外近いところに曲がり角があってそこを回ってきたということだろうか、いきなりぬっとバスが現われて十メートルほど離れたところに止まり、同時にエンジンが停止し、ライトも消えた。

　近寄ってみる。停車したバスの脇にはたしかにバス停らしきものがあり、しかしライターを点け火を近づけて目を凝らしてみても、ポールの上の円形の金属板は真ん中でぺこりと折れ曲がっていてペンキも剝げ、あちこち錆びが露出していて停留所の地名はまったく読めない。こんな深夜運行のバスなんかがあるのか、と意外に思いながら運転席の横をコンコンと叩いてみるとブシュッと音を立てて自動扉が開いた。傘を畳んでステップを昇りながら迫村は、軽く頭を下げて「や……」というような声を出した制帽の運転手に、

「これ、どこまで行くんですか」と尋ねた。

「市役所前……」初老と見えるその小柄な男は聞き取りにくいくぐもった声でぼそりと言う。

「あ、じゃあ橋を渡って、向こう側まで行くんですね」と念を押してみたが、それに対して運転手は曖昧に首を動かし、まあたぶん頷いたのだろうがはっきりしない。迫村はともかく財布を出し、

いくらですか、と訊いてみると運転手は自分の顔の前に片手を上げてかすかに振った。市の無料サービスか何かなのだろうか。東京で乗り慣れているバスだのこの島でも外周道路を走っているバスだのよりも一回り小振りに感じる車内を歩いて最後尾まで行き、隅の席にどさりと軀を投げ出した。他に客は誰もいない。暖房は入っておらずこの車内も外と同じような寒さだが、とにもかくにも雨を避けることができたのにはほっとした。そのまま何分か過ぎて、だんだん不安が募ってきたので、ぼんやりしたシルエットになっている運転席の後ろ姿に向かって、「いつ出るんですかね」という言葉を、ややおずおずと投げてみたが返事はない。聞こえなかったかと思い、もう一度訊こうと口を開きかけた瞬間、運転手が身じろぎし、ブルルル……という音とともにエンジンが掛かった。バスは真っ暗な道をゆっくり走りはじめた。走り出せばほどなく海が見えるだろうと思い込んでいたのに街灯もないこの細い道はどこまでも続くようで、次の停留所にもなかなか辿り着かない。

安堵感が手伝ってまた酔いが戻ってきたのか、バスの震動に身を委ねているうちにいつの間にか寝入ってしまった。夢の中で迫村はピンクのボールを壁にぶつけては跳ね返ってきたところをキャッチするという単調な遊びに耽っている子どもになっていた。どうやらそこは東京の生家の裏手の駐車場のようで、小学生の迫村は友達を捕まえそびれた休日にはそんな淋しい一人キャッチボールで時間を潰していたものだった。気がつくと小糠雨が降り出していて湿ったシャツが肌にじっとりとまとわりつき、寒々とした孤愁の思いが軀の芯まで染みこんでくる。戻ってきたボールが思いがけず大きくはずんで、跳び上がってキャッチしようとしたが失敗した。あっ、と思ってくるりと振り返ると、背後に見えた光景は……大きく息を吸いこみながら目を見開くと、バスは相変わらず暗い道を走りつづけている。何を怯えているんだ、俺は、と苦笑しようとしたがどきどきと高鳴っている心臓の鼓動はなかなか普通に戻らない。ボールを追おうとして振り向くと生家の界隈の風景も何もなく、そこはただ白かった。いや白という色さえなく、ただ不気味な「空白」が、「無意味」が、時間と空間の裂け目が露出しているように感じて怯えたのだった。

車内の闇に目を凝らすと前の方の席には乗客の後ろ姿がちらほら見え、それでは俺が眠っている間に停留所をいくつか過ぎてしまったのかと意外に思った。どれほどの時間が経ったのだろう。しかし、車内灯は消えたままなのだからこんなふうに前方の乗客の姿が見えるのは外から明かりが射しているからだと迫村はほどなく気づき、改めて窓越しに視線を外に投げてみるとバスはいつの間にか狭い商店街の通りを走っているのだった。バス一台で道幅いっぱいになってしまうようなその細い通りの両側には夜の闇の下にきらきらした光が氾濫して、一軒一軒がどんな店かは見分けられないうちにバスはどんどん通り過ぎていってしまうのだが、この島でこんな商店街を通ったことはこれまでなかったような気がする。もう橋を渡って市役所に近いあたりまで来てしまったのだろうか。それにしてもこの真夜中にこんなふうに店が開いているのは何とも奇妙な話ではある。だがどうやらこの通りはコンビニやらマクドナルドやらのある今ふうの街ではなく、魚屋や八百屋の店頭に周囲の闇の濃さを際立たせるようにして裸電球が灯るもう何十年も前の商店街らしく、そう気づいたとたんこれは迫村が子どもの頃住んでいた東京の下町の商店街に違いないという直感が事実に変わった。次の停留所ででも降りれば、この懐かしい街に俺はまた帰っていけるのだ。そういう目で改めて見直してみれば車掌こそいないもののこのバスはずいぶん古めかしい昔ながらの乗合バスのようだった。どういう偶然か、何とうまい乗り物にめぐり合ったものではないか。素知らぬ顔で降りてしまえばいい。そうすれば父も母もまだ生きているあの時代に帰って、またこの界隈を友達と走り回って遊ぶことができる。あの駐車場へ行き自分の背後に堅固な現実が実在しているのを確かめて、自分の生がうつろな中空に宙吊りになっているのではないと得心することができる。……そんなことを考え鼻の奥が熱くなり目尻に涙が溜まってくるのを感じながらまたうとうとと眠りこみ、次に目覚めたときにはバスはもう停まってエンジン音も途絶えていた。車内には誰もいない。

立ち上がって車の前方へ歩いていき、空っぽの運転席の脇を通って扉が開けっぱなしになっている出口のステップを降りた。穏やかな波のざわめきがすぐ間近から聞こえる。そこは海岸の遊歩道のいちばん端の、パチンコ屋だのゲームセンターだのが固まった島の歓楽街に抱かれている小さな広場で、明るく照明された遊歩道の向こう側には暗い海が静まりかえっていて、しかしさらにそのはるか彼方の水平線にはほんのりと暁光が射しはじめている気配がする。どの店のシャッターもぴったり鎖されていてまったくひと気はない。ここからなら少々大変だが歩いて帰れないわけでもない。迫村はジャケットの襟を立ててポケットに両手を突っ込み、皓々と街灯のともる歩道を背中を丸めて歩き出した。数十メートルも行ったところで背後に遠ざかってゆくエンジン音が聞こえ、振り返ってみるといつどこから運転手が戻ってきたのかあのバスが走り去ってゆくところだった。バスが入江沿いの道路を遠ざかり暗い山間の方へ消えてゆくまで見送って、また軀の向きを戻して歩き出した瞬間、あ、傘をあの車内に忘れてきたと気づいて舌打ちした。幸いなことに雨はもう上がっていた。

　がらんとした家でさらに数日過ごし、その間二、三度〈ホア・マイ〉に寄ってみたが入り口のドアは相変わらず鎖されたままだった。戸川が言った通りもう冬になっているのかもしれなかった。清書すべき箇所を清書して紙束を揃え通し番号を打ってみると翻訳原稿は四百字詰め原稿用紙で千九百枚ほどになっていた。さて、俺はこれをどうしたものか。いやそれよりまず、自分の人生をいったいどうしたものか。台所の巨大な冷蔵庫にはずいぶん沢山の食糧が貯蔵されたままになっていて、それを漁って簡単な料理を作りキャンプ生活のような心境で暮らしているのはそれなりに気楽で、もともと孤独は迫村には何の苦にもならなかったが、こんな生活に少々飽きてきたのも事実だった。閉めきったままにしてある東京郊外の自分のマンションは電気やガスの基本料金は払いつづけているから、この島へ来たときに提げていた小さなボストンバッグ一つを抱えてただそこへ戻っていけばよいだけのことだった。そのボストンの中には完成した千九百枚の訳稿が入っている以上、ここで過ごした数か月もそれなりに無意味なものではなかったということになろう。中断していた東京での生活が、ひとたび帰京すればまた中断していたところからまるで何事もなかったように再開するだろうと思われた。ただ、インコのマハだけは何とかしなくては。向井青年の店へも一度行ってみたがなぜか向井質店にもシャッターが下りていた。

　気温は低いが風がないのでそう肌寒く感じないある日の昼過ぎ、迫村は意を決してインコの籠を提げ、ロクさんのところへ行くつもりで家を出た。タクシーを呼ぼうかとも思ったけれど、翻訳の直しでずっと家に閉じ籠もっていた日々の間にすっかり軀が鈍《なま》ってしまったように感じていたので、インコを入れた鉄製のケージにすっぽりカバーを掛けて手で提げるとけっこう持ち重りがするけれど、運動のつもりで歩いてゆくことにする。坂道を下っていっていつだか向井の先導で抜けていった細径の迷路を何とか過つことなく潜り抜け、あの怪しげな界隈に首尾よく辿り着いた。

今日も市の立つ日なのか、それともここは毎日のようにこんな具合になっているのか、いつぞやと同様に様々な露店がごたごた立ち並んで、中国語や朝鮮語や英語の掛け声が飛び交い、一見してこの島の普通の住人とは人相も服装も違う連中が徘徊している。険しい表情でぼそぼそとやり取りしているのは商談中なのか、それとも同業者同士の情報交換か何かなのか。にこやかに笑い合っている男たちもいるが、こちらの気のせいか見交わしている瞳は笑っておらず険悪な探り合いが水面下で行われているように見える。とにかく殺伐とした空気が流れていて、この一角はさっさと抜けてロクさんの家に辿り着こうと足を速めた、その瞬間、市の開かれている一隅に大小の動物用ケージを無造作に積み上げた露台があるのに目が留まって、我知らず足が向かってしまった。

鳥籠を提げているので客と思われたのか、それとも同業者と間違われたのか、中国語で話しかけられた。日本人とわかると、これがハクビシン、これがキツネザル、これがハコガメ、これがジャコウネズミ、これがカメレオンと、値札も付いていないケージの間を回りながら片言の日本語で説明してくれたが、ハンチングの目庇《まびさし》を深く下ろしたその男の目つきに気味の悪いものがあるので迫村は早々に退散することにした。元気なく蹲っている病気持ちのような動物たちを入れたケージを積み上げたその一角の裏手に、今にもぺしゃっと潰れそうな掘っ立て小屋のようなものがあり、べつだん意図したわけではないのに迫村はそのすぐ前を通ることになってしまった。小屋の戸が人を誘うようにわずかに開いて、ギッ、ギッと軋みながら揺れている。ロクさんの家がある路地に出ようとケージの裏を回ってゆく、その通りすがりに、べつだん好奇心というほどのものがあったわけではなく、ただ何の気なしに迫村はその戸の隙間から中を覗きこんだ。人の気配が絶えて長いこと経った荒廃ぶりを無意識のうちに予期していたのだと思う。荒廃のさまはまあ予想通りだったのだが、飛び上がるほど驚いたのは、陽の射さないその薄暗い屋内の、つい数メートルも離れていないところに不健康に太った大男が椅子に座って俯いていたことだった。左腕の上膊部にゴムベルトを巻きつけ、肱の内側に浮き出た静脈に右手に持った注射器の針を近づけようとしているむくんだ青黒い顔のその男がどんよりと濁ったうつろな目を上げてこちらを見て、その光景の全体が一瞬のうちに目に焼き付いた。あっ、と思って即座に身を引きくるりと後ろを向くと、何の気配も感じていなかったのに先ほどのハンチングを被った動物売りの中国人がつい目と鼻の先に立ちはだかっていて、兇悪な憤怒の形相に顔を醜く歪めていた。咄嗟に横に逃げようとしたとたん、後頭部に何か重くて硬いものがぶち当たった。昏《くら》くなってゆく意識の中で、膝から頽《くずお》れてゆく自分の軀が他人のもののように遠くに感じられた。まだ把手を握ったままのインコのケージが地面に衝突するガシャンという音も奇妙に遠くに聞こえ、あ、まずい、ケージが壊れてこいつが逃げるぞ、というのが昏倒する直前に迫村の頭に浮かんだ最後の思念だった。

……まず感じたのは背後から彼の軀を抱えている誰かが襟元に吐きかけてくる息の臭さだった。腋の下を抱えこまれ、椅子か何かの上にずるずるとずり上げられる途中で迫村の意識に仄かな明るみが射し、どさりと投げ出されたはずみで殴られた後頭部に激痛が走り、さらにはっきりと覚醒する。椅子の上に座らされた姿勢のまま頭を抱えて前のめりになると目の前にはテーブルがあって、目を瞑ったままそこに肱をついて呻き声を上げる。

後ろからけたたましい中国語が聞こえてきたので、心拍に合わせてずきん、ずきんと頭の芯から発して全身に響いてくる痛みをこらえながら背後をちらりと盗み見ると、たぶんさっきの臭い息の持ち主であるに違いないあの中国人の動物商が誰かに向かって激しい勢いで何かをまくし立てている。どうやらロクさんの家の斜め前の、自家製のドブロクを出すあの呑み屋に連れてこられたらしい。心安立てな酒宴を繰り広げたこともあるそこのテーブルの一つに、今迫村は惨めに背を丸めて突っ伏しているのだった。ウウッと思わず大きな呻きが洩れたのに注意を引かれたのか、中国人の相手をして喋っていた、それまでは真っ黒な革ジャンパーの後ろ姿しか見えていなかった小柄な男が半身になってこちらを見た。安堵が軀中に温かく広がりかけ、しかしその見慣れた髭面が今まで見たことのないような強張った表情を浮かべているのを認めてその安堵はたちまち冷えてしまう。

「……君か」という呻きともつかない掠れ声をやっとの思いで絞り出す。

「間が悪かったですねえ、迫村先生」と向井が溜息混じりに言い、中国人の方に向き直って流暢な中国語で早口にまくし立て、宥めるように肩をぽんと叩いた。こいつはこんなに達者な中国語を喋れるのか。不承不承という体で肩を竦めて出ていった中国人を見送ってから迫村の方へ近寄ってきた向井の顔は、実際、何かふてぶてしく筋張った見知らぬ中年男のそれのようで、いったい俺は今までこの男の中に何を見ていたのだろうという心細さに、迫村の肝が冷えた。

「何ですか、インコですか」

「……そうだよ」

「あんなもの、放っておけば良かったのに」

「そうも行かないだろ」

「しかしねえ、妙なところに居合わせちまったもんだ」

「……何にも見なかったよ、俺は」

「いやいや」向井は手近な椅子を引き寄せ、テーブルを挟んだ迫村の向かい側に持ってきて、背凭れを前にした逆向きの恰好に置くと、それに無造作に跨って背凭れの上に手を組んだ。「困ったことになりましたね。連中、いろいろと怖いことを言ってますよ」

「君は中国語が上手いんだな。知らなかった」

「大学で習ったんですよ。大学の授業ってけっこう役に立つんだな。迫村先生はじめ、諸先生方には感謝してます」向井の軽薄な物言いにむかついたが、何か気の利いたことを言い返してやろうと思っても頭がまったく働かない。

「だって、戸が半分開いてたんだぞ」

「半分は閉まってたわけでしょ。開ける方が悪い」

「あんな、誰でも入ってこられるようなところで注射器振り回してた馬鹿をまず張り倒してやったらどうなんだ」

「ごもっともです。張り倒してやりました」

「君もああいうことに一枚噛んでるのか」

「まあ、俺は質屋ですからね。貸したり借りたり、売ったり買ったりでね。商売が日本の外まで広がれば、そりゃあいろんなことに巻きこまれます。ほら、先生のご専門の『アジアの金融経済』ってやつですよ。あ……」

目を迫村の背後に泳がせたかと思うと、向井はすぐ立っていった。迫村はテーブルに肱を突いたままがんがん痛む頭を抱えてまた目を瞑ったが、後ろから聞こえてくる広東語の声に聞き覚えがあったのでさっと頭を上げて振り向いた。呑み屋の戸口のところで向井と早口に喋っている、黒いダッフルコートを着た若い女。樹芬《シューフェン》。迫村が見つめていることに気づかないはずはないのに、こちらに目を向けようとせずひとしきり向井と忙しなく言葉を交わし、それから一呼吸置いてゆっくりとこちらを見た。真っ直ぐに迫村の瞳を覗きこみながら、アヒルのように歪めてみせた口元にきょとんとした愛嬌のある笑みを浮かべ、首をわずかにかしげ、問いかけるように瞬きした。

「樹芬《シューフェン》……」

しかし樹芬《シューフェン》の目は笑っていなかった。その笑っていない目を迫村の瞳から逸らさないまま、綺麗な中国女は向井の背に手を回し、その髭面にゆっくりと自分の唇を近づけていった。二人の唇が触れ合う瞬間を目にするのはどうにも耐えがたく、迫村はその直前で目を瞑ってしまったが、また目を見開くと樹芬《シューフェン》はもうすでにさっと身を翻して外に出てゆく後ろ姿になっていた。あの最初の晩、〈ホア・マイ〉の出口のところで俺にもあんなふうに自分から唇を寄せてきたのだった。あの唇の柔らかさも、それから激しさも俺は良く知っているのだ、と考えて迫村の気持は昂ぶった。あのむっちりとした背中の白さも、そこに生えているうぶ毛の感触も、あの白檀の馥りの混じった体臭も、小振りだがまろやかな尻の曲線も……。向井が戻ってきてまた迫村の正面の椅子に跨った。

「どうもすみません。ここんとこ、ちょっとごたごたしてましてね。樹芬《シューフェン》も申し訳なく思ってるそうです」

「君たちは……」

「ええ、まあ……もともと、ビジネス上のパートナーだったんですがね。この間ついはずみで、今ごらんになったようなことにもなっちゃって……。怒らないでくださいよ、なんて言うのは図々しいか。俺の方ではビジネス上の関係だけにしとくつもりだったんだがなあ。とにかくああいう、途方もなく有能な女だから」

「ビジネスっていうのは……」

「いや、だからアジアの金融経済ってやつ……」と向井はまたおどけたように言って話を軽くいなそうとする。そのとき迫村の頭の中で金庫のダイヤルが正しい番号にかちりと合って錠が外れたような気がした。錠の外れた扉の中から転がり出てきたものは実は先夜戸川の家の酒宴の際にふと頭をよぎったことでもあり、しかし今、その突拍子もない想念がどす黒い汚水を吸ったように急速に脹れ上がり、頭の中だけに収めておくことができなくなって、つい口に出してしまう。

「君ら、まさか、あの子どもたちを……」

「え、何ですか」と一拍置いて訊き返す向井の声はいきなり平板で起伏のないものになり、おどけていた顔も突然シャッターを下ろしたように無表情になった。「奴隷」というのは佳代が口にした言葉なのだった。「臓器売買」とか「性的虐待」なんぞという禍々しい言葉も頭の中をぐるぐると回る。だがそんなとんでもない言葉をいざ自分の声に乗せてみるときっとあまりに非現実的な、馬鹿馬鹿しい響きを帯びそうで、つい口籠もってしまう。

「何？　子どもたちが何ですって？」

「生胆取……」と迫村は聞き取れないほどの小声で呟いた。

「え？」あの夕暮れの中庭で、アイリーンを横抱きにしてウォーッと鬼のように吠えながら走ってみせたこの男……。たそがれどきはけうとやな……。泣く児欲しやと戸を覗く……。「あの子どもたちはみんな故国に帰ったようですよ。休暇が終って学校に戻ったってことでしょう」

「キャシーまで……」

「え？」向井がカマトトぶったおちょぼ口で首をかしげてみせるのにカッとして、迫村は一瞬頭の芯を棍棒で叩かれつづけているような激痛を忘れ、背筋を真っ直ぐ伸ばし、向井の目を睨みつけた。

「キャシーは……あの子……まだ五歳かそこらだろ。あんな子まで売り物にして……金儲けの種にして……」

「なーに、馬鹿なこと言ってるの」向井はぷっと噴き出して、「キャシーだって、他の子たちだって、みんなもう無事に帰国したんですってば。迫村先生ももう帰りなよ、東京に」

「……帰るよ」と迫村は言った。たしかに一笑に付されて当然といった、迫村の妄想にすぎないのかもしれない。が、現に俺はついさっき自分の目で、腕の内側の静脈に注射を打とうとしている青黒い顔の男を見たではないか。

「俺たち、結婚しようかって言ってるんですよ。とにかくちょっとこの土地を出てみよう、上海にでも行って何か商売をやろうなんて話になってます」どんな商売、と尋ねるのも大儀だった。答えを聞くのが少々怖くもあった。

「海外雄飛……か」

「えっ……あっ、そう、そうね」いったん破顔すると迫村が知っていたあの人懐っこい向井の無防備な子どもっぽい笑みが不意に蘇った。だがこの無邪気な笑顔こそこの男のビジネス用の武器なのかもしれなかった。「雄飛って言やあ、まあそうだ。俺らはまだまだ若いですからねえ」迫村への痛撃……。「迫村先生にしたってもうそろそろ雌伏期間にピリオドを打たれて、旅立たれる時期なんじゃないすか」向井がやたらに振り回す「先生」という敬称はもはや人を小馬鹿にした「センセイ」にしか聞こえない。

「……そうしよう」いったん燃え上がった義憤のようなものがたちまち萎んでゆくのが我ながらだらしない。

「だからこの土地で見聞きしたことはもう忘れてください」

「そうする」とおとなしく言うと向井は満足そうな表情になった。それを見届けたうえで、「なあ、その前に一つだけ訊くが……」と迫村は言い足した。

「何ですか」

「あのテーマパーク計画はどうなった。チンクエ・テッレの瀬戸内海版……」

「あれですか」向井の顔にまた子どもっぽい笑みが浮かんだ。「あれは駄目です。やめやめ。白紙に戻しました。爺さんどもがやいのやいのと、うるさいことを言ってくるし。それにねえ……今さらそんなものを造らなくてもこの島自体、もうすでに浮き世離れした巨大テーマパークみたいなものなんだし……」

最後の方はかすかに未練がましさの滲む独り言のような呟きになり、それを自分で断ち切って話を終らせるようにして立ち上がった。それからテーブルを回って寄ってきて、迫村の二の腕を摑んで椅子から立たせ、呑み屋の出口まで引き立てていった。良く言えば迫村の軀を支え、歩くのを助けてくれたということになる。あの椅子に引きずり上げられるところで目が覚めるまで、どのくらいの時間意識を失っていたのかわからないが、外に出るともう日はとっぷりと暮れていた。数軒先に見えている家と家との間の狭い隙間を向井は指差して、

「そこの脇の石段を下ると海岸に出ますから。それじゃ」頷くのも大儀な迫村が歩き出すのを見届けると向井は店の中に引っ込んだが、すぐまた顔を出して、

「あのですねえ。もし警察に行こうなんて馬鹿なことをお考えなら……。言っておきますが、妄想みたいな話を持ちこんでも笑われるだけですからね」

「そんなこたあ、しないよ」と迫村は吐き棄てるように言った。

「妙なことをされると、ねえ。ここいらの血の気の多い連中は抑えが利かなくなるから。俺にもどうしようもなくなるから」脅迫か、なめられたもんだと思ったが、それは聞き流し、迫村はただ、

「おい、インコは」と、ふと思い出したことを訊いてみた。

「ロクさんに返しておきますよ。可愛がってくださったようでどうも……」

あのインコも樹芬《シューフェン》の家に図々しく上がりこんでくるための口実みたいなものだったのかもしれな

い。迫村は身を翻し、向井が指差した建物の角に向かってのろのろと足を引きずっていった。その脇からはたしかに細い石段が急角度で下っていた。まだ頭が痺れて軀がふらつくし、視界もかすんだようになっているのでともすればつい足を踏み外しかねず、びくびくしながらゆっくりと下っていった。石段は途中でかくりと直角に近い角度で曲がっていて、傾斜が少々緩まり段々の幅も広くなって歩きやすくなった。両側に迫った建物の間から海が見えている。やがて別の方角からの下りの石段が合流し、そこがやや広めの踊り場のようになっている。さらに幅広になった石段は曲がりくねりながらそこから下へ向かってまだ続いているが、その踊り場のようになったところに面する右手の建物に〈襲《かさね》bis〉という小さな看板が出ているのに気づいてびっくりした。

看板の脇のスウィングドアを押すとあっさり開き、迫村は建物の中に入った。薄暗い電灯のともる通路をほんの数メートル行った突き当たりにあのバーの入り口がある。いつも使うエレベーターはその通路を左に折れて真っ直ぐに行った端のあたりに見えていて、一方、すぐ右手には「非常口」と書かれた鉄扉があった。

〈襲《かさね》bis〉の店内には客は一人もいなかった。ぽつねんとしていたバーテンの、いらっしゃいませという嬉しそうな挨拶があまりにありきたりで日常的なのに拍子抜けしながら、しかし退屈しのぎにふと立ち寄ったありきたりのバーの客とまったく変わらない何気ないそぶりで、カウンターに面したスツールの一つに腰を下ろす。いやはや、俺はいったい何をしているんだと思った。

「……ワイルド・ターキー。あ、いや、こないだのスコッチをまた貰うかな」……一瞬後に、ここが分かれ目だったなと思った。電話を貸してくれと喚き立て、警察を呼び、ここで、この島で何かとんでもないことが起きてるぞと騒ぎ立てることだってできたのだ。しかし俺はこのスツールにへたり込み、バーテンの顔をぽけっと呆《ほう》けたように見つめながら、こないだのスコッチ、なんてことをのんびり呟いている。決定的な機会を逃したな。もう駄目だ。俺はボストンバッグを提げておとなしくこの島を出てゆくだろう。

「どうなさいました。何だかご気分が悪そうじゃないですか」

「うーん、ちょっといろいろと……。頭が痛い」

スコッチを一口大きく呷って炎の塊のようなものが食道を下って胃まで届き、そこから温かな「気」が全身に広がってゆくのを感じて少し気分が良くなった。迫村の右肩のあたりをバーテンが遠慮がちに指差すので、見ると、肩から二の腕にかけてじっとり湿った泥がべたりとこびりついている。

「今はこすらないで、乾いてから落とした方がいいですよ。その後でクリーニングに……」

「うん。あなたは何だか世話女房みたいだね」と言うと、バーテンは含み笑いをしながら新しいおしぼりを渡してくれて、やはり遠慮がちに迫村のこめかみのあたりを指差すのでそのおしぼりでそっと押さえてみると血がついてきた。

「もう乾いてるみたいだけど、目立つから多少拭き取っちゃった方がいいな。傷口が開かないように気をつけて……。ただの軽い擦り傷みたいですけどね」もうバーテンはどこかから手回し良く手鏡も取り出していて、迫村はそれを借りて顔の前に翳しながらこめかみに付いた血の染みをざっと拭い取った。ごくありきたりな「どうしたんですか」という言葉さえバーテンが発しないので、

「けっこう剣呑な土地柄だよな」と、仕方なくという感じで迫村の方からぼんやりと言った。

「かもしれません」

「そこが好きだよ、俺は」

「そうですか」

「でも、もう出てゆくけどな」迫村がタンブラーの残りをぐっと干すと、バーテンは黙ってまた一杯注いでくれた。


立て続けに何杯か空け、急速に酔いが回って、それにつれて向井への怒りが改めて込み上げてきた。糞、あの野郎……あんな重い鳥籠提げて、わざわざ返しに行ってやったのに……。妙なことをされると、ねえ、だと。達者な広東語を操りやがって。ああいう奴だったか。会社勤めに馴染めなくてこっちに戻ってきたんですが、どうしたらいいですかねえ、なんて心細そうに言ってたのは、あれは猫をかぶってたんだな。ころっと騙された俺が阿呆だった……。脳天気なテーマパーク計画なんぞを夢中になって喋りまくってたのも、何か煙幕みたいなものだったんじゃあないのか。

迫村の後しばらくしてから二人連れが入ってきて、その後も引っ切りなしに客が続き、今夜の〈襲《かさね》 bis〉は大賑わいだった。そういくつもないカウンター席もすぐいっぱいになったが迫村は片隅の席でスコッチを飲みつづけながら、ふと気づくと樹芬《シューフエン》と軀を交えるときのあの馥り高い植物から滲み出る漿液に全身がまみれてゆくような体験のイメージをしきりと追っていて、しかしついさっきのひどく冷たいあしらいにもかかわらず、なぜか彼女に対する恨み心はいささかも湧いてこない。時間が流れ、したたか酔ってあのスコッチの瓶もほとんど空になり、とにかく帰ろうとスッールからずり落ちるようにして床に降り立ち、勘定を済ませた。迫村の酩酊ぶりを心配したのかバーテンはバーの外まで送ってきてくれた。

「エレベーター、壊れてすいません。ここまで昇っていらっしゃるの、大変だったでしょう。申し訳ありませんがまた階段で下りていってくださいね」と言いながら「非常口」の扉を手で示す。

「そのジャケット、早目にクリーニングに出した方がいいですよ。またお寄りください。いい酒、仕入れときますから」

下の道路から階段を昇ってきたわけではないんだと説明するのも面倒で、ただ手を振ってじゃ、また、とだけ言い、迫村は鉄扉を押し開けた。うそ寒い非常階段が上にも下にも続いていて壁のペンキはあちこち剝げて地のコンクリートが露出し、そのコンクリートが無残に剝落している箇所もある。冷気が下方から吹き上げてくるようなのは気のせいだろうか。軀が左右に揺れる不安定感を多少楽しまないでもないような気持でカンカンカンと足音を響かせながら降りていった。踊り場をいくつも過ぎ、ぐるぐる回りながら下降してゆくうちに自分が何階まできたのかわからなくなってしまった。あのバーはたしか四階にあったはずだから、三階、二階、一階とフロア三つぶん降りればいいわけだ、という思念が厚ぼったい酔いの霧を透かしてかすかに揺らめく。たぶんここだろうと見当をつけ、ギイと軋む鉄扉を力任せに引き開け、薄暗い通路に出た。

両側に新聞紙の束がごたごたと積まれたその黴臭い通路は、歩いてゆくうちにだんだん細くなり天井も低くなってくるようで、建物の出口はいっこうに見つからない。いくつか曲がり角があり、やがて括ってあった紐がほどけたのか新聞紙の山が崩れて、埃まみれの古紙が皺くちゃになって通路の幅いっぱいに散らばり、通り抜けるのにも難儀するような箇所にさえ行き当たる。やはり階を間違えたらしく、しかしなぜかあの非常階段に戻る気にはなれないまま迫村は歩いていった。何だか夢の中を歩いているようで、しかしむしろだんだん酔いが抜けぴんと張りつめた冴えた意識がいよいよ研ぎ澄まされてゆくようでもあった。ここにはたしかに来たことがある。そう思ったとたん、迫村は一種の恐慌状態に捕らわれて、知らず知らずに歩が速まり、トットットットッと前へ前へつんのめるような具合になっていた。

いつの間にか彼は走っていた。走る、走る、新聞紙だの何だかわからないガラクタだのを蹴散らして、滑って転びそうになったり、規則的な間隔で盛り上がっている敷居のようなものに躓いたりしながら、よろけては両側の壁に手をついて辛うじて身を支えつつ、闇雲に走ってゆく。分かれ道に出るごとに咄嗟にあてずっぽうでどちらかを選んでそこに飛びこんでゆく。やがて右側の壁にぽかりと間隙があってそこから狭い下り階段が延びているのに気づき、既視感におののきつつ、そこにだけは入っていってはいけないと自分を戒めつつ、しかし自分ではどうにも制御の利かない欲動に衝き動かされて、恐怖に目を剝きながら、その階段を自暴自棄のような二段跳びで下ってゆく。正面にいきなり壁が迫ってそれに軀ごと突き当たりかけて辛うじて踏みとどまる。階段はそこで踊り場もなしに左に直角に折れているのだった。さらに下へ下へと降りてゆく。階段というか、そのあたりまでくるともう細く狭くなって、段の磨り減った梯子段のようなものに近い。

いちばん下まで降りきって、いきなり踏みとどまったのでよろけて転びそうになった。立ち竦んだ。数歩先はもうあやめも分かぬ闇に沈みこんでいて、しかしそこがどこかはもう迫村にはよくわかっていた。その闇の向こうに何が潜んでいるかも知っていた。かすかな喘ぎ、息遣い、身じろぎの気配、重い鎖が引きずられてじゃらりと鳴る音。ここを越えないと先には行けないのだ、最初からわかっているべきだったと迫村は思った。ここを乗り越えないかぎり俺は東京には戻れない。いや、それどころかこれからの人生のどんな新しいサイクルに入ってゆくこともできないのだと思い、おののきながら闇の中に足を踏み入れ、手探りしながらじりじりと近づいてゆく。何かに躓いて軀が泳ぎ、しかしそのまま膝をついて四つんばいになり、てのひらと膝でにじり寄ってゆく。

温かな子どもの軀に指先が触れた。びくりとおののくその子を宥めるような偽りの優しさで、尖った骨の浮き出たその素裸の背中を撫で、脇腹を撫で、肩を撫で、咽喉元を探り当てた。もっとも子どもの方にしてみれば氷のように冷たい迫村の指先が自分の肌の上を這い回るのを優しい愛撫などとはとうてい感じなかっただろう。探り当てた咽喉元に両手の親指を当て、哀れなほどかぼそいその頸に残りの指ぜんぶを回して、憎しみよりももっと強い衝動に身を委ねながら迫村は渾身の力を籠めた。

攪拌された空気の中に、垢だの汗だの尿だののが入り混じったにおいが皮膚をちくちくと直接刺すような感触を伴って立ちのぼり渦を巻き、そこにはさらにあの懐かしい血のにおいさえ混入して、ああこれだ、俺が求めていたのはこれなのだと思った。子どもは迫村の両手首を摑んでそれを自分の頸から引き剝がそうと弱々しくもがいたが、そのはかない抵抗も長くは続かず、やがてひくっ、ひくっという小さな痙攣が二、三度あり、それっきりかと思ったが力を弛めずに絞めつけているうちにずいぶん経ってからもう一度だけほんのかすかなひくつきがあって、それでようやく動かなくなった。これは俺だ、子どもだった頃の俺自身だったのだという考えがそこで初めて稲光のように閃いて、迫村はダッと飛びのき、恐怖に縮み上がりながらじりじりと後ずさりしていった。それからくるりと身を翻し、今しがた降りてきた梯子段に取りついて、そこを二段跳びで駆け戻っていった。右に左に複雑な形に折れ曲がっている階段は果てしなく続いているようでもあり、しかしすべては数秒のうちに推移したような気もする。

最後のところで階段はまた粗末な梯子段になっていて、段に手まで突いて這いずりながら軀を引っ張り上げ、ようやく爽やかな夜気が頬をなぶるところへ出た。すっかり息が上がっていて、しばらくそこに蹲って荒い呼吸を繰り返していた。目の前には扉の形の四角い框が屋外に向かってぽっかり口を開けていて、そこから空が見えた。この框を潜って出たところは樹芬《シューフェン》の家の中庭に違いない。結局、帰ってきたのだ、ここに帰ってこられたわけだ、と迫村は拍子抜けしたように考えた。この脇のところからさらに延びている階段を昇っていけばその取っ付きにはつい数日前までは竈に火が絶えず子どもたちが食べたり笑ったりお喋りをしたりしていた、しかし今はもうインコさえいなくなってすっかり空っぽになったあの台所がある。俺はここを昇って樹芬《シューフェン》の家の冷え冷えとした暗がりに戻ってゆくこともできる。

さて、どうしよう。迫村は立ち上がり、とりあえずのろのろと中庭に出ていった。家の中は真っ暗だしここにも照明はないのに、あたりは大気中に光の粒子がみっちりと詰まってその一つ一つがきらめきながらゆっくり回転しているような明るさで、迫村の横の地面の上には濃い影が落ちていた。仰ぎ見ると雲一つない空に満月が皓々と輝いていた。どうしよう。部屋に戻って荷造りでもしようか。荷物と言ってもみなそのまま捨てていっても構わないようなガラクタばかりだが、ただ一つ、あの千九百枚の原稿だけはボストンバッグに間違いなく収めなければならない。だが、半ば上の空で迫村がそんな思いをぼんやりとめぐらせている間も自動人形のようにのろのろと歩が進み、だらりと垂らした両手が無意識のうちにわずかに開いたり閉じたりを繰り返していて、そのてのひらにはあのいとけない子どものすっかり肉の落ちたかぼそい頸の脆《もろ》い感触がしきりに蘇ってくる。うなだれて、立ち止まった。

——やっちまったな。いよいよどんづまりまで来たな、と影が言った。

——どんづまりか。

——ここまで来て、ここで行き止まりだろ。

——そうかな。

——あんなふうにてめえ自身を縊《くび》り殺しちまって。

——……仕方なかった。

——なあ、だからもう終りだろ。夢から覚める時刻だろ。いつだか、自分で言ってたじゃないか。あんたのことを、あんたの人生を、誰かが思い出しているのかもしれないって。誰かって言うが、それが俺なのかもな。俺があんたのことを思い出している、あんたのことを夢見ているのかもしれないよ。そして、この中庭に戻ってきて、このどんづまりの場所で、いよいよ俺はもう、あんたの人生を想起するのをやめようとしている。もしそうだったら、どうよ。なあ、あんたや樹芬《シューフェン》や戸川や戸川の娘が出てくる夢を見ていて、もう今にも覚めかけているんだったら？

しばらく黙ったままうなだれていた迫村は、やがて顔を上げ、決然として言った。

——いや、あれでよかった。やっぱりよかったんだと思う。ああやってあそこを通り抜けてこないことにはここまで辿り着けなかったはずだ。そして、俺はもっと前に行くぞ。もっと、もっと前に。

影が真横から立ち上がりかけてきた気配があったが迫村はそれを踏み越えるように大きく足を踏み出し、そのまま確信に満ちた歩調になって歩き出した。前へ前へと進んでいく。進んでいかなくては。どんづまりだって。馬鹿を言え。中庭のきわから通路を抜け、外の石畳の急坂に出た。

ちょうど目の前、真正面の建物に、いつぞや入っていったスチール製のドアがある。今夜の迫村はあのときのように人目を憚ることもなくそこに真っ直ぐに近づき、ノブを回してぐっと押し開き、何かに急きたてられるような慌しい足取りで中に入っていった。ひっそりした暗がり。重苦しい沈黙に耳に蓋をされたような気分になりながらカーテンを搔き分けると、しかしその裏のスクリーンは光を受けて輝いていて、そこにはやはり何かが映写されているようなのだ。横をぐるりと回って映写幕の表側に出て、がらがらに空いている客席の一つに腰を下ろし、改めてスクリーンに視線を投げる。と、そこにはただ淀んだ闇が、しかし闇と言っても反射光によって輝きわたる黒さとなって、きらめく闇となって広がっているばかりだ。

迫村がそっとあたりを窺ってみると、場内のあちこちにぱらぱらと散らばっているほんの数人ほどの観客は、しかし一心に注意を集中しスクリーンに没頭しているようだ。反射光にきらめくその四角い闇を迫村もまた凝視した。と、徐々に、はるか彼方に横に走る一本の線が仄かな光を発しつつ浮かび上がり、やがてそれが空と海とを区切る水平線であることがわかってくる。

前へ前へ、と迫村は思った。この海景は岬に立つ灯台のあの張り出し回廊からの展望に間違いなく、そしてスクリーンの長方形の枠に四角く区切られたその深夜の海景は、前へ前へ、俺は止まらずに動きつづけるのだという迫村の気持に応えるように、いつしかぐうっと眼前に迫ってくるようだった。ぐらりと一つ大きく傾いたかと思うと、映画館の座席に座ったまま迫村は灯台の頂上から滑り出し、もうすでにゆらゆらと宙に浮かんでいた。ゴゴゴ……と軀の底に響く機械音を立てながら座席ごと動きはじめていた。気がつくと彼は小ぢんまりしたロープウェイのゴンドラのようなものの中にいて、波頭が月光にきらめく夜の海をはるか下方に見下ろしながら空の高みを横切っている。正面の窓から見えるのはもう濃く重く鎖された暗夜の闇ではなく、空気の中に月光の粒子が満ちている明るい空だった。迫村は右手の上空に懸かった大きな満月を見つめ、俺はあそこに吸いこまれてゆくのかと思った。

正面の席に何かがいる。もわもわと凝《こご》った黒い影がゆっくりと盛り上がってきて大まかな人間の形を取り、

——前へ前へ、か。どこまで行くつもりなんだか、と嘲るように言った。

——行けるところまで、かな。

——あんた、何様のつもりよ。

——月の客、かな、と不意に浮かんできた言葉を迫村は呟き、影を越えてその彼方に視線を上げ、月を見つめた。

——え……？

——「岩鼻やここにもひとり月の客」……去来の句だったかな。風狂ってやつだ。物狂いだよ。月にはそういう力があるんだ。あんただってそれだろ。月の客だろ。

——もう一人の客か。

——もう一人の月の客……客が客を呼ぶんだよ。俺たちは結局、たった一人の人間なのかもしれない。一方は実体で、もう一方はその影で……でも、どちらが実体でどちらが影なのか、そんなことは誰にもわかりゃあしない。だから、つまりはどっちも「客」なんだ。そうだよな。片方が「主《あるじ》」でもう一方が「客」なんじゃあない。あんたも俺も、月の客。なあ、そういうことだろ。一緒に狂おうじゃあないの。

——ふん……浮かれてるねえ。今夜はやけにぺらぺらと、機嫌良く喋るじゃないの、としばらく黙っていた影はやがてぽつりと言った。

——そう、機嫌が良いんだ、俺は。

——血まみれの手をして、それでも風雅に、月の客か。

——月光ってのは血生臭いもんだ。当然だろうが。花鳥風月なんて大嘘だろ。ああ、俺は上機嫌だよ。

——そうか……。それはまあ……良いことだよ……。

それ以上ひとことも発さないまま黒々と凝っていたものがゆるりとほどけて影はふっと掻き消え、何の根拠もなかったがこいつとはもう一生会うこともないだろうと迫村は直感した。影と迫村はもう一緒に溶け合い一つのものになってしまったようで、これで俺はまた一人になったのかねと、迫村は少し淋しい気持になった。月の客はやはり、結局は一人ぼっちなのだろうか。だが、ここにもひとり……と囁きかけてくれる誰かが、いつかどこかで、きっとまた俺の前に現われてくれるに違いない。客という言葉の二つの意味……。去来の「月の客」はやはり「クライアント」でなく「ゲスト」だろうか。だが、そのどちらでもよいのだ。その二つは結局、一つの同じことに重なるのだ。

迫村は空を渡っていった。窓から下を見下ろすと、はるか下方に真っ白にしぶく波打ち際が見え、それに並行してきらきらした二重の点線の弧が延びている。あれはこの数か月の間、ことあるごとに何度も往復した海岸沿いの遊歩道だろう。それに沿うようにしてしばらく進んでいったゴンドラは、ほどなくゆるやかな弧を描いて内陸の方へ入っていった。家々の明かりが数知れない小さな宝石のようにちりばめられている暗い野の上を渡ってゆく。光の粒のない真っ黒の塊のようになって蹲っているのは植物園だろうか。墓地だろうか。やがてこんもりした丘陵を越えるとまた海が見え、島と本土を繋ぐ橋が見え、さらにその橋の向こうにさらに微小な無数の灯がともる対岸と、その背後に蹲る黒々した山並みが見えてきた。そのすべての上に眩しいほどの月光が皓々と降りそそいでいる。

きらきらした街灯照明の列に縁取られたその橋梁のたもとへ向かって、ゴンドラはぐうっと高度を落としていった。地面が急速に近づいてくる。ガタンと一つ大きく揺れて停止した。

手探りしてドアの把手を見つけ、それを引き開ける。真っ暗な階段を降りてゲートを抜けると、橋のたもとにあるバス溜まりの広場の端に迫村は立っていた。

この世で過ごすほんの束の間の歳月とはいったい何なのか。人生とは畢竟《ひっきょう》、テーマパークの様々なアトラクションを経巡りながら味わういっときの享楽と、その興奮が冷めた後で軀の底から込み上げてくるうそうそとした寒々しさのことではないのか。

橋を渡るぞ、と迫村は思い、そのときあの千九百枚の原稿のことはもうすでに彼の頭になかった。橋を渡る。どんづまりどころか、まさしくここから、あらゆる可能性が、あらゆる未来が開けているはずじゃないか。迫村はひと気のない広場を横切り、橋のたもとに向かって歩いていった。

だが、すぐそばまで近寄ってみるとそれは迫村がよく知っていたあの橋、彼があの晩夏の日に、昼日中外を歩いているとたちまち汗でシャツが背中に張りついてくるような蒸し暑さの中バスで渡ってやって来たあの橋では、もうなくなっていた。それはせわしく車の行き交うがっしりした鉄筋コンクリート造の橋梁ではもうなくなっていた。迫村が今眼前にしているのはまるで湿地にめぐらされた遊歩道のような、辛うじて人一人歩けるかどうかといった程度の狭い粗末な木の架け橋でしかなかった。それも遠くへ視線を移してゆくとところどころ板が朽ちて落ちているところもあるようだ。こんな危ういぼろぼろのものを渡ってゆくことなどとうていできるわけはない。

どうしたらいいのだろう。迫村は途方に暮れ、振り返って島の方を向きしばらく茫然と立っていた。懐かしいあの植物園が、あのバーが、あの旅館が、あのヴェトナム料理店が、あの坑道が、あの灯台が、あの海辺の大衆食堂が、この暗闇のどこかにひっそりと蹲っているはずだった。とこうしているうちに不意に叫び声が上がって迫村の虚脱と放心は破られた。振り向くと橋はまた堂々たる鉄筋造の橋梁に戻っているようで、しかしその中ほどあたりに大きな炎がめらめらと上がり渦巻く黒煙を空高く立ち昇らせている。人の姿は見えないのに、あちこち逃げ惑う人々が助けを求めて上げる悲鳴のようなもの、金切り声のようなものが遠く近く移ろうようにして迫村の耳に届いてくる。橋は燃え上がっていた。むろんのこと、あれを渡った向こう側こそ現実なのに違いない。アミューズメントパークの人工空間なんぞではない現実世界の手応えは、こちらの軀をこすって切りつけて鋭い痛みを与える真にざらざらした現実世界の手応えは、向こう岸にこそあるに違いない。そこにこそきっと迫村が心底から求めているすべてがあるのに違いない。しかしそこへ至り着くために渡らなければならないこの橋は今現にめらめらと燃え上がって、こうして見ている間にも炎の勢いはどんどんこちらに迫ってくるようだ。どんどん広がって月空を翳らせてゆく黒煙が渦を巻いたかと思うと、いきなり熱い突風が火の粉を吹きつけてきたので迫村はてのひらを目に翳しながら顔を背けた。遅かれ早かれ橋が崩れ落ちてしまうのは明らかだった。

身を翻し、熱風を浴びて火照った顔をまた島の側に向けてみる。小高い丘陵の斜面に建つ寺の境内の木立が炎の照り映えで紅く染まり、その赤黒い影が大きく波打つように揺らめいて、ざわりざわりと葉叢を騒がせている。しかし島の全体がその底に沈みこんでいる大きな闇の広がりは橋の一つや二つを燃やし尽くす程度の炎などはやすやすと呑みこんで、小揺るぎもせず静まり返っているようだった。背後でまたごうと風が立ち、灰がひとひら飛んできてくるりと翻り迫村の顎に張りついた。

あとがき

この物語の最初の稿を起こしたのは二年半ほど前になる。あれはバトゥ・パハだったかイポーだったか、マレーシアの小さな町の安ホテルで激しいスコールに降り籠められ、時間を持て余し、ロビーの隅の小さなテーブルで、ホテルの便箋にあり合わせのボールペンでいくつかの情景を書きつけてみたのがそもそものきっかけだったように覚えている。その少し前に旅行したシチリア島の、あの何とも魅力的な町シラクーサの地形をそのとき何とはなしに思い浮かべていたかもしれない。

以来、ぽつりぽつりと書き継ぎ、そのつど雑誌に発表してきたが、その間、日本語を読めない外国人の友達から、今どんな小説を書いているんだと訊かれるたびに往生したものだ。あのね、一人の中年男が、島ともつかず半島の先端ともつかないある土地に漂着するところから始まるんだよと言うと、うんうん、それで、と相手は一応興味を示してくれるのだが、で、その土地でね、男の身にいろんな出来事が起こるんだよ……と続けて、それ以上は言葉が出てこずに口籠もってしまう。どんな出来事と訊かれても、もう本文をお読みいただいた読者ならわかっていただけると思うが、かいつまんで要領良く説明するといったことはどうにも不可能なのだ。男が迷い、惑いつづけているうちに、現実と非現実のあわいで様々な出来事が起こり、様々な人物との出会いと別れがあり、そしてその迷いも惑いも何一つ解決されないまま、物語のテンポはしだいにアレグロになってコーダに突入し、男が思いがけない場所で立ち竦むところで、いきなり中絶するようにして終る。

これまでわたしの書いてきたどの小説とも違うのは、S…市というとりあえずの名前を与えた架空の土地を舞台にしていることだろう。小説作品には二種類あり、厳密にその二種類しかない。地名のある小説と、ない小説である。現実の地名が出てこない『半島』は、いわば中年という人生の一時期をめぐる一種の寓話のようなものであるかもしれない。青春期に始めたことを曲がりなりにも一通りやり終えたとき、達成感とは別のある空しさに襲われて、ふと後ろを振り返っては溜息をつき、また前に向き直って足が竦むのを感じ、この先いったいどうしたらいいものかと途方に暮れる年齢があるものだ。そんな悲愴感は表立っては現われていないが、わたしはこれを、自分の人生のある危機——複数の危機——を乗り越えるために書いたのだと思う。

とはいえ、何とも苦しい思いで書き継いだ前作『あやめ　鰈　ひかがみ』（講談社）などとはまったく違って、『半島』を少しずつ書き進めてゆくのはわたしにとって愉悦に満ちた時間だった。全六章の一つ一つを、わたしはそのつど少なからず楽しみながら書いた。もし読者の皆さんにその楽しみが感染し、島とも半島ともつかぬこの「裏切りの桃源郷」でわたしの主人公がくぐり抜けてゆく物語の迷路を、一夜の座興として多少なりと面白がっていただけるようなことでももしあれば、著者の喜びこれに過ぎるものはない。

二〇〇四年五月

松浦寿輝

松浦寿輝（まつうら・ひさき）

1954年東京生まれ。

東京大学教授（表象文化論・仏文学）、詩人、小説家。

1988年詩集『冬の本』で高見順賞受賞。

1995年評論『エッフェル塔試論』で吉田秀和賞、

1996年『折口信夫論』で三島由紀夫賞、

2000年『知の庭園——一九世紀パリの空間装置』で

芸術選奨文部大臣賞受賞。

同年「花腐し」で芥川賞受賞。

近著に短篇集『あやめ 鰈 ひかがみ』。

初出

半島（本書で「植物園」へ）…「文學界」2002年1月号

五極の王……………………「文學界」2002年9月号

易と鳥………………………「文學界」2003年1月号

稲妻の鏡……………………「文學界」2003年5月号

西瓜と魂……………………「文學界」2003年9月号

月の客………………………「文學界」2004年3月号

半島《はんとう》

2004年7月10日　第1刷発行

著者…………松浦寿輝《まつうらひさき》

発行者………白幡光明

発行所………株式会社 文藝春秋
〒102-8008
東京都千代田区紀尾井町3-23
電話03-3265-1211（大代表）

印刷所………大日本印刷

製本所………中島製本

製函所………加藤製函

Printed in Japan
ISBN4-16-323110-2

イッツ・オンリー・トーク

絲《いと》山《やま》秋子

うつ病のヤクザに痴漢の友だち、シンドい事情を抱えた奇妙な人々のメゲない、挫けない、すねない生き様を描いた鮮烈なデビュー作

文藝春秋の本

富士山

田口ランディ

富士山の麓で十年以上も集め続けたゴミの要塞に住む、妖怪のような老女の話「ジャミラ」他、富士山にまつわる珠玉の連作短篇集

メジロの来る庭

庄野潤三

子供らが独立し、夫婦二人で送る山の上の家での日々——よき人々と季節の彩りに囲まれ、静かな喜びに満ち溢れた人生を綴った傑作

文藝春秋の本

ぐるぐるまわるすべり台

中村　航

塾講師の傍ら僕は教え子ヨシモクの名を騙ってバンドを募集した。ボーカルの中浜に自らの分身を見た瞬間、僕の中で物語が始まった

文藝春秋の本

滴り落ちる時計たちの波紋

平野啓一郎

21世紀のザムザが語る「最後の変身」からメタフィクション「『バベルのコンピューター』」まで、小説の企てが詰まった作品集

パラレル　長嶋有

ともかく僕は会社を辞め離婚した。複数の女性と付き合う友人、別れてもなお連絡が来る元妻との関係を軽妙に描いた、著者初の長篇

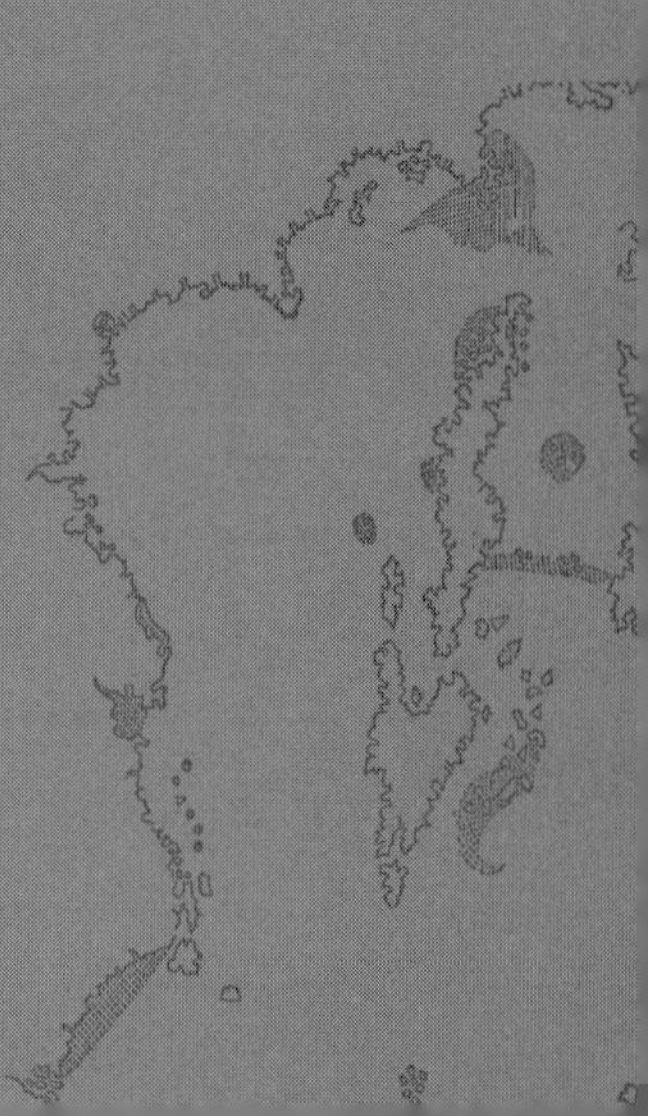